L'amour comme un défi

ISBN : 2-914-916-43-4

Stan Rougier

L'amour comme un défi

le Relié

Du même auteur

L'Avenir est à la tendresse, Salvator, Le Cerf, 1979, 13e édition
La Révolte de l'esprit, Stock, 1979
(Collaboration au livre d'Olivier Clément)
Comme une flûte de roseau, Le Centurion, 1983
L'Ombre obéit au soleil, Salvator, 1985
Aime et tu vivras, Cana, 1986, 10e édition
(Commentaire de l'Évangile)
Puisque l'amour vient de Dieu, Desclée de Brouwer, 1988
(Homélies à France Culture et au Jour du Seigneur)
Clins Dieu, Salvator, 1989
Prêtres de la Mission de France, Le Centurion, 1993
Accroche ta vie à une étoile, Entretiens avec J.-P. et R. Cartier, Albin Michel, 1993
Nomade de l'Éternel, Stock-L'Emmanuel, 1994 - Pocket, 2004
Montre-moi Ton visage, Variations sur les Psaumes, Desclée de Brouwer, 1996, 3e édition
Quand l'Amour se fait homme, Desclée de Brouwer, 1997
Dieu était là et je ne le savais pas, Presses de la Renaissance, 1998
Dieu écrit droit avec des lignes courbes, Presses de la Renaissance, 1999
Vos fils et vos filles seront prophètes, Bayard, 2000
Les Rendez-vous de Dieu, Presses de la Renaissance, 2000
Au commencement était l'amour, Presses de la Renaissance, 2002

Les références des citations se trouvent
en dernière page de ce livre.

À mes frères humains de toute race
de toute culture
de toute religion
Avec ma gratitude pour ceux et celles
qui m'ont révélé une facette
du diamant de l'amour

Introduction

Je suis née pour l'amour et non pour la haine.
SOPHOCLE, *Antigone*

Ne cherchez pas dans ce livre de grands chapitres bien charpentés. Comparons-le plutôt à un collier : des intuitions tenues ensemble par un même fil : « Aime et tu vivras. »

Amour : voilà bien le mot le plus beau, le plus lourd de sens et le plus englobant. Il évoque aussi bien ce que Freud appelait « la dépense psychique la plus considérable » que le renoncement à sa propre vie pour sauver l'être aimé.

La plupart des colloques interreligieux auxquels il me fut donné de participer convergent vers cette clef de voûte : hors de l'amour notre vie a perdu sa signification. Chacun des représentants des diverses religions déploie ses connaissances pour glaner les graines de générosité éparses dans ses écritures sacrées ou dans la vie de ses grands témoins.

J'aimerais au long de ces pages vous faire entendre, comme si vous l'entendiez pour la première fois, une parole née de l'éternité : « *Aimez-vous comme Je vous ai aimés.* »

Sur les bancs de l'école, dans les cours de récréation, dans les hôpitaux, sur divers chantiers de fonderie ou du bâtiment, dans les centres pour délinquants, dans les séminaires, dans les étables, partout où j'ai traîné mes sandales sur cette planète depuis près d'un demi-siècle, je n'ai vu qu'une seule chose : l'enjeu de l'amour et la beauté de ces liens qui nous tirent de nous-même et nous font exister. Ceux qui aiment et qui sont aimés débordent de joie de vivre. Ceux qui n'aiment pas sèment le malheur autour d'eux. Tous les malheurs du monde viennent d'un regard faussé. Un seul regard peut engendrer mille souffrances.

Quelle était l'ambition de Celui qui nous créa ? Inaugurer une école d'amour. Les années « d'études » de chacun seraient plus ou moins longues. Mais qu'importe ! Il y aurait des années supplémentaires si la mort empêchait un élève de se rendre au « cours ». Comment se fait cet enseignement ? Les humains sont tous porteurs de trésors et de boue. Les trésors, comme les pièces d'un puzzle, n'ont leur valeur que mis ensemble. Ainsi les humains apprennent le partage et la joie des échanges. Celui qui aura trouvé chez ses semblables le plus grand nombre de qualités aura les meilleures notes à l'examen final.

Lors d'un séjour d'un an et demi en Afrique occidentale française – c'était avant la décolonisation –, j'étais révulsé par les jugements sectaires de la plupart des Blancs envers les Noirs. Ne voulant pas tomber dans un racisme inverse, je pensais qu'il s'agissait seulement d'un manque de culture. La chance d'avoir reçu dans le scoutisme une ouverture à la différence, je n'y étais pour rien ! Baden-Powell aimait à dire qu'il y avait au moins cinq pour cent de bon en tout être.

Cette intuition était fondamentale pour réaliser le grand rêve de Dieu. Savoir reconnaître ces cinq pour cent était le premier degré d'une échelle sur laquelle tout allait se jouer. En dévorant les poèmes de Léopold Sedar Senghor et d'Aimé Césaire, j'apprenais à faire découvrir aux Blancs les trésors de l'âme noire. « *Élargis l'espace de ta tente* », demande Dieu à Son peuple (Isaïe). Nous n'avons rien de plus urgent à faire que de nous rendre aptes à accueillir. Les différences de race, de culture, de sexe, d'expérience, de climat sont un superbe chantier ouvert à nos facultés d'accueil.

Cette planète est une école d'amour. Chaque jour comporte sa part d'apprentissage. Nous en apprenons autant à la sueur de nos larmes que dans l'intense bonheur de nos émerveillements. Les impairs, les gaffes, les malentendus, les blocages, les paroles blessantes se multiplient inévitablement. Plus il y a d'élèves dans une école de musique, plus on risque d'entendre des fausses notes.

Un certain Jésus-Christ a donné des signes clairs de sa vocation messianique. Il a mis le projecteur sur un axiome : l'amour est une question de vie ou de mort. Pour un milliard six cent millions d'hommes de notre planète, cet homme est Dieu, donc l'Absolu. Il est Celui à qui tout se rattache, Celui en qui tout se relie et trouve un sens, le verbe sans lequel la phrase est vide.

« L'Amour n'est pas aimé », disait François d'Assise. Telle est la cause des malheurs du monde ! Est-ce que je me trompe si je pense que les jeunes sentent cela mieux que personne ? Jean-Paul II leur disait : « Toute l'histoire de l'humanité est l'histoire du besoin d'aimer et d'être aimé. N'ayez pas peur. Jésus n'est pas venu condamner l'amour, mais le délivrer de ses équivoques et de ses contrefaçons. »

Je rêve que les jeunes de toutes les écoles du monde apprennent le respect, car en lui réside la première sagesse, la première discipline de vie, le premier sujet d'examen. Je rêve que les enseignants et tous les parents du monde reçoivent une formation centrée prioritairement sur cet objectif. On ne peut pas résoudre les inégalités, les frustrations, les injustices par la force. La violence n'engendre que la violence. Elle ne fait pas avancer d'un pouce la cause des droits de l'homme.

Les fondateurs des mouvements révolutionnaires ont été indignés par l'injustice au point de croire que le changement était au bout du fusil. Ces mouvements ont multiplié l'injustice. Ils ont engendré le triple ou le quadruple de victimes. Il faudra un jour inventer un prix Nobel de l'Amour. Il faudra promouvoir des Forums orientés sur l'écoute de la différence. Les désaccords sont inévitables, mais ils ne peuvent se résoudre que dans le respect.

Le mot « amour » est un arc-en-ciel. Les couleurs de l'arc-en-ciel sont différentes bien qu'elles proviennent d'une même source : la lumière. Entre le regard d'une mère pour son enfant, la tendresse d'un fiancé pour sa bien-aimée, la compassion d'un gardien de prison pour un prisonnier, l'action à grande échelle d'un « médecin du monde », n'y a-t-il pas une source commune ? Cette source, beaucoup l'ont reconnue comme étant Quelqu'un. Nous l'appelons Dieu (étymologiquement : lumière). Cela peut nous sembler aberrant d'identifier Dieu et l'amour. Et pourtant ! « *Celui qui aime est né de Dieu et connaît Dieu.* » (1 Jean 4, 7)

Je souhaite comprendre pour quelle raison l'amour du prochain porté au pinacle par les uns est tellement contesté par les autres. Qu'y a-t-il dans cette démarche que l'on nomme l'amour qui la rende à la fois si vénérée et si soupçonnée ?

Voici ce qu'écrivait ce grand penseur qu'était Freud :

Nous ne pouvons nous défendre d'un sentiment de surprise devant la maxime "Tu aimeras ton prochain comme toi-même..." Mon amour est chose infiniment précieuse que je n'ai pas le droit de gaspiller... Si j'aime un autre être, il doit le mériter [...]. Il mérite mon amour lorsque par des aspects importants il me ressemble à tel point que je puisse en lui m'aimer moi-même. Il le mérite puisqu'il est tellement plus parfait que moi qu'il m'offre la possibilité d'aimer en lui mon propre idéal...

S'il m'est inconnu, s'il n'attire aucune qualité et n'a encore joué aucun rôle dans ma vie affective, il m'est bien difficile d'avoir pour lui de l'affection. Ce faisant je commettrai même une injustice, car tous les miens apprécient mon amour pour eux comme une préférence. Il serait injuste à leur égard d'accorder à un étranger la même faveur... À quoi bon cette entrée en scène si solennelle d'un précepte que, raisonnablement, on ne saurait conseiller à personne de suivre ?...

Non seulement cet étranger n'est en général pas digne d'amour, mais pour être sincère, je dois reconnaître qu'il a plus souvent droit à mon hostilité et même à ma haine[1].

*

Plusieurs titres se sont présentés à mon esprit pour ce livre : *Amour, ombres et lumières - Amour, méfions-nous des contrefaçons - L'Amour et les Conditions de l'amour, Le tendre et dangereux visage de l'amour...*

On m'a suggéré de donner à ce livre le titre : *Le Courage d'aimer*. Mais certains me disaient : « Comment osez-vous parler de "courage" comme si l'amour était un marathon, comme si la vie en couple était un chemin de croix ? »

D'autres approuvaient : « Se marier pour la vie, c'est comme sauter en parachute en sachant qu'il n'y en a qu'un sur deux qui s'ouvre. »

« Aimer est une joie, aimer est un bonheur. Ne nous découragez pas à l'avance. Si nous échouons, ce sera de votre faute », affirment les uns. « Aimer est plus difficile que vous le dites. Croire, espérer, voilà bien le piège », protestent les autres.

Je souhaite explorer les ambiguïtés du mot amour. Mais s'agit-il ici ou là de la même réalité ? Le cancer de la gorge n'est pas la gorge, le parasite du chêne n'est pas le chêne, les puces du lion ne sont pas le lion.

« Aimez-vous les uns sur les autres », écrivait-on en mai 1968 sur les murs de la Sorbonne. Est-ce de cela que le livre du Lévitique avait voulu parler ?

Amour est un mot dérisoire, une minuscule petite boîte qui garde un contenu infini. C'est en cela qu'il ressemble au feu. Par un froid polaire une seule allumette peut sauver des multitudes.

Le verbe aimer semble avoir deux visages. Il a un visage possessif, jaloux, brutal. Mais sa vraie nature est d'aider un être à se construire. Il est tour à tour Mr Hyde et Dr Jekyll.

Le cœur humain, plus que toute autre réalité, a besoin d'être sauvé, d'être guéri. J'en ai tant vu qui, par leur amour, s'octroyaient des droits sur l'être qu'ils prétendaient aimer ! Ils lui criaient des « je t'aime », à vous fendre l'âme. Et l'être aimé aurait bien voulu être aimé un peu moins… pour pouvoir exister un peu plus.

Celui qui refuse l'amour qu'on lui témoigne, ce n'est peut-être pas l'amour qu'il rejette mais sa caricature. Il est créé à l'image de Dieu, et Dieu ne vit que d'amour. Mais la peur en ce domaine est bien légitime. La sagesse populaire se trompe rarement : un chat qui fut ébouillanté n'a-t-il pas quelques raisons de craindre même l'eau froide ?

Entrer dans l'amour comme dans un défi, c'est prendre le risque de se lancer dans la plus grande aventure. L'aventure est magnifique. L'aventure est sublime parce qu'elle est sacrée. Elle vient de Dieu et elle y retourne. Elle est redoutable aussi parce que le risque d'enlisement, de médiocrité, de gâchis est permanent. Le « diviseur » est aux aguets pour répandre le chiendent au milieu des plus beaux champs de blé.

Lorsque vous laissez un être s'engager avec vous dans une relation d'amour, vous lui donnez un immense pouvoir sur vous-même. Plus vous l'aimerez, plus ce pouvoir sera grand ! Il peut vous permettre d'accéder à votre vraie nature s'il vous aime avec justesse, mais peut aussi vous mener à la mort s'il vous aime de façon possessive ou dominatrice ou fusionnelle. Là, plus que partout ailleurs, il faut se méfier des contrefaçons ! Si son amour ne veut pas se laisser guérir, il en vient à vous culpabiliser, à vous faire des scènes et des procès d'intention, à vous humilier. Il peut vous entraîner à exécuter ses quatre volontés, parfois avec menace de suicide.

Les crimes passionnels sont ceux qui sont les moins pénalisés. On manque de place dans les prisons ! Je me souviens de cette jeune fille au visage si doux qui avait tout simplement mis le feu à l'appartement du garçon qu'elle prétendait aimer… Le plus souvent, devant les ravages causés par un amour aussi brûlant, les humains, par sagesse, adoptent une attitude neutre. Ils n'en attendront pas trop. Ils ne tisseront pas un lien trop fort. Ils se réserveront une porte de sortie. Si le lien casse, cela fera moins mal !

L'amour n'existe jamais à l'état pur. Des scories en menacent la substance. Une parabole africaine raconte qu'un singe avait emporté une dizaine de gros poissons dans un arbre. On lui demanda pourquoi. Il répondit : « Je ne voulais pas qu'ils se noient. » Nous agissons souvent ainsi. Nous croyons savoir mieux que les autres quel est leur bien.

Celui (ou celle) que nous rencontrons et avec lequel (laquelle) nous souhaitons vivre une histoire d'amitié ou d'amour n'arrive pas tout neuf (toute neuve). Nous ne le sommes pas non plus. Nos passés vont-ils s'accorder ou se confronter ? Un ami me raconte son enfance : « Les adultes, parents, oncles, tantes, grands-parents, tous étaient indifférents à la joie que j'avais à partager. Ce trop-plein d'amour que je voulais leur offrir, ils n'en voulaient pas. Ils continuaient leurs conversations ternes, vides. Je ne faisais rien bouger. C'était mortel. »

Aujourd'hui cet ami a beaucoup de difficultés à vivre une relation sans heurts, sans violence, pour obtenir la réalisation de ses désirs.

L'amour est un défi à relever contre tout ce qui se ligue contre lui, contre tout ce qui complote pour le dénaturer. Peut-être est-ce là sa plus grande beauté ! Il est un égoïsme surmonté, un orgueil dompté.

Enjeu extrême de l'amour

Roland Barthes le remarquait déjà : l'amour est un sujet plus obscène, pour nos contemporains, que le sexe. Plus dérangeant. Plus intime. Plus difficile à dire, à montrer, à penser. Disons que la sexualité est devenue une espèce de règle, à laquelle il faut bien se soumettre. L'amour serait plutôt une exception, en tout cas un trouble. La sexualité est une force. L'amour serait plutôt une faiblesse, une fragilité, une blessure. La sexualité est une évidence ; l'amour, un problème ou un mystère. On peut douter, même, de son existence ou, à tout le moins, de sa vérité : et si ce n'était qu'un rêve, qu'une illusion, qu'un mensonge ? S'il n'y avait partout que le sexe et l'égoïsme ? si tout le reste n'était que littérature [2] ?

Le projet de Dieu était de proposer à un être libre d'entrer en relation d'amitié avec Lui. Un bonheur fabuleux accompagnerait ce lien. L'homme a préféré « se faire par soi-même » sans dépendre d'un autre. Il a tourné le dos à l'amour parce que cet élan engage et dérange. Il ne veut pas accueillir, il souhaite prendre. De cette rupture initiale sont venues toutes les autres ruptures. Le Livre de la Genèse résume ce gâchis. Rupture d'avec soi-même (honte de ne plus maîtriser son désir sexuel), rupture d'avec son épouse (« c'est de sa faute »), rupture d'avec son frère (meurtre de Caïn), rupture d'avec la communauté humaine (tour de Babel).

Devant cet échec Dieu ne baisse pas les bras. Il est comme Michel-Ange qui, à partir d'un accident survenu sur un bloc de marbre, a sculpté l'admirable Pietà. Après le drame, Dieu invente un nouveau projet plus beau que le premier. Il viendra Lui-même dans l'humanité. Il subira jusqu'à en mourir les conséquences de l'esprit d'orgueil et d'indépendance. Touchés par ce comble d'horreur, quelques-uns auront un sursaut. La victoire sur la mort du Dieu crucifié emportera l'adhésion et l'élan d'une poignée d'hommes. Ils répandront les leçons d'amour du Dieu fait homme. Ils enseigneront la fraternité, la réconciliation, le pardon.

« *Vous serez comme des dieux* », avait promis le Tentateur. Diviniser l'homme était bien le projet de Dieu, mais le Tentateur a aiguillé l'homme vers une fausse piste : On ne dérobe pas le feu de Dieu. Dieu le donne par amour. Être divinisé voulait dire « aimer comme Dieu aime ». Être divinisé, c'est recevoir, accueillir, être ébloui par un autre.

L'homme a traduit : « Il me faut la toute-puissance. » Lorsque les hommes la veulent tous à la fois, c'est la guerre. La puissance se dérobe toujours au détriment d'un autre.

Certains ironisent : « C'est un mythe ! » Comme si les mythes ne traduisaient pas les drames essentiels de l'humanité ! Notre aventure repose sur un choix décisif : se donner ou se garder intact.

En devenant l'un de nous, Dieu nous révèle la dimension de l'amour. « *Ce que vous ferez au moindre des miens, c'est à Moi que vous l'aurez fait.* » (Matthieu 25, 40)

À travers les larmes de celui que tu as offensé, Dieu pleure. « *Et Moi, Je pleurerai votre orgueil* » (Jérémie 13, 17). À travers le sourire de celui que tu as soutenu, c'est Dieu qui te sourit.

★

La joie est le sillage de l'amour lorsque rien ne vient entraver son élan. De grands moments de bonheur nous ont été offerts dans les instants où un cœur se livre à un autre cœur, dans l'amour humain ou l'amitié.

Toute joie naît de l'amour. La douleur ne vient dans le sillage de l'amour que si l'amour est bafoué, nié, oublié, annulé. Un homme, une femme ont tout perdu de ce qui faisait leur bonheur dans la vie. L'être aimé les a quittés avec des paroles d'indifférence ou de mépris. Un enfant les a reniés, empruntant un chemin de drogue ou de violence. « Le malheur blasphème tout », disait Simone de Beauvoir. Le désespoir s'infiltre insidieusement et prend la place. On se met à dramatiser. On accumule pièce sur pièce pour constituer un dossier contre le Créateur. Il n'y a plus désormais d'accalmie.

Je hurle vers Toi et Tu ne réponds pas.
Je me tiens devant Toi et Ton regard me transperce.
Tu T'es changé en bourreau pour moi
et de Ta poigne Tu me brises…
J'espérais le bonheur, et c'est le malheur qui est venu.
(Job 30, 20)

Guillaumet marcha trois jours et quatre nuits dans les froids extrêmes de la Cordillère des Andes. Lorsqu'il tomba dans les bras de son ami Saint-Exupéry venu à sa rencontre, il s'écria : « Ce que j'ai fait, je vous le jure, aucune bête n'aurait pu le faire. » C'est son amour pour son épouse, dira-t-il, qui l'a soutenu. Elle ne toucherait pas la prime d'assurance si on ne retrouvait pas son corps ! L'espérance a germé. Comme une petite plante, elle a fait éclater une chape de béton.

Peut-être la délivrance ne viendra-t-elle que par la mort ! Mais cette mort, Dieu nous la présente comme une nouvelle naissance et non comme une fin. Notre horreur de la mort est causée surtout par la peur de perdre des liens dont nous sommes tissés. Dieu nous invite à dédramatiser la mort. Pourquoi nous inciterait-il à tant nous aimer si c'était pour cesser un jour cette aventure ? Saint Augustin nous présente la mort comme une séparation provisoire qui peut intensifier la beauté du lien.

La grandeur et la dignité de l'être humain apparaissent dans ses plus grandes joies et ses plus extrêmes douleurs.

Cette joie et cette douleur ont une cause. De quelles sources sont-elles nées ? La joie est née de l'amour. Par sa tendresse quelqu'un a rendu possible l'harmonie, la sérénité, l'extase. Tu as su accueillir ce superbe cadeau. La douleur est née le plus souvent d'une avarice de cœur. L'accident qui t'a plongé dans une détresse sans nom n'est pas venu par hasard. Tu as été lâché au moment où tu avais le plus besoin d'une main tendue, d'un conseil, d'un soutien, d'un mot de réconfort. Tu as perdu l'estime de toi-même, tu t'es fragilisé. La corde qui retenait ton pas sur le glacier au bord de la crevasse s'est rompue. Quelqu'un, peut-être toi-même, n'était pas au rendez-vous ! Cette présence à l'autre ou à soi-même, quel nom lui donner sinon l'amour ?

1

« Quand on n'a que l'amour »

L'amour est la seule chose
que le partage grandisse.
SHELLEY

Pour les hindous l'Absolu est Sat-Cit-Ananda (Être-Conscience-Béatitude). Pour les chrétiens, l'Absolu est Relation : l'Aimant, l'Aimé, l'Amour ; trois êtres qui trouvent leur joie dans la ferveur de leur union. Comme Roméo et Juliette sont deux en un couple, ils sont trois en un seul Absolu.

> Pour être UN, il faut être deux. La connaissance de deux êtres est un grand regard intérieur, un lieu d'échanges sans paroles qui crée le lien le plus fort, le plus profond et atteint ce que l'autre a de plus caché, de plus sacré. À travers une longue vie conjugale, c'est une fusion dans la lumière[3].

La création de l'univers fut une explosion de la joie de Dieu : joie d'aimer et d'être aimé[4].

Comme le vol du goéland est régi par les lois de la pesanteur et de la dynamique des courants chauds et des vents qui frappent les falaises, de même les relations humaines sont soumises à des normes, plus ou moins rigoureuses. Ces lois varient selon les climats et les cultures. Chez certaines peuplades, si vous ne mangez pas le plat préparé pour vous, dussiez-vous sortir d'urgence pour le vomir aussitôt, vous êtes disqualifié.

Toute relation manquée s'accompagne de souffrance. L'importance du lien en est soulignée. Il est difficile de supporter qu'aucune « co-respondance » ne s'établisse avec un être humain. Le monde moderne, où le moindre échange avec une caissière de supermarché, un préposé des postes ou une infirmière est devenu presque impossible, est un monde inhumain. Il serait préférable de vivre dans un village perdu du Burkina, où chacun se sent lié à l'autre. Ce que l'on nomme le tiers-monde m'est souvent apparu comme le premier monde dans l'ordre des relations humaines. « Je préfère mourir sous la tente entouré par l'affection des miens que d'être soigné dans un hôpital où on ne verra que mon corps », disait un vieux Berbère.

Un ami revient d'un voyage organisé dont il assurait l'animation. Il m'écrit : « Nous étions une trentaine de participants. Je ne pouvais pas les rencontrer tous. Ceux qui attendaient quelque chose de moi ont eu la priorité. Ceux que je n'ai pas su accueillir m'en veulent. J'en suis infiniment triste. Pourquoi sommes-nous si pauvres ? »

« Vous voulez que les autres vous aiment, commencez par les aimer », dit un sage chinois. Lorsque nous sommes affligés par le peu d'estime dont nous sommes entourés, la première démarche devrait être de nous interroger : ai-je été, pour tel ou telle, chaleureux et disponible ?

Il est inévitable que certaines rencontres soient neutres. Si chaque personne croisée lors d'un Forum, d'une soirée ou d'un voyage devenait infailliblement proche, où serait le miracle de la relation ? Mille graines disparaissent dans le vent pour que naisse un seul arbre. Mais une seule graine est déjà, en puissance, un arbre !

Il existe un nombre illimité d'expressions de l'amour : entre parents et enfants, la fratrie familiale, toute la gamme des cousins et cousines, les camarades d'études, les amis, les compagnons de travail ou de loisirs.

Que peut-il y avoir de commun entre ces différentes formes de relations ? Qu'y a-t-il de commun entre l'amour au sein d'un couple, celui d'une mère, l'amitié, la fraternité de combat ? Est-ce la même eau qui coule dans ces rivières ?

Un être humain, notre semblable, a besoin de notre attention, de notre écoute, de notre estime pour exister. Nous avons le privilège de contribuer à la naissance ou à la croissance d'un être à la fois unique et éternel.

Durant notre première existence, à l'état d'embryon durant neuf mois de vie intra-utérine nous ne vivions que grâce à notre mère. Elle nous permettait d'exister. Dès notre seconde naissance, durant la vie « aérienne », les donneurs de vie se multiplient. C'est l'amour qu'ils nous porteront qui sera désormais notre oxygène.

Aimer : ce verbe prend des couleurs différentes suivant la nature de la relation. Il évoque un élan de sympathie, un service rendu, un échange « de mon âme à ton âme ».

Je reviens d'un séjour d'une semaine avec vingt personnes. Avais-je pour mission de leur offrir quelques conférences journalières ou de les aimer par une écoute attentive de chacun ? Ces deux formes de l'amour n'étaient pas sans lien l'une à l'autre.

Dans le train qui me ramène à Paris je trouve une dame assise à la place à laquelle mon billet me donne droit. La date de son billet n'est pas celle du jour. La vocation à l'amour, que je revendique, m'interdit de réclamer mon dû. J'ai essayé d'occuper une vingtaine de places momentanément vides. Parfois certains me font une verte semonce, d'autres rient de mon sort. Pour l'instant je rédige ces lignes en me disant que l'amour pour une inconnue est tout de même moins naturel que l'amour de soi-même.

La relation d'amitié est l'une des plus belles. Est-ce « parce que c'était lui, parce que c'était moi » ? Est-ce parce que je me retrouve en lui (en elle) ? Est-ce parce que j'ai reconnu en lui (en elle) un visage et une voix qui m'avaient déjà bouleversé dans mon enfance ? Est-ce parce qu'il (elle) accepte de recevoir ce que j'ai de meilleur à donner ? Est-ce parce que sa fragilité m'a ému ? Une convergence de causes ne suffira pas à tout expliquer. Le fait de les ignorer ajoute au charme et au mystère. Aucun biologiste ne viendra nous dire : « J'ai trouvé le gène de l'amitié. » Aucun psychologue ne dira : « J'ai découvert la formule de l'amour. » Certains sages pensent que nous allons vers ceux qui vont pouvoir nous révéler nos limites ou nos talents. Nous nous relions à ceux qui pourront nous faire progresser dans le voyage initiatique de la vie. Pourquoi pas ?

La fécondité et non la notoriété

La crainte de décevoir s'enracine au plus profond du cœur humain. Qui peut se pardonner d'avoir découragé son père ou sa mère de l'aimer ? Devant le pauvre amour qu'il reçoit, chacun peut se dire : « Je n'en méritais pas davantage. C'est de ma faute ! »

Le désir le plus fort chez les humains n'est pas, comme pour les animaux, celui de se nourrir, ni même celui de prolonger l'espèce. Le désir le plus grand est d'aimer et d'être aimé. Pour être aimé il faut valoir aux yeux des autres. Nous sommes justifiés d'exister par ce regard qui nous tire hors de l'anonymat et de l'insignifiance. Cela commence très tôt. Qui sommes-nous pour nos parents, nos enseignants, nos frères et sœurs, nos amis ? Les souffrances que va endurer toute sa vie celui (ou celle) qui ne s'est pas senti aimé(e) sont profondes. S'il ne trouve personne qui puisse le guérir ou atténuer sa peine, il peut non seulement souffrir, mais se venger. Les mal-aimés ne devinrent pas tous des tyrans, mais les tyrans furent tous des mal-aimés.

Le cabinet des psychiatres, le divan des psychanalystes, le bureau des prêtres, résonnent des douleurs de ceux qui n'ont pas pu supporter un regard dévalorisant ou une absence de regard. Je conserve précieusement des milliers de lettres qui me disent toutes les mêmes cris : « Je n'étais rien pour mon père. » « Pour ma mère je n'existais pas. » Ce n'était peut-être pas vrai. Mais entre l'offre et la demande le fossé ressemblait à un gouffre.

Bouddha suggère d'éteindre cette souffrance à la racine. « Ne te soucie pas de toi-même. Tu n'as pas d'existence particulièrement unique. Tel un nuage, tu te décomposes et te recomposes sans cesse. Dans cette philosophie il n'y a pas de "moi" qui puisse revendiquer d'être quelqu'un pour un autre "moi". Pourquoi cherches-tu l'estime et l'affection des êtres limités qui t'aimeraient peut-être pour de mauvaises raisons ? » En cessant de rechercher l'amour des autres, nous devenons libres de les aimer.

> Nous devons dissuader celui qui veut trouver le bonheur, d'attacher trop de prix à l'opinion des autres... Si, par un renversement de l'ordre naturel, c'est l'opinion qui semble à certains la partie réelle de leur existence..., s'ils font de ce qui est dérivé et secondaire l'objet principal, et si l'image de leur être dans la tête des autres leur tient plus à cœur que leur être lui-même, cette appréciation constitue cette folie à laquelle on a donné le nom de vanité, pour indiquer par là le vide et le chimérique de cette tendance[5].

Durant notre enfance notre comportement, notre apparence extérieure ont pu attirer ou repousser l'affection. En étant grincheux, insatisfait, inattentif, égocentrique, un enfant a risqué de décourager de l'aimer ceux qui avaient à son égard les meilleures intentions. Mais il existe des adolescents dont le caractère difficile provient des frustrations d'amour durant leur petite enfance. C'était une période de leur vie où ils ne pouvaient rien donner, ayant tout à recevoir.

Métamorphoser en énergie notre frustration est un vaste programme ! Pour valoir à tes yeux, tu as besoin de l'approbation des autres. Tu es à l'image des personnes divines. Ta seule grandeur est d'aimer. Aime et tu seras un grand vivant.

Dieu peut nous libérer de l'angoisse de n'être rien à nos yeux ou au regard des autres. C'est Lui, et non pas notre géniteur, qui nous a créés. « *Nous avons été choisis en Lui avant le commencement du monde.* » (Éphésiens 1, 4)

Dans une parabole biblique, à une petite fille jetée dans un champ au jour de sa naissance, Dieu dit : « *Je t'ai vue, tu baignais dans ton sang, tu vivras, tu t'épanouiras comme les fleurs des champs.* » (Ézéchiel 16, 6) Tout l'amour est contenu dans ces quelques mots. Si quelqu'un s'engage à t'aider à vivre, il t'aime. S'il s'engage à tout mettre en œuvre pour que tu développes tes capacités, il t'aime.

Ce sont le plus souvent des humains qui sont la médiation de l'amour dont Dieu nous aime. C'est pour cela que l'amour du prochain est bien plus qu'un chapitre de la morale. En aimant, nous permettons à Dieu de faire son métier de Dieu. Lorsque, abandonnés de tous, nous portons plainte auprès du Créateur en l'accusant de « non-assistance », comment n'avons-nous pas compris ? Dieu ne peut pas nous voler notre emploi et nous mettre au chômage.

Lorsque Bernard Kouchner écrit : « J'ai cherché Dieu dans toutes les horreurs et les trahisons du monde et je ne L'ai pas trouvé », je sursaute. Bernard, comment avez-vous fait pour ne pas voir que Dieu était là dans votre colère, votre compassion et vos soins ? Vous avez protégé tant de victimes, prévenu tant de massacres ! Comment n'avez-vous pas vu que Dieu était là comme Il était avec Azarias accompagnant Tobie dans son périlleux voyage ? N'est-ce pas le rugissement des prophètes qui a inventé « l'humanitaire » et le devoir « d'ingérence » ? « *La douleur de Mon peuple crie vers Moi* », dit le Dieu de la Bible.

Dieu tout au long des Écritures saintes ne cesse de remettre Son pouvoir créateur entre les mains des hommes. En appuyant nos démarches de générosité Il fait bien plus qu'en prenant notre place.

N'est-ce pas merveilleux de constater que les seuls êtres qui recueillent les plus hauts coefficients de sympathie et d'estime sont ceux qui se vouent à un but de guérison, de solidarité, de délivrance. Ceux-là ne perdent pas de temps à accuser Dieu de non-assistance à créature en danger. Ils s'impliquent à fond dans la mission que Dieu leur a confiée.

« **Si je n'ai pas l'amour, je ne suis rien** » (saint Paul)

Lorsqu'il atteint un certain seuil, le malheur de n'être pas aimé crée un regard très particulier sur le monde. Le grand clivage de l'humanité se trouve là. Le gouffre entre ceux qui ont été aimés et ceux qui ont été sevrés d'amour dépasse en misère le fossé entre pauvres et riches. « Riche est le plus pauvre des mendiants à qui reste un ami. Pauvre est le prince puissant qui n'en a pas. » (F. Von Bodenstedt)

De quoi est fait le malheur ? Du sentiment de ne pas exister aux yeux des autres. De l'éloignement des liens les plus chers. De la perte d'une responsabilité qui vous rendait vivant. De l'absence d'une image tonique de soi-même, remplacée par le masque d'une honte. Je pense souvent à cet officier qui fut séquestré par le Viet-Minh. Il a tenu bon sous la torture et les privations avec un courage surhumain pendant deux ans. Rentré dans son pays, il fut accusé « d'intelligence avec l'ennemi ». Sa dignité d'homme, cette fois, fut atteinte. Il s'est alors donné la mort. En France deux ministres se sont suicidés pour avoir été diffamés dans la presse. J'ai connu tant d'êtres anonymes qui n'ont pas pu survivre à l'humiliation ! Leur suicide m'apparaissait comme celui des bonzes qui se faisaient brûler vifs : une forme de cri. « Plus jamais ça ! »

Nous connaissons tous des moments de maelström. On ne sait plus si on est en train de s'accomplir ou si on se laisse dénaturer. On est pris dans un tourbillon. C'est le « cafard », le « blues », la « déprime ». Le plus souvent, à la source du mal-être il y a eu le lâchage de quelqu'un qui avait su nous faire rêver. Il y a eu comme un pont de neige qui s'effondre et révèle l'ancienne crevasse.

Celui qui ne nous aime pas profitera de notre faiblesse pour nous pousser dans le vide. Une seule phrase, un seul mot peuvent suffire.

Je reçois aujourd'hui une lettre d'une femme à qui son mari vient de dire après trente ans de vie commune : « Je ne te quitte pas, je te jette. »

Celui qui nous aime nous tendra la main en nous disant : « Tu es malheureux, je suis heureux. À nous deux on pourrait faire quelque choser de tonique. »

« Aime ton prochain comme toi-même »

« *Aime ton prochain comme toi-même* », dit la Bible dans une de ses pages les plus anciennes. (Lévitique 19, 18) Si tu ne t'aimes pas toi-même, préviens vite ton prochain. Il devra se protéger contre ton amour.

Parmi toutes les formes de l'amour, celui que l'on est invité à se porter à soi-même est sans doute le plus difficile.

Il y a un malentendu au sujet d'une expression de l'Évangile peut-être mal traduite. « Celui qui ne renonce pas à soi-même ne peut être mon disciple. » De quoi s'agit-il ? Est-ce de se piétiner, de se répéter : « Je ne suis que poussière » ?

S'aimer soi-même n'est pas plus inné que d'aimer l'autre. Comment être un bon compagnon pour soi-même lorsque l'on pâtit quotidiennement de ses propres défauts ? Tes limites, tes erreurs, tes fautes, tes gaffes, tu les supportes avec beaucoup de mal depuis des décennies. Tu connais bien le Mr Hyde qui s'abrite derrière le Dr Jekyll, le juge qui s'épanouit derrière le poète, l'égoïste qui se cache derrière des « je t'aime »... Comment s'accepter tel que l'on est si chaque jour les autres vous renvoient de vous-même une image caricaturale ? Les défauts, dont vous souffrez cruellement, vous sont renvoyés amplifiés, grossis, déformés. Si vous prenez les critiques au sérieux, vous êtes mal embarqués. Imitons saint Paul qui ne s'appuyait pas sur l'approbation des hommes mais sur la tendresse de Dieu. « Dieu voit plus la fleur qui pousse sur la bouse de vache que la bouse de vache elle-même ! » (Proverbe québécois)

Ce que l'on nomme « pusillanimité » n'est pas si rare. On se sent amoindri, insignifiant. La timidité entraîne gaffe sur gaffe. Les gaffes provoquent l'ironie. L'ironie multiplie la timidité. Le cercle est bouclé.

S'aimer, c'est se vouloir du bien. Nous prenons soin de notre santé. Nous nous protégeons contre la faim, la fatigue, la maladie. Agir autrement serait une forme de suicide. Mais « *l'homme ne vit pas seulement de pain* ». De quoi a-t-il besoin avant toute chose ? « *Écouter la Parole de Dieu* », dira Jésus. (Matthieu 4, 4)

Il faut connaître ses réels besoins pour s'aimer de façon ajustée. Que de vies partiellement gâchées parce qu'on s'est laissé embarquer sur une fausse piste ! Une profession pour laquelle on n'était pas fait. Une responsabilité qui se révèle au-dessus de nos compétences.

Chacun a un chemin original à suivre. Personne ne peut décider de votre route à votre place. Un proverbe exprime assez bien cela : « Les conseilleurs ne sont pas les payeurs. »

Le Dieu de la Bible ne cesse de donner à l'homme des cartes et une boussole pour orienter sa vie. L'homme est invité à se détourner des chemins qui ne conduisent pas à sa propre grandeur. Des impasses et des pièges jalonnent la route. Pour s'aimer soi-même, l'être humain devra donc déployer les cartes qui indiquent la voie à suivre, éviter tout ce qui pourrait compromettre son accomplissement spirituel. La sagesse sera donnée par le Souffle de Dieu, à la mesure même de notre attente et de notre fidélité.

L'amour de soi-même comporte une exigence. On ne peut pas se conduire à l'aveuglette. Des règles existent pour nous épargner d'aller dans le mur.

Il n'est pas nécessaire pour autant d'être sévère. On ne dompte pas l'énergie d'un pur-sang à coups de cravache. On l'apprivoise. On ne soigne pas mieux un malade en haussant le ton. S'aimer soi-même, ce sera accepter les remarques de nos amis, ceux qui nous veulent du bien et ne nous retireront en aucun cas leur estime.

Je pense à la lettre que Pierre Brossolette, compagnon de combat du général de Gaulle, adresse à celui-ci le 2 novembre 1942 :

> Il entre dans votre système de nier la critique, d'en nier la valeur, d'en nier la réalité même... Je vous respecte et vous aime infiniment... Mais il y a des moments où il faut que quelqu'un ait le courage de vous dire tout haut ce que les autres murmurent dans votre dos... Dans votre entourage, les moins bons n'abondent que dans votre sens, les pires se font une politique de vous flagorner, les meilleurs cessent de se prêter volontiers à votre entretien...

Cette attitude est noble et elle est rare ! Il est tellement plus facile de dénigrer dans leur dos ceux qui ont déçu notre attente.

Il est difficile de s'aimer soi-même de façon ajustée. Une part de nous-même conspire contre nous. « Nous sommes notre pire ennemi », a dit Sacha Guitry. Mais il ne faut pas que la part véritable pâtisse de notre ressentiment. Il faut qu'elle puisse dire à son Créateur, avec l'auteur du Psaume 138 : « *C'est Toi qui as eu cette idée que j'existe ; merveille que je suis.* » Lorsque vous voyez une photo de vous à quatre ans, à quinze ans, vous pouvez être touché. Votre émotion ne s'adresse pas au petit moi étriqué, elle souligne le caractère sacré de votre histoire. Vous existez depuis des années et rien, désormais, n'arrêtera ce miracle. Vous êtes un trésor fabuleux à un seul et unique exemplaire. Vous avez été invités à « marcher sur la terre », comme les cosmonautes ont été choisis pour marcher sur la lune.

Nos vies sont des histoires saintes. Celui qui aura compris cela pour lui-même y pensera en présence d'autrui. Chaque être que tu croises, même si c'est pour lui demander une enveloppe ou un timbre, est sacré. L'ego négatif nous empêche d'avoir une pleine conscience du prix de l'autre. Un regard accompagné d'un sourire n'est pourtant pas une dépense excessive d'énergie ou de temps. C'est souvent chez les grands priants que l'on rencontre cette qualité du regard ! Auprès de Dieu ils ont fait l'expérience du caractère prodigieux de leur propre vie, donc de celle de tout homme.

S'aimer, ce n'est pas flatter notre petit « moi »

Que de malentendus a-t-on développés au sujet de l'amour de soi ! En effet, il y a en nous le petit « moi » et le grand « Je ». L'un est replié sur lui-même ; les Orientaux le nomment l'ego. L'autre est un enfant de Dieu, invité à partager Sa splendeur dans la lumière, pour toujours. L'un est cause de souffrances puisqu'il accapare et veut s'approprier jusqu'aux êtres dont il est censé promouvoir la réussite. L'autre est semeur de joie.

Le père de Frédéric Nietzsche, diffuseur permanent de l'Évangile, s'est trompé dans sa lecture des textes sacrés. Son idéal ascétique est doloriste. Frédéric, destiné à être pasteur, tombe dans le piège. L'Évangile devient à ses yeux une « mauvaise nouvelle ». « L'Évangile est non à la vie. » Nietzsche n'accuse pas Jésus, mais ce qu'on en a fait : « L'Église est exactement ce contre quoi Jésus a prêché. »

L'homme, selon Nietzsche, est d'abord un chameau puisqu'il est docile, un « animal qui vénère ». Il doit devenir lion pour « critiquer tout ce que l'on respecte ». Ensuite il lui faudra devenir un enfant : quelqu'un qui s'invente lui même, « innocence et oubli, nouveau commencement et jeu. Un oui sacré... goût du risque et de l'aventure, affirmation de soi, oui à soi-même ».

Soyons justes envers Nietzsche, son surhomme n'est pas celui de l'idéal nazi. *Übermensch*, c'est le « Surhumain », peut-être l'archange dont parle Saint-Exupéry et qu'il faut réveiller lorsqu'il « dort sur son tas de fumier ».

« S'aimer soi-même » selon la Bible, ce sera reconnaître que l'on est dépositaire d'un trésor fabuleux, qui n'existe qu'à un seul exemplaire, cette image de Dieu que nous portons en nous. « Renoncer à soi-même » selon l'Évangile, c'est accepter de se donner, de s'ouvrir au monde.

La chandelle qui renoncerait à donner sa lumière pour économiser sa substance ne renierait-elle pas sa vocation ? L'image que Jésus utilise est celle d'un grain de blé qui accepte de pourrir dans la terre pour que se développe une tige qui produira cent pour un.

Nietzsche a eu cent fois raison de dénoncer la pusillanimité. Quel est le bonheur d'un père ? Voir son fils se réaliser dans toutes ses dimensions ! « Qu'est-ce que le bonheur ? Le sentiment que la force grandit, qu'une résistance est surmontée. »

Mais pourquoi Nietzsche continue-t-il cette phrase de *L'Antéchrist* par l'affirmation : « Les faibles et les ratés doivent périr : premier principe de notre amour de l'homme. On doit même les y aider » ? Hitler cette fois ci a pu s'inspirer de ce texte pour son épuration des handicapés mentaux. Nietzsche continue : « Quel est le vice le plus nuisible ? La compassion pour tous les ratés et les faibles : le christianisme. »

Lorsque l'amour des bien portants s'accompagne de mépris pour les malades, cette déviation entraîne la faillite de l'amour. Nietzsche regrette « le Dieu exterminateur de l'Ancien Testament » :

> Je déplore, la réduction du divin en Jésus-Christ. Dieu devient modeste, Il conseille la paix de l'âme, l'abandon de la haine, la tolérance, l'amour même envers ami et ennemi... Jadis Il représentait la force d'un peuple, maintenant Il n'est plus qu'un Dieu bon !... Mais Il est resté juif. Il n'est pas un fier dieu païen... Il est devenu Dieu des malades, Dieu comme araignée... Dieu dégénéré en antithèse de la vie, au lieu d'être sa transfiguration et son oui éternel [6].

La lecture de Nietzsche a donné à Emmanuel Mounier, fondateur de la revue *Esprit*, un coup de sang qui s'est exprimé dans un livre capital : *L'Affrontement chrétien*. Que de malentendus dans la lecture des Évangiles ! Certains se sont crus autorisés à réclamer une « mortification » au nom des Béatitudes. « *Heureux ceux qui pleurent. Heureux les persécutés pour la justice.* » devenaient l'apologie du masochisme, de la honte et du mépris de soi. Heureux êtes-vous lorsque vous vous lamentez. Heureux êtes-vous lorsque vous vous faites du mal. « *Aimer le prochain comme soi-même* » devenait une vraie catastrophe pour le prochain. Un bon paquet de névroses s'abritait ainsi sous couvert de religion.

Les chrétiens que je rencontre dans des retraites n'ont pas la mine lugubre et blafarde. Les témoins de l'Évangile, qu'ils soient évêques, curés, théologiens, aumôniers, donnent aujourd'hui de l'Évangile la lecture la plus rayonnante et la plus humaniste. Alors, pourquoi citer encore la critique de Nietzsche contre les prêtres qui seraient plus crédibles s'ils avaient des têtes de sauvés... ?

Le monde a faim et soif d'une bonne nouvelle porteuse de joie, une joie qui n'insulte aucune détresse, mais qui, au contraire, invite à se mobiliser pour mettre en chantier des parades au malheur.

« S'aimer soi-même », s'aimer sans narcissisme ne sera jamais facile. Celui qui ne s'est pas senti aimé durant ses premières années risque de se heurter à deux écueils : se dévaloriser puisqu'on lui a donné de lui-même une image trop réductrice, se survaloriser pour compenser le manque. Souvent les deux à la fois cohabitent.

Si un individu ne s'aime plus, il peut en arriver au dégoût de vivre, à la déprime. Si son amour pour lui-même est démesuré, la relation aux autres devient difficile. De part et d'autre nous sommes en danger, par défaut ou par excès. Comme le recommandent les guides de haute montagne : « Marchez sur la ligne de crête. Tomber sur le versant nord ne vaut pas mieux que de tomber sur le versant sud. »

Le dolorisme a empoisonné la religion si vivante et si porteuse de joies qu'inaugurait le Messie. Un homme un jour m'a dit : « Votre religion a tué mon épouse. » Quelques jours plus tard, il m'expliquait qu'elle refusait les soins d'un médecin, disant : « Dieu m'a envoyé ce mal pour me punir. Je dois payer ma dette. » J'ai eu bien des difficultés à lui expliquer que ce n'était pas ma religion.

Un prêtre qui par ses écrits m'avait galvanisé pour comprendre le sens du « sacrifice », l'acceptation de la croix, le don de soi jusqu'à donner sa vie, a quitté tout apostolat. J'en fus triste pour l'Église, mais j'ai surtout accordé moins de crédit à un propos qui le remplissait d'enthousiasme : « Ce n'est pas payer trop cher que de mourir, mon Dieu, afin que Vous existiez davantage. »

Une religion qui brime l'homme ne peut pas être celle de Jésus-Christ. Le prêtre dont j'évoque ici le souvenir disait : « Si nous ne savons pas combien Dieu est merveilleux, c'est que nous n'avons pas accepté de mourir à nous-même, puisqu'il est écrit : "*Nul ne peut voir Dieu sans mourir*" (Exode 33, 20). Si nous répugnons à la Croix, c'est que nous n'aimons pas assez Celui qui nous attend sur elle. » Il répétait que François d'Assise avait choisi la folie de la Croix...

Je crains qu'à dépouiller de leur motivation les supplices subis par le Christ, on risque de tomber dans un mépris de soi-même qui n'est pas tenable. Cette motivation est celle de l'amour à l'état pur. En acceptant son supplice infamant (on ne nomme plus un crucifié, il devient innommable), Jésus nous montre jusqu'où peuvent aller les jugements et les procès d'intention. Sans le savoir nous pouvons pousser au suicide ceux que nous n'aimons pas ! Plus de dix mille suicides par an en France, c'est bien plus que les victimes du 11 septembre ! Aurions-nous là aussi l'audace de dire à Dieu : « Pourquoi as-tu permis cela ? » Il n'a rien permis. C'est nous qui permettons.

L'amitié, une valeur sûre

Selon une enquête de l'IFOP (avril 2003), 96 % des Français déclarent l'amitié importante pour leur plaisir et leur équilibre personnel, 50 % la disent indispensable. Pour les beaux yeux d'un ami (d'une amie), ils se disent prêts à l'héberger (95 %), à se lever à trois heures du matin pour lui remonter le moral (89 %), à lui donner de l'argent (88 %), à traverser la France pour aller le chercher (83 %), à lui prêter leur voiture (83 %).

Existe-t-il une seule réalité qui ait autant de prestige auprès d'une telle majorité ? Aucune valeur n'a obtenu un tel score. Schopenhauer voyait dans l'amitié « un mélange d'amour de soi et de pitié ». Cette époque est révolue. Aucun sentiment n'a été aussi peu remis en question.

Très souvent l'amitié est présentée comme plus riche d'amour que la vie en couple. Elle est moins fusionnelle. Elle n'est menacée ni par l'instinct de possession (chasse gardée) ni par la jalousie. Elle pourrait être interrompue sans perdre de son intensité. Elle n'est pas encombrée par l'esclavage du désir. Elle semble avoir toutes les qualités. En relisant ces éloges que je lui prête je me demande si ce n'est pas elle qui devrait être l'âme du couple !

Selon ce sondage IFOP, les Français donnent pour contenu à leur amitié de s'entraider (59 %), de se confier (17 %) et d'agir ensemble (16 %). Je me demande si l'enquête n'aurait pas dû proposer d'autres réponses possibles.

*

J'écris ces pages dans la maison de campagne d'un couple ami. Seule la mort a interrompu une amitié de trente-cinq ans. Nous avons passé plusieurs étés ensemble. Il y a quelques semaines la seconde épouse de Bernard insistait pour que j'aille le voir à l'hôpital. Je pensais que ce serait plus agréable pour lui d'avoir ma visite lorsqu'il serait guéri ! Ce serait bientôt sans doute ! On croit difficilement à la mort d'un ami. Je l'ai trouvé dans une sorte de coma. Il ne parlait plus. Je me suis assis près de lui. « Bernard, si tu reconnais ma voix, ouvre un œil. » Quelle émotion de voir son œil s'entrouvrir ! Trois jours plus tard il quittait ce monde.

Aujourd'hui, seul dans sa maison, je regarde ses nombreux albums. J'avais pris une quarantaine de photos de lui, superbe, vivant, explosant de joie... Comme cette maison est devenue vide soudain sans lui ! S'il n'y avait pas des retrouvailles éternelles, que serions-nous de plus que des moucherons qui ce soir ne seront plus ?

★

Il y a quelques années j'avais composé un texte sur l'amitié. Je le lisais à des groupes de jeunes pour introduire nos échanges sur ce sujet qui était leur thème de prédilection. Je l'illustrais en projetant des photos symboliques.

Qui es-tu, toi que je croise comme un étranger...
toi que j'épie, comme un chat regarde un chien ?
Seras-tu pour moi un piège... ou un soutien ?
Qui es-tu, toi que je heurte en passant comme un meuble ?
Qui es-tu, toi que je blesse de mes critiques ?
N'es-tu qu'une silhouette dans mon paysage ?
N'es-tu qu'une frontière à mon élan vital...
une limite à mon orgueil ?

N'as-tu pas besoin de me rabaisser pour te rassurer toi-même ?
Es-tu une fenêtre ouverte sur le monde
ou un miroir pour me refléter ?

Nos chemins se croisent…
Pour combien de jours… combien d'années ?
Nous avons peut-être une longue route à parcourir ensemble !

Toute rencontre est un risque, une aventure.
C'est pourquoi mon premier réflexe est de t'éviter,
ou de te classer, vite, pour être plus à l'aise, plus en sécurité.
Épinglé, tel un papillon dans une collection, tu serais inoffensif.
Si tu n'es pas "du même bord", devant toi je me tairai.
Je te dirai des paroles banales, des phrases toutes faites.
Je poserai des questions sans souci de la réponse.

Je peux t'enfermer dans un passé mort,
t'emprisonner dans un personnage,
regarder attentivement toutes les étiquettes collées sur ton dos.

Je sais que toute rencontre est une aventure, un risque.
Alors je me méfie, je te juge, je te toise… je t'affronte.
Mérites-tu la confiance que j'aimerais te faire ?
Je te mets à l'épreuve… Je t'éclabousse de plaisanteries.
Et en même temps j'ai si peur que tu me juges…
Les pailles dans mes yeux t'empêcheraient de voir mes yeux !
Rien n'est plus triste que de donner de soi une image si pauvre !
Un vitrail peut n'être qu'une surface grise et sale, vu du dehors..
Alors qu'à l'intérieur il éclate en mille feux !
Comment oser te parler de mes paysages intérieurs ?
Si tu t'y promenais avec de gros sabots…
écrasant des fleurs qui naissent à peine…

Tes qualités m'attirent et je cours vers toi.
Aussitôt tes défauts me consternent et je fuis.
Ton mystère me déroute… Je voudrais voir plus clair ;
Mais tu ne cesses de brouiller les pistes.
Qui es-tu, toi, mon semblable, mon frère ?
Quel printemps, quel éternel été germe en ton cœur ?

Si j'étais hindou, je dirais :
"Tu es moi"... "Je suis toi"
Et je n'aurais plus peur...
Mais je sais bien que tu commences où je m'arrête...
et que je m'arrête où tu commences.

Ce n'est pas par hasard si je te rencontre...
Rien n'est laissé au hasard.
Nous sommes nés de l'Amour... tissés d'Amour,
faits les uns par les autres... les uns pour les autres.
C'est pourquoi un seul enfant des hommes est plus précieux
que l'univers entier avec ses vagues et ses torrents,
avec ses millions de fleurs et de collines,
avec ses milliards d'étoiles...
Un seul enfant des hommes !... éperdument préféré de Dieu.

Il dépend de toi que je me donne ou que je me ferme,
que je sois un piège ou une source...
N'approche pas sans respect.
Ne viens pas sans joie.
Nous passerons l'éternité ensemble...
Si nous commencions dès maintenant !

Un roi infirme, dit la légende, guérissait de tous leurs maux
ceux qui, l'approchant, lui posaient une seule question.
Hélas ! personne ne la trouvait...
Il suffisait de dire : "Quel est ton tourment ?"

Qui es-tu, toi qui entres dans ma vie comme dans un moulin ?
Viens-tu pour me perdre, ou pour me sauver ?
Pour me condamner, ou pour m'absoudre ?
M'apportes-tu la nuit ou le Soleil ?

⋆

Il faut laisser à la rencontre sa part de mystère. Tout ce qui vient de Dieu ne porte-t-il pas cette "griffe" ?

Lorsque Joseph en prison rencontre un co-détenu qui se débat avec ses rêves, sait-il que son avenir est en train de se jouer ? (Livre de la Genèse)

Le meilleur et le plus fécond de nos existences se joue sur des rencontres… Il y faut un état de vigilance. « *Veillez et priez, vous ne saurez ni le jour ni l'heure.* » (Matthieu 25, 13) Se tenir prêt, désencombré, vierge d'a priori, vierge d'appréhension…

Que signifie « apprivoiser » ?

Dans l'alchimie de l'amour et de l'amitié entrent tant d'éléments !

L'amitié est la plus belle aventure, la plus riche d'émotions et en même temps la plus fragile. Saint-Exupéry a écrit à ce sujet des pages qui me font frissonner à chaque lecture.

> Je t'accepte tel que tu es. Il se peut que la maladie te tourmente d'empocher les bibelots d'or qui tombent sous tes yeux, et que par ailleurs tu sois poète. Je te recevrai donc par amour de la poésie. Et, par amour de mes bibelots d'or, je les enfermerai.
>
> Il se peut qu'à la façon d'une femme tu considères les secrets qui te sont confiés comme diamants pour ta parure. Elle va à la fête. Et l'objet rare qu'elle exhibe la fait glorieuse et importante. Il se peut que, par ailleurs, tu sois danseur. Je te recevrai donc par respect pour la danse, mais par respect pour les secrets, je les tairai.
>
> Mais il se peut que tout simplement tu sois mon ami. Je te recevrai donc par amour pour toi, tel que tu es. Si tu boites, je ne te demanderai point de danser. Si tu hais tel ou tel, je ne te les infligerai point comme convives. Si tu as besoin de nourriture, je te servirai.
>
> Je n'irai point te diviser pour te connaître. Tu n'es ni cet acte-ci, ni tel autre, ni leur somme. Ni cette parole-ci,

ni telle autre, ni leur somme. Je ne te jugerai ni selon ces paroles ni selon ces actes. Mais je jugerai ces actes comme ces paroles selon toi.

J'exigerai ton audience en retour. Je n'ai que faire de l'ami qui ne me connaît pas et réclame des explications[7].

Si la rose est si riche en symboles, c'est peut-être en raison de la coexistence d'une beauté enivrante et d'épines blessantes. Tu peux à la fois te protéger des épines et t'émerveiller de la beauté de la fleur. Personne n'est sans trésor. Ne cherche pas un être humain qui soit sans épines. Personne n'est sans défaut.

En Inde, en 1972, des prêtres rencontrés m'avaient dissuadé de proposer mes services à mère Teresa. Ils ne voyaient que ses défauts et les soulignaient à plaisir. Comme ils doivent être surpris trente ans plus tard de leur bévue !

Je voudrais revenir à la méditation à laquelle nous invite Antoine de Saint-Exupéry. Certes *Le Petit Prince* est un hymne à l'amitié, mais c'est dans *Citadelle* qu'il développe le plus le thème de l'apprivoisement.

L'ami d'abord, c'est celui qui ne juge point. Je te l'ai dit, c'est celui qui ouvre sa porte au chemineau, à sa béquille, à son bâton déposé dans un coin et ne lui demande point de danser pour juger sa danse. Et si le chemineau raconte le printemps sur la route du dehors, l'ami est celui qui reçoit en lui le printemps. Et, s'il raconte l'horreur de la famine dans le village d'où il vient, souffre avec lui la famine. Car je te l'ai dit, l'ami dans l'homme, c'est la part qui est pour toi et qui ouvre pour toi une porte qu'il n'ouvre peut-être jamais ailleurs. Et ton ami est vrai et tout ce qu'il dit est véritable, et il t'aime même s'il te hait dans l'autre maison. Et l'ami dans le temple, celui que grâce à Dieu je coudoie et rencontre, c'est celui qui tourne vers moi le même visage que le mien, éclairé par le même Dieu, car alors l'unité est faite, même si ailleurs il est boutiquier quand je suis capitaine, ou jardinier quand je suis marin sur la mer. Au-dessus de nos divisions je l'ai trouvé et suis son ami. Et je puis me taire auprès de lui, c'est-à-dire n'en rien craindre pour mes jardins intérieurs et mes montagnes et mes ravins et mes déserts, car il n'y promènera point ses chaussures[8].

L'amitié, c'est d'abord la trêve et la grande circulation de l'esprit au-dessus des détails vulgaires. Et je ne sais rien reprocher à celui qui trône à ma table.

Car sache que l'hospitalité, et la courtoisie et l'amitié sont rencontres de l'homme dans l'homme. Qu'irais-je faire dans le temple d'un dieu qui discuterait sur la taille ou l'embonpoint de ses fidèles, ou dans la maison d'un ami qui n'accepterait point mes béquilles et prétendrait me faire danser pour me juger ?

Tu rencontreras bien assez de juges de par le monde. S'il s'agit de te pétrir autre et de te durcir, laisse ce travail à tes ennemis. Ils s'en chargeront bien, comme la tempête qui sculpte le cèdre. Ton ami est fait pour t'accueillir. Sache de Dieu, quand tu viens dans Son temple, qu'Il ne te juge plus, mais te reçoit[9].

Quel ne fut pas mon étonnement, rêvant de rejoindre le cœur d'un groupe de retraitants par cette lecture, lorsque j'entendis en écho à ces textes : « Ce livre est pour les intellectuels » !

★

À qui s'adresse l'amitié ? Est-ce aux valeurs changeantes dont l'autre est paré ? Est-ce à sa beauté ? Son charme ? Son humour ? Son intelligence ?

Tout cela peut entrer dans la composition du premier étage de la « fusée », mais il faudra vite un second relais et peut-être un troisième.

L'amitié se nourrit de ces merveilleux cadeaux offerts, mais elle va beaucoup plus loin. Elle s'adresse à l'âme. Lorsque quelqu'un vous apparaît comme unique et irremplaçable, vous êtes prêts à accepter les épines cachées sous la rose. Si les défauts d'un ami vous cachent son être au point de vous exaspérer, le moment est peut-être venu de vous interroger : « L'ai-je aimé un seul instant ? »

« C'est le temps que tu as perdu pour ta rose qui fait ta rose si importante. » (Saint-Exupéry)

En 1957, des amis se sont brouillés parce que la torture en Algérie, acceptée par les uns, provoquait l'indignation des autres. Quarante-trois ans plus tard, le général Pâris de Bollardière[10] apparaît comme un des seuls à avoir été fidèle à la dignité de l'homme. La fidélité à nos valeurs et à notre foi est une obligation. Se laisser conduire par l'opinion d'autrui est une « aliénation ». Rechercher l'approbation ou l'estime des autres est un piège.

Saint Paul se montre d'une liberté totale à l'égard de l'opinion. Il ne se donne que deux repères : être en accord avec sa conscience, s'en remettre à Jésus-Christ. Il souffrait d'un défaut ou d'une infirmité. Il a supplié Dieu de l'en délivrer. Dieu lui a répondu « *Ma tendresse te suffit. Ma force triomphe dans ta faiblesse...* » (2 Corinthiens 12, 10) Il dira dans une autre lettre : « *Ma force, c'est ma faiblesse.* » Il témoignera aussi d'une fantastique gratitude à l'égard de la tendresse du Christ pour lui. Jésus l'a appelé à son service alors même qu'il était, lui, Saül de Tarse, un intégriste criminel.

Éros et Agapé

Les mots « je t'aime » sont trop souvent de la fausse monnaie. Il peut y avoir trois erreurs en trois mots. « Je » alors que tu ne sais pas qui tu es, « toi » alors que tu ne sais pas qui est l'autre, « aime » alors que tu ignores ce qu'est l'amour.

L'exigence d'aimer t'oblige à « entrer en toi-même », à rejoindre tes racines. « Je t'enseignerai l'amour par l'exercice de la prière. » (Saint-Exupéry, *Citadelle*)

L'exigence d'aimer t'invite à une extrême attention, une extrême présence, pour savoir quel est le vrai visage de celui (celle) que tu prétends aimer.

C'est si facile d'idolâtrer un rêve ! En magnifiant l'objet de ta dévotion, tu cherches à te grandir toi-même. Tu es la compagne de ce grand écrivain, le compagnon de cette star. Mais « l'autre » concret, l'autre réel, avec ses dons originaux et ses blessures particulières, que devient-il dans cette mascarade ? « Tu me trompes avec une fausse image que tu t'es faite de moi », disait une femme à son compagnon.

Et l'amour, quelle est sa nature, sa substance ? Il y a l'amour-Éros. C'est l'élan de l'abeille vers la fleur. « On est sur un petit nuage », disent les amoureux. La gangue n'apparaît pas. Seul brille le diamant, de tous ses feux. Les épines ne blessent pas encore. Seule embaume la rose. Le regard transparent voit « l'autre » dans son extrême beauté invisible. Rien ne vient entamer cette merveille. L'amour apparaît alors comme la seule réalité vers laquelle tout converge.

« Si tu pouvais voir la beauté d'une seule âme, disait Catherine de Sienne à Raymond de Capoue, tu n'hésiterais pas pour son salut à subir cent fois la mort. » Aimer selon Dieu, c'est découvrir le voyant dans l'aveugle, entendre le chant secret du muet, reconnaître les pas du tétraplégique. Tel le prospecteur, l'amour reconnaît un diamant là où tous n'ont vu qu'un très vulgaire caillou. Ce regard n'est pas un effet de la volonté. Il est une grâce offerte.

Éternellement nous nous émerveillerons des liens que nous aurons ébauchés sur cette planète. Le temps terrestre est le temps d'un stage. Jour après jour nous apprenons la saveur originale de l'autre. Bientôt s'ouvrira pour nous un printemps éternel. L'amour seul demeurera, débarrassé de ce qui le défigure. L'amour seul restera, dans la joie de son éternelle plénitude.

Mais il existe un autre étage de l'amour. Celui que les Grecs nommaient Agapé. L'amour à construire, l'amour à guérir, l'amour malgré tout. Recevoir la mission de concourir à l'éclosion spirituelle d'un être, révéler son génie particulier, favoriser sa croissance, lui permettre de s'accepter avec son passé et ses limites, le délivrer de ses démons.

Quelle confusion lorsque nous utilisons le même mot pour désigner deux réalités si différentes !

On dira qu'une femme a été « victime de l'amour » parce que son compagnon l'a frappée à mort. C'est faux ! La jalousie est une maladie qui s'attaque à l'amour. Elle n'est pas l'amour.

Lorsque nous disons « je t'aime », que souhaitons-nous exprimer ? Est-ce : « J'apprécie ta beauté. Je m'enchante des nuances de ton humour. Ton réalisme me fait du bien. Je suis aux anges lorsque je t'écoute chanter » ?

Tout cela n'est pas étranger à l'amour, certes ! Qui ne se réjouirait d'apporter à d'autres une parcelle de bonheur par ses qualités ? Mais si tu perds ta beauté, ton humour, ta voix, est-ce à dire que tu ne seras plus rien pour celui (celle) qui t'aimait ? L'amour est une maison à deux étages : celui qui prend et celui qui donne. Il y a foule au premier, le second, libéré de l'ego, est souvent vide.

Pour Platon l'amour est fils de l'abondance et du manque (*poros* et *penia*). En effet, l'amour porte en lui un sentiment de plénitude et une profonde nostalgie.

Pour ce grand philosophe, l'amour est convoitise, expression d'un manque, comme la faim chez le prédateur, ou comme l'air que l'on respire. Il est la trace d'une pauvreté que viendra combler, peut-être, l'objet du désir. « Ce qu'on n'a pas, ce qu'on n'est pas, ce dont on manque, voilà les objets du désir et de l'amour » (Platon). Cet amour-là peut-il porter le même nom que le dévouement d'une mère pour son enfant ?

Ne vaudrait-il pas mieux le nommer « attachement », « désir », « envie » ? Il n'est pas étranger à l'amour puisqu'il y a là un besoin de la présence d'autrui, mais cet attrait est fragile, sans cesse menacé, entaché d'égoïsme.

2

Je t'aime donc je suis

La nuit contribue à la gloire du feu.

Les instincts des origines

L'être humain, à travers bien des livres de sagesse, apparaît comme un primate au cerveau particulièrement développé. Dans un livre débordant d'humour [11], un écrivain anglais a montré notre ancêtre d'il y a cent mille ans doué de possibilités extraordinaires.

La proximité de l'homme avec les animaux se révèle en deux grands instincts : l'énergie de tuer une proie ou un prédateur rival est une condition de leur survie individuelle ; une mobilisation d'énergie sexuelle de tout l'être avec un arsenal parfois rusé pour parvenir à ses fins est la condition de la survie de l'espèce.

Le Créateur, dit le livre de la Genèse, a introduit dans les narines de ce primate Son propre souffle : une aptitude à recevoir de l'amour et à en donner.

Chez de nombreux animaux on trouve des individus qui se vouent à leur partenaire ou à leur progéniture avec un acharnement qui force l'admiration. Mais la générosité humaine n'est pas comme ici commandée par l'instinct. Elle est le fruit d'une décision. Un choix libre peut jaillir : dérobade ou enthousiasme.

Les deux instincts que j'ai évoqués quelques lignes plus haut demeurent chez l'homme. Une agressivité naturelle permet de protéger les siens, de défendre son territoire. Il s'agit de la canaliser et non de l'étouffer. Elle se transforme parfois en volonté de puissance et peut développer des ambitions guerrières. L'instinct de reproduction est si fort lui aussi qu'il peut pousser le meilleur des hommes à des crimes sordides. Le roi David, malgré le nombre de ses épouses et de ses concubines, sera saisi d'une passion irrésistible pour Bethsabée, épouse d'un de ses officiers. L'ayant mise enceinte, il n'hésite pas une seconde à faire mourir le mari de celle-ci, pour ne pas mettre en péril sa propre réputation.

« Le souffle divin » va, au cours des siècles, domestiquer ces deux instincts sauvages. L'Histoire que l'on enseigne dans les lycées raconte cette lente humanisation avec parfois des retours à la barbarie. Les capacités destructrices se développant au même rythme que les progrès de la science, cette barbarie devient de plus en plus intolérable.

L'Évangile de Jean reprend, en la transformant, la première phrase de la Bible. « *Au commencement Dieu créa…* » devient « *Au commencement était la Parole.* » (Jean 1, 1) Autant dire : « Au commencement était la Relation. » On ne parle pas lorsqu'on est seul. L'amour existe pour créer des liens. « Au commencement… » L'amour est l'origine du monde, la source, la racine de toute vie.

★

L'amour n'est pas d'abord une réalité d'ordre social ou psychologique. Il est au cœur de l'Être. Il est au commencement et au terme de l'aventure de la vie. Pierre Teilhard de Chardin a passé des années à scruter ce mystère. Au carrefour de la science et de la foi il fut visionnaire et mystique.

Pour lui, l'évolution des espèces converge vers un être humain qui découvre de plus en plus l'enjeu de l'amour. Le monde était pour lui l'œuvre d'une conquête en cours ; le grand projet d'un Christ, cœur de l'univers, qui veut continuer la mission commencée deux mille ans plus tôt. « On est surpris, dit-il, du soin extraordinaire que Jésus met à recommander aux hommes de s'aimer les uns les autres. » Cette énergie de l'amour ne cesse de le fasciner. C'est pourquoi l'évolution est sainte à ses yeux. Le Jésus historique se prolonge dans la multitude de ceux qui ont « *connu l'amour et qui y ont cru.* » (1 Jean 4, 16)

J'aimerais recueillir quelques bribes de la somme imposante des textes que Teilhard a consacrés à cette « réserve sacrée d'énergie ».

> Il semble qu'on ait fini par désespérer de comprendre et de capter cette force sauvage qu'est l'amour. On la laisse donc courir partout, sous notre civilisation, lui demandant tout juste de nous amuser, ou de ne pas nuire… Est-il vraiment possible à l'Humanité de continuer à vivre et à grandir sans s'interroger franchement sur ce qu'elle laisse perdre de vérité et de force dans son incroyable puissance d'aimer ?
>
> La manière la plus expressive, et la plus profondément vraie, de raconter l'Évolution universelle serait sans doute de retracer l'Évolution de l'Amour.
>
> L'amour est une aventureuse conquête. Il ne tient, et se développe, comme l'Univers lui-même, que par une perpétuelle découverte. Ceux-là donc seulement s'aiment légitimement que la passion conduit, tous les deux, l'un par l'autre, à une plus haute possession de leur être. Ainsi

la gravité des fautes contre l'amour n'est pas d'offenser je ne sais quelle pudeur ou quelle vertu. Elle consiste à gaspiller, par négligence ou par volupté, les réserves de personnalisation de l'Univers.

Sans sortir de soi, le couple ne trouve son équilibre que dans un troisième en avant de lui. Quel nom faut-il donner à cet "intrus" mystérieux ? L'amour est une fonction à trois termes : l'homme, la femme et Dieu. Toute sa perfection et sa réussite sont liées à l'harmonieux balancement de ces trois éléments[12].

★

La totalité des humains, sur tous les continents, se trouve engagée dans cette formidable découverte : « *Celui qui aime est né de Dieu et connaît Dieu.* » (1 Jean, 4, 7)

Lors de voyages dans près de cent pays, sous toutes les latitudes, qu'ai-je vu de plus universel sinon la soif de reconnaissance, de respect et de tendresse ? Même chez les plus primitifs des hommes, c'est cette dimension de la condition humaine qui me sautait aux yeux.

Le cœur du Mystère se trouve dans l'être même de Dieu. Dieu est Relation, de toute éternité : « Le Père est l'origine, le Fils est le visage, l'Esprit l'intériorité. » (O. Clément) « *Comme le Père m'a aimé, je vous ai aimés. Comme je vous ai aimés, aimez-vous.* » (Jean 15, 9) En ces deux phrases se trouve l'explication de l'aventure de la vie. Nous avons été créés et mis au monde pour comprendre la dimension de l'amour, sa beauté, sa perfection, sa force indestructible, sa joie éternelle.

Au cours de ces pages je ne cesserai d'osciller entre le plus banal et le plus mystique. Le sang qui irrigue jusqu'au lobe de l'oreille part de l'organe le plus vital et y retourne sans cesse. Ce n'est pas par hasard si le cœur humain est devenu le symbole de l'amour.

En stage d'amour

Dans une conférence aux jeunes Américains pour les inciter à débarquer sur les plages d'Europe afin de chasser la barbarie nazie, Saint-Exupéry leur disait : « C'est le sort du monde qui est en jeu. » Il les exhortait à découvrir la beauté du don de soi à la communauté des hommes. Il exaltait le sacrifice. Il racontait comment, lors de plaisirs futiles, son temps fut perdu. Ses seuls bonheurs, disait-il, ont été dans le dévouement.

> lorsqu'on engage sa vie pour sauver d'autres vies… Les recherches de camarades perdus, les dépannages en dissidence, l'excès de fatigue, cette part d'action que rien ne payait, je découvre que c'est d'abord elle qui m'a fait naître, même si dans l'instant je n'ai pas compris son pouvoir. C'était une époque merveilleuse puisque noués par les mêmes dons nous nous aimions les uns les autres… Quant aux souvenirs des nuits où j'usais ma solde, il n'est plus que cendre…

Il y a plus de vingt ans, j'écrivais sur ce sujet mon premier livre : *L'Avenir est à la tendresse.* Il développait les intuitions les plus fortes des jeunes des années soixante et soixante-dix. Je retrouve aujourd'hui la même quête dans les nouvelles vagues. Sans amour, sans respect, sans non-violence, sans réconciliation, il n'y aura pas d'avenir.

Chaque semaine je m'adresse à quelques centaines de jeunes. Invité par les responsables de leurs lycées, j'essaie de transmettre le flambeau.

Vous, les jeunes qui cherchez à tâtons un idéal auquel vous pourrez accrocher votre vie, vous auxquels j'ai consacré le meilleur de mon existence, je vous ai écoutés au cours de nos veillées durant près de quarante ans. L'idéal qui vous tient le plus à cœur se nomme bien l'amour. Vous avez découvert à quel point l'existence est creuse, vide, grise lorsqu'elle n'est pas transfigurée par l'amour !

Vous êtes vivants dans la mesure où vous aimez et où vous êtes aimés. Vous remplaceriez volontiers le *cogito* de Descartes par le cri : « Tu m'aimes, donc je suis. » Même lorsque vous déclarez de façon détendue : « Je n'ai aucune religion. Je ne crois pas du tout en Dieu », en réalité votre idéal a un nom : « Amour ». L'amour est le grand gagnant au hit-parade de toutes vos chansons. La parole révélée, « *Dieu est Amour* », vous parle. Vous êtes, parfois, tentés de la retourner et de dire : « L'Amour est Dieu ». Mais vous risquez de donner au verbe aimer un contenu équivoque, voire dangereux.

Je ne suis pas près d'oublier cette jeune fille anorexique à qui je demandais : « T'es-tu sentie aimée durant ton enfance ? » Elle me répondit avec une voix où la détresse et la colère se mêlaient : « Oh oui ! À en crever ! » Lorsque quelqu'un vous dit « je t'aime », parfois il vaudrait mieux préparer votre valise.

Nous sommes en stage d'amour sur une planète-école. Le stagiaire apprend autant par ses erreurs que par ses réussites. Tâtonner et se tromper dans notre recherche de l'amour est inévitable. Mais il est précieux de pouvoir se diriger, trouver des repères, dégager l'amour de ses scories et de ses poisons. Pour chercher l'amour il faut suivre son étoile.

Pourquoi gâcher ce que l'on a de plus cher ?

Je ne cesse d'être intrigué par le décalage qui peut exister entre notre aspiration à la bonne entente et notre difficulté à l'atteindre.

Cela me fait penser au brouillage des troupes d'occupation qui voulaient nous empêcher d'entendre la radio de Londres. Les messages étaient innocents des empêchements occasionnés par l'ennemi. Une immense attente était brouillée par un immense empêchement. Ainsi de nos affections. L'amour est innocent de ces pièges, de ces malentendus, de ces « brouillages radio ».

Les sages, les psychologues, les maîtres spirituels, les exégètes ont tous beaucoup à nous apprendre pour que nous puissions analyser ce mystère et nos stratégies de défense.

Je suis insatiable devant les pages de ceux qui évoquent les causes de nos difficultés à communiquer. Pas seulement ceux dont la profession implique l'écoute des tourments devenus intolérables, mais ceux qui ont cultivé la sagesse et l'art d'être en paix avec soi-même et avec les autres.

J'ai correspondu avec Françoise Dolto. Elle m'a éclairé sur bien des points. Je me laisse interroger par des psychanalystes et des psychiatres. Les croyants auraient beaucoup à apprendre de leurs critiques et de leurs intuitions. Voici un échantillon :

> Le christianisme constituait un essai suprême de dissocier l'amour de tout ce qui est agressif et envie. Il essayait d'y parvenir en exaltant l'amour altruiste jusqu'à l'idéal, mais niant la réalité de nombreux problèmes de l'âme humaine. Quand leur existence n'était pas niée, les pulsions agressives et sexuelles étaient méprisées, condamnées, ignorées… Lorsqu'on tente de nier les droits de l'agressivité et de la sexualité, de les exclure de leur participation à la vie, elles s'écoulent par les voies de la haine et de la destructivité. Sous des formes telles que la persécution, la rapacité, le pharisaïsme, elles forcèrent leur chemin dans la vie religieuse…

> L'agressivité que le christianisme niait devait se trouver une issue personnelle dans le prosélytisme et la persécution contre les convictions des gens...
>
> L'agressivité dissociée et exclue de la fusion et de son association avec l'amour se décharge sous des formes extrêmes de destructivité. Sans l'agressivité qui lui est utile pour l'obtention de ses moyens d'existence, sans la sexualité... l'homme cesserait d'exister[13].

Il va sans dire que cette accusation ne saurait viser l'ensemble des chrétiens. « On ne juge pas le lion sur ses puces ».

*

Si nous étions capables de mettre de côté certaines revendications, l'amour ne serait pas aussi fragile et menacé. Je me souviens d'un trekking en Islande avec un ami, Patrick. Nous avions projeté de suivre l'itinéraire recommandé par un guide : une montée facile, une redescente sur un autre versant, plus délicate. Patrick voulut revenir par le chemin emprunté à la montée. Je suis parti seul de mon côté, pestant tout au long du trajet : « Dire qu'il ne verra pas ces merveilles ! Vues à deux, elles auraient été deux fois plus belles ! » Le renoncement à mon projet m'aurait-il vraiment coûté ? C'est d'être ensemble qui était précieux et non de faire des prouesses en solitaire.

Plus tard j'ai vécu, avec un autre ami, de vingt ans plus jeune que moi, une histoire semblable. Francis voulait absolument me faire connaître certains villages d'une région en altitude. Je n'aime pas trop les routes de montagne étroites qui n'ont aucun parapet. La carte routière dont nous disposions n'était pas claire. Une route que nous devions emprunter était marquée à environ cinq kilomètres d'un village. Sept kilomètres plus haut elle n'était toujours pas là. Nous ne rencontrions personne et la route avait des aspects réellement dangereux. Nous fîmes demi-tour d'un commun accord, pensant que l'embranchement recherché devait être plus bas. Retournés au village qui nous servait de repère, nous nous informâmes : « La route que vous souhaitez prendre existe ; elle est plus haut. » La carte était erronée ou bien notre évaluation de la distance sur une route en lacets était mauvaise.

Il y eut alors entre Francis et moi un conflit invraisemblable. Sa frustration était telle qu'il m'accusait d'avoir fait volontairement échouer le projet auquel il était attaché. Il ne pouvait pas me blesser en un point plus sensible. Reprendre la route vers les hauteurs dans un état émotionnel aussi perturbé semblait risqué. Les villages que souhaitait visiter mon ami étaient accessibles par une voie beaucoup plus normale : « Pourquoi ne pas passer par une autre route ? »

Il m'a semblé précieux de ressentir de telles émotions. Cela m'aide à réaliser ce qui peut arriver dans certains couples. L'un et l'autre s'aiment, mais ils sont prisonniers de frustrations et de peurs archaïques dont ils ne parviennent pas à se libérer. Dans des moments où les nerfs ont craqué ils peuvent prononcer des mots malheureux. L'irréparable n'est pas loin.

Se confier ensemble devant un tiers qui serait neutre pourrait aider à clarifier la situation. Mais que faire si l'autre ne le souhaite pas ?

Il faudrait aussi rejouer la scène. Ce qui fut porté à ce point au tragique devrait être lu sur le mode de l'humour.

Un jour, une mère excédée par les disputes continuelles de ses deux filles envoya l'une d'elles en pension. Sa sœur ne cessait de pleurer : « Avec qui vais-je pouvoir me disputer maintenant ? »

L'humour est fait d'humilité. Comment accepter nos limites ? Comment accepter notre colère contre l'autre et contre nous-mêmes ? Comment accepter, sans en faire un drame, d'être capable de gâcher ce que l'on a de plus cher ?

La sagesse nous conduit à prendre des distances devant notre petit ego suffisant et nombriliste. Ce que tel pense de nous n'a pas grand-chose à voir avec notre moi véritable. Il prétend vous définir et il ne fait que trahir ses frontières et ses propres humeurs. Est-il heureux ? tout sera magnifique ! Est-il blessé ? rien ne trouvera grâce à ses yeux !

Les spiritualités nées de l'hindouisme relativisent les paquets d'humiliations qui vous sont envoyés en plein visage : « Ne vous remettez pas en cause à tout propos. L'autre a le droit de ne pas vous comprendre. En quoi vous servirait-il de connaître les raisons qu'il a d'agir ainsi ? C'est son karma. Dans une vie future, il endurera peut-être dix fois ce qu'il vous a fait subir. Et vous, vous aurez engrangé une humilité qui est un grand trésor ! »

Il serait instructif de faire une anthologie des jugements réducteurs dont certains hommes remarquables ont été la cible. Je lis ceci dans la correspondance de Flaubert :

> On commence à me démolir. Vous ne vous imaginez pas les infamies qui règnent. Le public se trouve à la hauteur de toutes les canailleries dont on le régale. Mais ce qui m'attriste profondément, c'est la bêtise générale. L'océan n'est pas plus profond ni plus large. Il faut fermer sa porte et ses fenêtres, se ratatiner sur soi, comme un hérisson, évoquer dans son cœur une grande idée (souvenir ou rêve) et remercier Dieu quand elle arrive[14].

Un psychanalyste avait une patiente qui lui crachait au visage chaque fois qu'elle achevait son entretien avec lui. Le thérapeute s'essuyait la joue sans dire un mot ni manifester d'émotion. Comme sa secrétaire s'en étonnait, il esquissa un sourire : « C'est son problème. Ce n'est pas le mien ! »

> Le monde entier peut vous calomnier ; du moment que vous n'en faites pas une affaire personnelle, vous êtes immunisé. Quelqu'un peut délibérément vous envoyer le poison émotionnel, mais vous ne le prenez pas personnellement, vous ne l'ingurgitez pas [15].

★

Saint-Exupéry évoque la situation d'un homme qui a perdu toutes ses attaches.

> Il éprouvait, comme on éprouve une faim profonde, le besoin d'être homme parmi les hommes, lié aux autres hommes… Il était libre, mais infiniment, jusqu'à ne plus se sentir peser sur cette terre. Il lui manquait ce poids des relations humaines qui entrave la marche, ces larmes, ces adieux, ces reproches, ces joies, tout ce qu'un homme caresse ou déchire chaque fois qu'il ébauche un geste, ces mille liens qui l'attachent aux autres et le rendent lourd [16].

J'ai ressenti cet arrachement de façon incroyablement douloureuse en quittant, à l'âge de soixante-huit ans, plusieurs centaines de familles avec lesquelles des liens très forts s'étaient tissés durant vingt ans. « Lorsqu'ils ont atteint soixante-cinq ans, je ne déplace plus mes prêtres », me disait un évêque. Perdre tant de liens, c'est vieillir de plus de dix ans !

« J'ai reconnu le bonheur au bruit qu'il faisait en sortant. » L'existence n'est-elle pas une succession de deuils ? Si nous croyons en une existence éternelle et heureuse où nous nous retrouverons, tout change, bien sûr !

Mais si l'Église veut témoigner de la présence en elle du Christ ressuscité, elle devra être attentive à ses prêtres âgés. Tout en ayant dix ans de moins que le pape et en possédant encore bon pied et bon œil, certains sont mis sur la touche. Ils auraient besoin de demeurer proches de ceux qu'ils ont accompagnés au baptême, à la profession de foi, au mariage. Retranchés de ces liens humains, ils se dessèchent.

Ampleur du terrorisme

Quiconque veut braquer le projecteur sur cette disposition de l'âme que nous nommons l'amour devra être attentif à son contraire, le mépris. Chez ceux qui ont été humiliés, privés de respect, bafoués dans leur dignité monte une émotion de désespoir ou de colère. Tous n'ont pas reçu une culture religieuse leur permettant de métamorphoser l'humiliation. Cette colère peut être froide et aboutir à des comportements révolutionnaires, structurés, planifiés. Elle peut aussi se montrer viscérale et anarchique, frappant n'importe quelle cible.

Il ne s'agit pas toujours de haine de la part des tortionnaires. En Colombie, j'ai rendu visite, en prison, à des hommes dont le seul rêve était de poser des bombes. Mais ils n'éprouvaient pas de haine. Ils voulaient ressembler à leurs héros. Aujourd'hui, dans ce pays, les enlèvements se multiplient. Les narcotrafiquants financent des groupes armés révolutionnaires. L'appareil d'État, pour recevoir de l'argent, modère sa répression contre ces mafias du crime. C'est sans fin.

La colère peut encore être marquée par un mysticisme de contrebande, faisant croire à une récompense sublime obtenue par l'offrande sacrificielle de sa vie.

Les terroristes suicidaires d'Arabie Saoudite, du Pakistan, de Palestine... montrent avec une logique particulière combien l'amour est une question vitale. On a souvent défendu la thèse d'une misère économique source du terrorisme. Ce n'est vrai que partiellement.

Les terroristes de la mouvance d'Al Qaïda proviennent des milieux les plus favorisés de leurs pays respectifs. C'est la privation de respect qu'ils ont cru percevoir de la part d'un Occident qui se permettait de régenter le sort des nations musulmanes. Ces jeunes ont cru trouver dans le Coran les bases d'un renversement de situation. Ils n'ont rien à perdre. Ils croient avoir tout à gagner, puisqu'une récompense fantastique leur est offerte dès que l'explosion de la dynamite les aura fait passer dans l'autre monde. Ils ne chanteraient pas comme Brassens : « Mourir pour des idées... d'accord, mais de mort lente ! » Cette mort est perçue comme une mission divine, sacrée.

Je comprends mal comment tant de hiérarques, imams et ayatollahs gardent le silence à ce sujet au lieu de dénoncer le plus grand des sacrilèges : appeler martyre un massacre d'innocents. J'ai eu la surprise cette semaine d'entendre un prêtre s'émerveiller d'un tel sacrifice, semblant regretter que les chrétiens n'aient pas un pareil courage ! J'ose croire que ses propos ont dépassé sa pensée.

La haine associée à la confusion d'une mystique dévoyée peut avoir une extrême puissance de destruction. Son pouvoir se poursuit dans la durée, car les s ociétés peuvent, pour se défendre, utiliser des moyens qui mobiliseront de nouveaux kamikazes. La plupart des terroristes islamistes avant la génération Ben Laden avaient été torturés par les gouvernements de leurs pays (Égypte, Arabie Saoudite, Syrie), liés aux nations occidentales.

« Le seul langage possible entre toi et nous est l'épée qui s'abattra sur ta nuque », disait un jeune candidat à un suicide qu'il nommait martyre.

Comment ne pas être effaré en constatant au Moyen-Orient la difficulté à entrer dans une logique de réconciliation ? Voilà deux peuples frères ayant des religions très proches, avec des préceptes de fraternité, de réconciliation, de paix, qui ne cessent de se déchirer. Un meurtre en appelle un autre. Certains revendiquent glorieusement des assassinats monstrueux.

Alain Finkielkraut cite, dans un article du *Magazine littéraire*, un propos de Ben Bella expliquant l'hostilité radicale du monde arabe à Israël : « Ce que nous voulons, nous autres Arabes, c'est être. Or nous ne pouvons être que si l'autre n'est pas. » On pourrait en venir à regretter la fondation de l'État d'Israël, mais l'antijudaïsme et ses conséquences inouïes avaient rendu presque inéluctable le retour de ce peuple sur sa terre.

Combien d'Algériens, de Palestiniens, d'Égyptiens, de Syriens ont vénéré Oussama Ben Laden et Saddam Hussein, voyant en eux de nouveaux Saladin ébranlant « l'orgueil des croisés » ! Ben Laden et Saddam Hussein continuaient à leurs yeux le combat héroïque des moudjahidins qui avaient terrassé l'empire soviétique en Afghanistan.

En chaque homme il y a un fauve qui sommeille. La Bible le disait quinze siècles avant notre ère.

> De qui est-on en mesure d'affirmer que rien ne pourrait le rendre fou ? Et les utopistes éthérés que le léninisme rendit tortionnaires ? Et les chantres d'une

religion de miséricorde qui noyèrent Jérusalem dans un fleuve de sang ? Et ces disciples de Gandhi qui ensanglantèrent les rives de l'Indus ? Et toujours la "drogue" derrière ces dérives : la religion, l'idéologie, la race ; hallucinogènes en vente libre. Et l'amour ! Le cœur a ses passions, le sexe ses pulsions, le cerveau un idéal. Or le cerveau tue, le sexe tue, le cœur tue… Dans tous les cas délire de l'appropriation-négation de l'autre. Il faudra se demander pourquoi et comment le crime, le pire, celui que sous-tend l'esprit de possession, parvient à s'infiltrer jusque dans les entrailles de ceux qui rêvent de l'abolir[17].

Je mettrai volontiers un bémol à ces propos de J. F. Kahn. Ce n'est ni le cerveau, ni le sexe, ni le cœur qui tuent : ce sont leurs dégénérescences. Ce n'est pas l'amour qui meurtrit chaque année plus de cent mille femmes en France, c'est son absence. Au risque de rabâcher reprenons le proverbe africain : « Il ne faut pas confondre le lion avec ses puces. »

Le pardon

Comment parler d'amour sans évoquer le pardon ? Le chrétien se tourne chaque jour vers la Source de toute tendresse pour lui dire : « *Pardonne-nous comme nous pardonnons.* » Cela ne signifie pas : « Dose ton pardon selon la mesure avec laquelle je pardonne moi-même. » Cela pourrait vouloir dire l'inverse : « Puisque Tu m'as pardonné, comment ne pardonnerais-je pas à mon tour ? » C'est la régénération que Dieu nous accorde qui nous donne la force de pardonner. Si par malheur nous gardions quelque rancune, ce serait le signe que nous ne croyons pas au pardon de Dieu pour nous. Recevoir l'absolution de Dieu et par la suite refuser notre compassion à celui qui est en dette envers nous serait d'une extrême bassesse.

Le pardon vient lentement au cœur de l'homme. La nature humaine exige de se venger. La vengeance a toujours tendance à être disproportionnée. La consigne « *œil pour œil, dent pour dent* » était déjà un progrès. Mais il faudra aller encore plus loin, pour imiter Dieu. « *Je ne céderai pas à l'ardeur de Mon indignation car Je suis Dieu et non pas homme.* » (Osée 11, 9)

Au livre de la Genèse, le personnage de Joseph fait preuve d'une grande magnanimité en pardonnant à ses frères qui ont « pourri sa vie ». Ils l'ont vendu comme esclave pour se débarrasser de lui. Sa différence leur faisait de l'ombre. La jalousie peut conduire au meurtre.

Lorsque les frères de Joseph viennent dix ans plus tard en Égypte pour chercher de quoi ne pas mourir de faim, ils retrouvent leur frère aux commandes du pays. Joseph retient leurs larmes de repentir : « *Ne vous affligez pas. Ne soyez pas tristes de m'avoir vendu… C'est pour vous sauver la vie que Dieu m'a envoyé devant vous…* » (Genèse 45, 5) Plus tard il leur dira encore : « *Vous aviez combiné de me faire du mal. Dieu a changé ce mal en bien pour accomplir ce qui arrive aujourd'hui, sauver des multitudes.* » (Genèse 50, 15)

Lorsque ton offenseur t'arrache les éléments de ton bonheur, ne sois pas trop triste ! Peut-être qu'un trésor cent fois supérieur te sera un jour offert, au sein même de ton deuil !

Les « esprits faux » diront : « Inutile de se gêner, offrons par nos offenses un bien considérable ! » Ce n'est pas parce qu'une jeune fille mutilée par un malfrat épouse le chirurgien qui l'a soignée qu'elle va encourager tous les truands à faire d'autres victimes.

Les Évangiles donnent une place majeure au pardon.

Peu de chrétiens ont vécu à cette profondeur souhaitée par leur Maître, personne ne le niera. Mais l'infidélité des disciples ne retire rien au Maître. Bien au contraire, cela montre combien il respecte leur liberté.

Le pardon n'est pas pour le Christ un thème doctrinal, c'est un absolu. Jésus-Christ poussera jusqu'aux extrêmes la logique de l'amour. Lorsque Simon-Pierre lui demande si le pardon peut aller jusqu'à sept fois, ce qui veut dire « souvent », Jésus répond : « *Jusqu'à soixante-dix fois sept fois* » (Matthieu 18, 22), ce qui veut dire « toujours ».

Par le pardon nous entrons dans une quatrième dimension. Simon-Pierre a renié Jésus. Un chef trahi par un subordonné enverrait au « placard » celui qui s'est ainsi disqualifié. Pour Jésus il n'en va pas de même. Simon-Pierre, par sa faiblesse, est devenu capable de comprendre les faibles, première qualité pour diriger une communauté.

Le comportement de Saül de Tarse a été odieux pour les gens de la première communauté chrétienne. Ils avaient de bonnes raisons de redouter cet homme comme leur pire ennemi. Or voilà que Jésus l'invite à le suivre, lui confie les plus hautes responsabilités. Lorsque Saül, devenu Paul, parlera de l'urgence d'aimer ou de la nature même de l'amour, il sera hautement crédible. « *S'il m'a pardonné à moi, alors personne ne saurait être exclu de sa miséricorde.* » (Timothée 1, 16)

« *Père, pardonne-leur. Ils ne savent pas ce qu'ils font.* » (Luc 23, 24) Peut-être Jésus savait-il le degré d'immaturité de ses bourreaux ! Mais notre culpabilité pourrait venir de notre ignorance elle-même ! Comment tolérer, après avoir vu trop souvent les ravages de l'intolérable, que celui-ci puisse se renouveler ? N'avons-nous pas le devoir sacré d'instruire les générations à venir pour qu'elles cessent d'ignorer ?

Jérusalem, source des trois monothéismes, est devenue la capitale de la haine. Des dizaines de terroristes tuent, aveuglément et dans la jubilation, des centaines d'innocents. Ils proclament : « Dieu nous a confié cette mission. » Et ceux qui veulent en finir avec ce terrorisme sont acculés à utiliser des moyens sales qui tuent d'autres innocents dans l'autre camp. Pour comble de cynisme, ce gâchis se passe sur les lieux mêmes où l'Amour divin a lancé la grande aventure de la fraternité.

On nous montrait, dans un film récent, le dialogue entre des victimes du génocide cambodgien et leurs bourreaux. Les souffrances qu'avaient endurées les très rares rescapés avaient été au-delà de l'imaginable. Il n'y avait rien à comprendre, semblait-il, dans la vision du monde du dictateur Pol Pot. La cruauté à l'état pur a-t-elle une explication ? Les bourreaux étaient invités à mimer devant la caméra leurs actes de barbarie. Ils répétaient les anciens gestes comme s'il s'agissait d'un jeu. « Aviez-vous mauvaise conscience ? », leur demande-t-on. « Non, le Parti me disait de tuer. J'exécutais la consigne, sinon, c'est moi que l'on tuait. » Aucun remords ! Sommes-nous alors en présence d'êtres humains ou de sous-hommes ? Qui porte la responsabilité d'une telle éducation à rebours, de l'apprentissage de la haine ?

Les horreurs perpétrées lors de l'abomination des camps nazis et des goulags ont été possibles parce qu'on n'a pas su tirer les leçons de l'Histoire. Tout est à recommencer à chaque génération, dans chaque recoin de la planète.

Exécuter les massacreurs ne semble pas pouvoir changer le cours des choses. Les dizaines de millions de personnes qui ont perdu un être cher à Auschwitz furent-elles apaisées par la condamnation à mort d'Eichmann ? Une seule réparation serait envisageable : ouvrir aux bourreaux l'accès à ce qui pourrait changer leur cœur de pierre en cœur de chair ? Est-ce totalement utopique ? Le bourreau capital, celui en qui a germé l'idée du génocide, a certainement quelque chose à transmettre aux générations à venir. Rien n'est à négliger pour trouver la parade à ce qui risque de se reproduire ailleurs un peu plus tard.

Les victimes qui ont su trouver la force d'éviter le poison de la haine sont aussi de précieux témoins. Écoutons le pianiste argentin Miguel Angel Estrela :

> J'étais entouré de militaires qui faisaient preuve d'une sauvagerie poussée à l'extrême. Mais je savais qu'il y avait l'Unesco, Amnesty, l'Acat, la Cimade. Je me disais : pour qui se prennent-ils ? Ils croient qu'ils vont être plus forts que l'amour ? J'étais sûr que l'amour allait être plus fort que la haine. Pendant les tortures, je priais : Seigneur, si Tu m'aides à m'en sortir, je veux faire avec la musique quelque chose contre l'intolérance, le racisme, contre la sauvagerie de la torture. Pour fonder "Musique pour l'Espérance", je ne peux pas être habité par la haine. Pour moi le pardon est une chose naturelle... Mais il faut que l'ensemble de la société connaisse les raisons qui ont pu pousser les forces du mal[18].

Nous trouvons des propos semblables dans la bouche des lamas tibétains : leur sagesse l'emporte. Si on veut retrouver la sérénité et la joie, il faut métamorphoser la blessure. « *Là où le mal a dépassé les bornes, la Tendresse de Dieu a été plus loin.* » (Paul, Romains 5, 20)

Lorsque j'écoute le Dalaï-Lama dire qu'il pardonne aux Chinois leurs exactions (plus d'un million d'innocents tués au Tibet) et que je vois des chrétiens se déchirer dans une même famille, je suis consterné. Bien sûr, je suis injuste. Un bouddhiste au même moment pourrait dire : « Lorsque j'écoute l'abbé Pierre et que je vois des bouddhistes se déchirer, je suis anéanti. »

Un moine bouddhiste vietnamien (Thich Nhat Hanh) s'est rendu aux États-Unis au plus fort de la guerre américaine dans son pays. Il a rencontré le ministre de la Guerre McNamara. Quelques mois plus tard, McNamara démissionnait. Dans une revue très intéressante éditée par sa communauté il écrit :

> Dans le bouddhisme nous parlons de l'écoute profonde, de l'écoute aimante. C'est une méthode merveilleuse pour restaurer la communication... Souvent on ne sait pas utiliser les paroles aimantes. Nos paroles sont amères. Cette façon de s'exprimer suscite l'irritation et la colère[19]...

Jankélévitch, philosophe juif, ose cette parole :

> S'il y a des crimes tellement monstrueux que le criminel ne peut pas les expier, il reste la ressource de les pardonner, le pardon étant fait précisément pour les cas désespérés[20].

Les récits de la passion de Jésus occupent un quart des Évangiles. Ils sont une école de non-violence. Aimer ses bourreaux, leur pardonner, appeler sur eux le pardon de Dieu au moment même où la haine, le mépris, les crachats et les coups pleuvent de toute part, c'est mettre fin au cycle des violences. Le film de Mel Gibson à propos duquel tant de chrétiens se sont disputés souligne, semble-t-il, le contraste entre l'extrême du sadisme et l'extrême du pardon. Avant que s'abattent sur Jésus les coups, le réalisateur a introduit les formules liturgiques de la Pâque juive : – « Pourquoi cette nuit est-elle si différente des autres nuits ?

– Parce que cette nuit-là Dieu a libéré son peuple ! »

À un autre moment, Jésus, mordant la poussière et n'ayant plus figure humaine, dit à sa mère une parole qui donne le sens de l'événement : « *Voici que je fais toute chose nouvelle.* »

★

On se souviendra longtemps, en France, de la phrase d'un candidat à l'élection présidentielle face à un autre candidat : « Vous n'avez pas le monopole du cœur. » Les chrétiens non plus. C'est le Christ qui est l'Amour.

Hier j'écoutais un catholique irlandais évoquer un attentat à la bombe qu'il avait commis vingt ans plus tôt. Lorsqu'il eut rencontré toutes les familles des victimes, il regretta son geste. Aurait-il eu les mêmes regrets s'il n'avait pas eu quelques traces d'Évangile dans le sang ?

L'Afrique du Sud a donné au monde le témoignage extraordinaire de milliers de réunions durant lesquelles bourreaux et victimes se retrouvaient pour qu'une pacification des cœurs devienne possible (Commission Vérité et Réconciliation).

La Bible nous invite à ne pas nous décourager, à ne pas perdre cœur devant les cruautés qui ont pour but de nous donner le dégoût de nous-mêmes.

Saint Paul souligne le rôle positif que peut jouer le mal. « *Pour que la splendeur de ces révélations n'enflent pas mon orgueil, un ange de Satan me fut envoyé pour me gifler.* » (2 Corinthiens 12, 7)

Magnifique espérance : le plus grand adversaire se révèle utile à notre développement spirituel.

« Aimer ses ennemis », est-ce envisageable ?

Celui qu'il te sera impossible d'aimer, c'est ton ennemi. Mais Dieu aime demander l'impossible. Ainsi tu sauras que Dieu est vivant puisque tu Lui auras permis de vivre en toi. Qui est ton ennemi ? Celui qui, ne t'aimant pas, ne voit que le mauvais en toi. Rien n'est bon à ses yeux dans tes paroles ou dans tes actes. Tu parles pour ne rien dire. Tu agis pour ne rien faire. Il lui semble urgent de te dénoncer pour t'empêcher de nuire. Tu ruines la réputation de ta communauté.

Son rêve est de te démolir. Mais pourquoi Dieu te demande-t-il de l'aimer ? Tout simplement parce qu'il est Son enfant ! « Les hommes se haïssent parce qu'ils ont froid » (Saint-Exupéry). Cet homme a froid.

« Si la haine de ton ennemi ne fond pas au feu de ton amour, c'est que ton amour n'est pas assez brûlant », disait Gandhi.

En aimant ton ennemi, tu peux « *amasser des charbons sur sa tête* » (Paul, Romains 12, 20), c'est-à-dire réchauffer son cœur. Et quel bonheur ce sera pour toi de découvrir le visage de Dieu qui aime au-delà du possible ! « *Si vous n'aimez que ceux qui vous aiment, que faites-vous de plus que les païens ?... Moi, je vous dis : Aimez vos ennemis. Faites du bien à ceux qui vous haïssent. Appelez le bien sur ceux qui vous font du mal. Alors vous serez les enfants de votre Père.* » (Mattghieu 5, 44)

François Mauriac, longtemps auteur d'un « Bloc-Notes » à *L'Express*, fut un redoutable polémiste. Il ne pouvait pas supporter que des chrétiens puissent légitimer la torture pendant la guerre d'Algérie. Il prenait de gros risques en défendant ses choix qui n'étaient pas du goût de tous. Il voyait que les chrétiens n'étaient jamais unis dans leurs préférences politiques. Il tentait de comprendre que l'on puisse être de droite, attaché à une orthodoxie agressive, soucieuse de préserver le « dépôt révélé » loin de toute contamination. Mais il était résolument à gauche, pour les valeurs prophétiques de changement. Je l'ai écouté plusieurs fois lors de conférences dans les années cinquante. Sa virulence était impressionnante contre ceux qui considéraient les Juifs ou les Arabes comme des êtres inférieurs.

Et pourtant Mauriac évoquait sans cesse la nécessité de « s'aimer en Dieu », oui, d'aimer ces « frères » qu'il exécrait pour leurs méthodes politiques et leurs buts et dont il savait qu'eux aussi le détestaient. Il pensait vers la fin de sa vie que le Christ nous soufflerait à tous : « Vous voyez bien, pauvres enfants, que vous ne vous haïssez pas. Vous ne vous entendiez pas, et c'était vrai à la lettre : vous étiez sourds aux raisons les uns des autres. »

Dans un livre où il fait le bilan de sa vie, il se reproche d'avoir manqué au devoir de douceur :

> Que ma vie avec Vous, Seigneur, déborde sur mes frères, mais non pour les accabler. Il est incroyable qu'elle aura nourri chez moi la combativité joyeuse du polémiste qui rive son clou à l'adversaire et ne cherche pas à le convaincre, mais à l'emporter sur lui… Je vous demande le miracle de me faire aborder à la charité, puisque je suis incapable d'y venir de mon plein gré, puisque je m'engage dans un débat qui dégénère en dispute et que tout cède irrésistiblement chez l'homme de lettres au désir de briller et de dominer !… Que je fus impitoyable, Ô Source retrouvée d'une douceur adorée dès l'enfance et perdue[21] !

3

Lorsque c'est Dieu qui aime

Dans l'arithmétique de l'amour,
un plus un égale tout
et deux moins un égale rien.
M. McLaughlin

L'amant, l'aimé, l'amour

Le père Le Saux était un moine bénédictin qui cherchait une passerelle entre l'hindouisme et l'Évangile. Son unique disciple, un séminariste français, me dit un jour, durant un pèlerinage à Shiva dans les Himalayas : « Je ne supporte plus de lire la Bible, l'Absolu y est trop éclaboussé par l'Histoire. » J'ai souri, car c'est ce motif même qui me rend si touchante la révélation au peuple juif.

Dieu S'est donné à Sa créature. Il a lié Son sort au nôtre. Ah oui ! Il S'est laissé « éclabousser par l'Histoire ». Ah oui ! De la boue plein les yeux ! Depuis qu'Il a créé des êtres capables de répondre amour pour amour, Dieu s'est lancé dans une aventure défiant ce que l'on peut imaginer. « L'amour n'a pas permis à Dieu de rester seul », disait Thomas d'Aquin.

« Que faisait Dieu avant de créer ? », demandent souvent les enfants. « *Dieu fit l'homme* à *Son image :*

homme et femme, Il le fit. » (Genèse 1, 27) Cette phrase pourrait être une clef. Ce qu'il y avait en Dieu, en amont de la Création, avant le temps, avant le big-bang, c'est au couple humain de nous le dire. Ils sont trois dans le couple : la femme, l'homme et leur amour. Leur tendresse est le trésor sans lequel ils sont perdus. Sans cet amour, ils ne sont plus que des étrangers l'un pour l'autre. Leur amour les transfigure, les fait naître à leur vrai visage. Leur amour abolit le temps. En cet amour, ils trouvent leur accomplissement. Ils sont forts contre le mal, contre le doute, contre l'ennui.

Cet amour
Si violent
Si fragile
Si tendre...

Cet amour têtu comme une bourrique
vivant comme le désir...
tendre comme le souvenir
beau comme le jour
fragile comme un enfant.

Ce merveilleux poème pourrait nous introduire dans une intuition capitale : L'amour est si grand qu'il est quelqu'un.

Nous n'avions que toi sur la terre
ne nous laisse pas devenir froids
Tends-nous la main
et sauve-nous [22].

Sur cette aventure d'avant la Création, d'avant le temps, nous nous contenterons de penser qu'il y avait entre les trois personnes divines une plénitude à laquelle rien ni personne n'aurait pu ajouter. Il y a l'Un et l'Autre et leur élan l'Un vers l'Autre. Il y a l'Aimant, l'Aimé et leur Amour. De cette plénitude est né le désir de partager avec des myriades de créatures la magnificence d'un tel bonheur. De cette plénitude est née la parole la plus incontournable : Aime et tu seras vivant. Au cœur de la réalité divine se trouve l'amitié, l'indicible amitié entre le Père et le Fils. Dieu n'est pas « l'éternel célibataire des mondes » (Chateaubriand) ni « l'invertébré gazeux » (Nietzsche). Il n'est pas solitaire, Il est solidaire. Il n'est pas abstrait, Il est l'âme des choses. Est-Il « l'Ultime inconnu » ? Peut-être, mais Il ouvre Son mystère à qui veut aimer. Tout amour vrai Le révèle.

D'où Dieu aurait-Il tiré l'idée de ce grand projet de l'amour s'Il ne le vivait pas en Lui-même ? Mystère de la Trinité que rien ne peut éclairer et qui éclaire tout ! Si j'existe et si vous existez, c'est pour nous préparer à entrer dans cette vie. Nous vivrons, sans en être jamais rassasiés, de cette vie de Dieu-Tendresse-infinie, dans un univers nouveau où « *il n'y aura plus ni peine, ni cris, ni larmes, ni mort* » (Apocalypse 21, 4).

Cette révélation d'un Dieu en trois personnes me procure la plus grande de mes joies. « Il t'en faut peu », me direz-vous. Peut-on réaliser la transition d'une vision du monde où nous venons de rien pour terminer dans le néant, à une vision du monde où nous venons de l'amour pour marcher vers un amour éternel ? Je dois cette métamorphose à deux ou trois rencontres et à quelques générations de témoins.

À quel bonheur inouï nous conduit la révélation biblique ! Dieu, dès la première page, se montre un être de relation : « *Faisons l'homme à notre image… Homme et femme il les fit.* » (Genèse 1, 27) Dieu fait alliance avec Noé, avec Abraham, Isaac, Jacob, Moïse. Dieu se livre tout au long de ce grand livre.

Lorsque viendra la camarde, elle ne te narguera pas avec son enseigne : une faux et une cape noire portées par un squelette. Elle te dira : « Habille-toi le cœur pour te préparer à entrer dans le Royaume de l'Amour. En matière de bonheur, tu n'as encore rien vu. » Comme un embryon en travail de gestation, tu dois agrandir l'espace de ton cœur à la mesure du démesuré.

Deux personnes peuvent s'aimer à n'en faire qu'un (un couple). Dieu est la communion de trois Personnes qui s'aiment à n'en faire qu'Un (un seul Dieu). Tous les êtres humains sont tissés dans cette étoffe. Ces trois « Personnes » ont inventé ce qui leur ressemble le plus : le couple. Dieu a inventé le couple à l'instant même où Il créait l'humanité.

L'unité d'un Dieu solitaire ne comporterait pas l'amour dans sa substance. Qui aimerait-Il ? L'unité d'un duo serait fusionnelle. Il fallait la plénitude de la Trinité.

Ce que nous pouvons pressentir du mystère de Dieu, nous le voyons dans les yeux de ceux qui s'aiment, dans les gestes de délicatesse, d'écoute, d'attention, de pardon qu'ils ont l'un envers l'autre, dans la plénitude de leur joie. Ce mystère éclaire toutes choses. L'amour humain est le versant fragile et visible d'une réalité éternelle invisible. La trinité humaine : l'homme, la femme et leur amour, est un reflet de la Trinité divine.

Entre l'amour divin et l'amour humain, il y a une différence de degré, mais pas de nature. En français, nous n'avons qu'un seul mot pour désigner le sentiment de possession le plus égoïste et le dévouement le plus généreux. Dieu seul, parce qu'Il est Lui-même l'amour, peut dégager l'or de ses scories.

Celui qui prétend t'aimer, ce n'est pas lorsqu'il s'émerveille de tes qualités qu'il t'aime le plus, c'est lorsqu'il parvient à valoriser ta différence, à pardonner tes erreurs, à supporter ton mode de vie, à accueillir tes silences, à faire taire ses jalousies. Il ne craint pas le juge qui se cacherait sous le poète. Il le regarde avec compassion.

L'amour fait homme

Un homme est né il y a 2004 ans qui se nommait Amour. Que signifie *Yeshua* sinon « Dieu sauve » ? Que veut dire aimer sinon « sauver » ?

Lorsque Jésus se révèle – très progressivement – le vis-à-vis éternel de Dieu, alors la Bonne Nouvelle éclate, la nature du « Royaume de l'amour » manifeste sa beauté. Être, pour Dieu, c'est s'accomplir dans le don et l'accueil. Le Père est tout don, le Fils tout accueil.

Jésus-Christ sera l'amour fait homme.

À chacune de ses rencontres, Jésus-Christ révèle l'originalité de l'amour selon le cœur de Dieu. Cet amour ne va pas seulement vers une qualité pour l'accueillir ou la contempler. Il va vers un être bancal pour le remettre debout, il s'adresse à un être perverti pour le sauver. Ainsi, l'être aimé, si pauvre ou si exclu soit-il, peut dire : « À mesure que Tu m'aimes, j'existe. »

On devient disciple de Jésus le jour où l'on n'aime pas seulement un membre de sa famille ou de sa tribu, de son parti ou de son Église, mais tout être humain quel qu'il soit. On devient disciple de Jésus le jour où l'on aime le Bosniaque si on est Serbe, le Juif si on est Palestinien, le Hutu lorsqu'on est Tutsi…

Lorsque Jésus raconte l'histoire du Bon Samaritain en réponse à la question : « *Qui est mon prochain ?* », il se montre assez choquant, provoquant. Le prêtre et le lévite passent devant le blessé sans le voir. Ils sont infidèles à la plus grande obligation de la religion juive. Ils sont prisonniers d'une fausse image de Dieu. Ils délaissent la justice (*tsadaka*) et la miséricorde (*rahamim*) et se polarisent sur une question de pureté rituelle « *Celui qui s'approche d'un cadavre doit aller se purifier.* » (Lévitique 11, 24) Qui s'est soucié du blessé ? Un homme qui pour le juif est un indésirable, un ennemi, un être dont la vie n'a aucun prix, quelqu'un qu'il vaudrait mieux laisser sur le bord du fossé sous peine d'avoir des ennuis avec son propre milieu ou sa famille.

Si le Samaritain avait porté secours à un autre Samaritain, on aurait accueilli les propos de Jésus. Le prochain serait notre semblable, notre compatriote… Ce serait si simple d'aimer ! Il ne s'agit pas de savoir jusqu'où peut aller notre solidarité, s'il faut aimer ses frères avant ses cousins, les gens de son pays avant ceux du pays voisin ! Il s'agit de devenir le prochain de celui qui est laissé seul avec sa souffrance.

Lorsque je prêchais une retraite au Rwanda trois ans avant le génocide, spontanément je lus cette parabole en changeant les mots « Juif » et « Samaritain »par « Hutu » et « Tutsi ». Quel frémissement dans la salle !

> Quand on est Messie, on ne peut être roi que d'un Royaume dont tous les sujets disent "nous" et s'aiment les uns les autres[23].

« *Aimez-vous comme Je vous ai aimés.* » Voilà le désir et la consigne ultime de Celui qui est l'Amour fait homme. Jésus, visage de Dieu, ne se contente pas de nous dire : « L'Amour est le cœur de la Révélation. » Il nous montre concrètement, au quotidien, ce qu'aimer veut dire. Chaque page des Évangiles révèle une facette du diamant de la générosité de Dieu.

★

Teilhard de Chardin nous a beaucoup aidés à reconnaître en l'homme Jésus un Christ aux dimensions cosmiques. Jésus est la sève de l'évolution du monde. Il est l'énergie de la personnalisation. Mais cette sève qui par lui peut irriguer l'arbre de l'Univers n'est composée que d'amour. Désormais l'amour a un visage. Le big-bang qui diffusa ses milliards de galaxies dans l'espace infini était une apparition de l'amour. « *Il nous a choisis en Lui avant la fondation du monde.* » (Éphésiens 1, 4) Cet homme Jésus est en même temps Messie-Christ.

Cet homme cloué comme une chouette maudite est en même temps le ressuscité vainqueur de toute mort. Il ne faut quitter aucune de ces deux extrémités. L'amour le plus bafoué conduit vers l'amour triomphal et définitif.

Nous n'aurons jamais fini de lire entre les versets des Évangiles comment celui qui n'est qu'Amour a incarné ce feu. Dans le quotidien le plus banal en apparence, le plus sacré apparaît. C'est bien lui qui aurait pu chanter : « Et nous ferons de chaque jour toute une éternité d'amour. »

« Qu'est-ce que l'Amour sinon la plus universelle, la plus formidable et la plus mystérieuse des énergies cosmiques ? » (Teilhard de Chardin)

★

Lorsque Jésus guérit toutes sortes d'infirmes, il nous dit que l'amour n'est pas neutre en face de la douleur de celui qui souffre.

Lorsque Jésus entre en relation avec les indésirables, et les étrangers, il nous montre que l'amour ne peut exclure personne, ni Serbes, ni Bosniaques, ni Hutus, ni Tutsis, ni Juifs, ni Palestiniens. Tous les hommes sont frères puisqu'ils sont enfants d'un même Père. Jésus révèle ici le vrai visage du Père. Il salue la moindre parcelle d'amour qui brille dans le cœur des païens.

Lorsque Jésus invite le publicain Lévi à le suivre, il nous montre que l'amour ne regarde pas le passé d'un être mais son avenir.

Lorsque Jésus choisit la maison de Zachée pour faire escale à Jéricho, il nous dit que l'amour choisit de préférence ceux qui ont le plus besoin de lui, quoi qu'il en coûte pour son image.

Lorsque Jésus présente les enfants comme des modèles, il montre combien la créativité, l'innocence, la spontanéité, la candeur, l'authenticité, la confiance, l'accueil, la joie de vivre sont les premières conditions de l'amour : « *Père, je Te rends grâce de T'être révélé aux petits.* » (Matthieu 11, 26)

Lorsque Jésus raconte la parabole du fils prodigue, il dévoile la Source de toute compassion. Il nous montre le cœur du Père qu'aucune ingratitude ne décourage.

Lorsque Jésus obéit à la requête d'une païenne et lui rend un hommage émerveillé, lorsqu'il guérit une femme rituellement intouchable (car elle ne cesse pas de saigner), lorsqu'il confie ses plus grands secrets à une étrangère qu'il a soif de désaltérer, il montre à quel point, pour lui, la femme est l'égale de l'homme, ce qui à son époque est révolutionnaire.

★

Les Évangiles nous montrent des portraits d'hommes bien différents. D'un côté il y a les cœurs simples et doux, rayonnants de la joie divine et soucieux du bonheur d'autrui. De l'autre il y a des êtres bétonnés par un code de morale. Jésus pourrait dire d'eux ce qu'il a dit de ses bourreaux : « *Ils ne savent pas ce qu'ils font.* » Jésus les aime eux aussi, mais son amour ressemble à celui du chirurgien. Je me revois dans un hôpital d'Afrique, maintenant avec mes deux mains le bras d'un homme blessé tandis que le chirurgien sciait l'os. Nous aimions celui qu'il fallait amputer. Il était bien plus précieux que son bras abîmé. Faut-il aimer ce qu'il y a en nous de gangrené qui menace notre être véritable ? Il existe un faux amour, complice de ce qui doit disparaître. Le chirurgien n'est pas là pour dorloter mais pour tailler dans la chair.

Au temps de Jésus une « nomenklatura » tenait les rênes de tous les pouvoirs, compte tenu de l'occupation romaine. La société avait ses rites identitaires, ses normes, ses codes. Tout cela n'était pas sans grandeur. Mais il fallait en voir l'esprit et non la lettre. « *La lettre fait mourir. L'esprit fait vivre* » (2 Corinthiens 3, 6). Il est à noter que les Évangiles ne signalent aucune femme parmi ces hommes pointilleux sur les principes. La pharisienne n'existe pas. (Le mot « pharisien » par lequel les Évangiles désignent les fondamentalistes de l'époque risque de faire oublier qu'ils n'étaient pas tous ainsi prisonniers de leurs règles de vie, loin de là[24].) Le Christ ne cesse de leur reprocher leur dureté de cœur. Entre le respect d'une loi et le respect d'une vie humaine, ils préfèrent la loi.

Un jour de sabbat, Jésus est dans une synagogue. Un homme à la main paralysée s'approche du jeune Rabbi. Tous ont les yeux fixés sur Jésus pour voir s'il va oser le guérir. « *On pourrait ainsi l'accuser.* » Il invite l'infirme à se placer ostensiblement devant tout le monde. Il s'adresse à l'assistance. Il fait appel au meilleur d'eux-mêmes. « *À votre avis est-ce permis, le jour du sabbat, de faire le bien ou de faire le mal ? De sauver une vie ou de la perdre* ? » Tout le monde se tait : « *Alors promenant sur eux un regard d'indignation, effaré de l'endurcissement de leurs cœurs, il dit à l'homme* : "*Étends la main.*" *Il l'étendit et sa main redevint normale.* » L'évangéliste Marc, avec sobriété, ajoute, ce qui est le comble de l'horreur : « *Alors, une fois sortis, les pharisiens organisèrent une réunion avec les partisans d'Hérode pour voir comment on pourrait supprimer Jésus.* » (Marc 3, 1-6) On voit clairement ici les causes de la mort de Jésus.

Ce verset est précieux. Il répond à la question sans cesse reprise : « Qui a tué Jésus ? » Ce ne sont pas des gens précis ; c'est une mentalité. Lorsque nous détenons une parcelle de pouvoir et que nous avons un « point de vue » négatif sur quelqu'un, nous pouvons le détruire. Terrible responsabilité du pouvoir ! Jésus-Christ disait : « *Celui qui veut l'exercer doit avoir des dispositions de service* » (d'après Marc 9, 35).

Jésus avait osé dire quelques jours plus tôt : « *Le sabbat est fait pour l'homme et non l'homme pour le sabbat.* » (Luc 6, 5) Cette parole déstabilisait les scribes. Pour ces êtres façonnés dès leur plus jeune âge dans le respect très strict de la Loi, Jésus était scandaleux. Lorsque le « scandale » est vécu par un rabbi qui semble avoir un certain impact sur les foules, son succès ne peut être que suspect, voire démoniaque. Il devint alors logique à leurs yeux de vouloir supprimer son auteur.

Jésus est mort d'avoir préféré la dignité de l'homme aux institutions ! En mourant pour cette cause, il en soulignait pour toujours le caractère sacré. Peut-être est-ce ainsi qu'il est « *le Sauveur* » !

L'évangéliste Luc raconte deux autres guérisons accomplies en ce jour du sabbat, jour pendant lequel il est interdit de travailler.

Dans l'un de ces récits, le chef de la synagogue est indigné. Il s'adresse sévèrement à l'assemblée : « *Il y a six jours durant lesquels vous pouvez travailler. Venez vous faire guérir pendant ces jours-là et non pas le jour du sabbat.* » Jésus répliqua : « *Esprits tordus que vous êtes ! Le jour du sabbat vous ne vous gênez pas pour détacher votre bœuf ou votre âne pour le mener boire. Et une femme, une fille d'Abraham, que Satan avait liée depuis dix-huit ans, n'est-il pas juste de la délivrer le jour du sabbat ?* » (Luc 13, 14)

« *Esprits tordus que vous êtes* »... Comment devient-on un esprit tordu ? Comme la maladie qui terrasse certains arbres, il semble que ce soit une convergence de plusieurs facteurs. L'étroitesse du regard ; on ne voit pas plus loin que le bout de son nez. La propension à croire que l'on détient la vérité. L'orgueil qui empêche de se remettre en question. L'obéissance aveugle à un code rassurant. La sécurité offerte par un modèle indiscutable. La griserie du pouvoir que l'on a sur les autres. « *La vérité vous rendra libres.* » L'intégriste est un homme enchaîné.

★

Lorsqu'un disciple de Gandhi commettait une faute, Gandhi jeûnait jusqu'à ce que le disciple comprenne. Il ne le bannissait pas. Les « *grands de ce monde* » dont Jésus veut rabaisser les prétentions ne se trouvent à l'aise que dans l'exclusion. Que veut donc nous dire Jésus avec son extrême sévérité contre l'attitude arrogante, humiliante, de ceux qui détiennent une parcelle de pouvoir ?

Jésus n'est pas complice des maladies de faiblesse qui ne cessent de piéger les humains : « *Mauvais projets, meurtres, adultères, débauches, vols, faux témoignages, diffamations.* » (Matthieu 15, 19) C'est lui-même qui dresse cette panoplie pour désigner ce qui peut salir nos âmes. Mais il dénonce la racine secrète du mal : l'orgueil. L'orgueil laissera toujours sa trace dans la « boîte noire » de nos malheurs.

On ne peut pas comprendre l'indignation de Jésus devant ce que le Temple représente comme lieu de mensonge si on ne relit pas en entier le texte de Jérémie dont Jésus cite ce jour-là un extrait : « *Si vous voulez que Je reste avec vous en ce lieu, changez de conduite. Ayez le souci du respect entre vous. N'humiliez pas l'étranger, l'orphelin et la veuve... Vous volez, vous tuez, vous détruisez des couples, vous mentez, vous adorez les idoles... Ensuite vous venez au Temple pour y chercher refuge, pour pouvoir continuer vos abominations. À vos yeux, est-ce une caverne de voleurs, ce Temple qui porte mon Nom ?* » (Jérémie 7, 7)

Ce n'est donc pas seulement le vol manifeste des changeurs de monnaie qui indigne Jésus, mais le fait de s'abriter derrière la religion pour humilier, pour manipuler, pour appauvrir le pauvre.

Certains me disent : « Comment concilier cette sévérité avec l'immense miséricorde que vous vous plaisez à souligner ? » Pour trouver la réponse, interrogez les médecins. N'ont-ils pas des thérapies différentes suivant les infirmités de leurs patients ?

Médecine douce pour les fautes reconnues, qui sont souvent des fautes de faiblesse. Chirurgie pour celui qui abrite la méchanceté derrière sa religion. Car, ce faisant, on « *scandalise les petits* ». On empêche de croire ceux qui ont du mal à comprendre. Celui qui occupe un poste clé dans une communauté, quelle qu'en soit la dimension, devrait être un modèle de respect, de délicatesse et de compassion. Or il accable, il juge, il exclut, il humilie. Alors le pauvre fidèle de base n'y comprend plus rien. Il abandonne la pratique religieuse. « Tout ça, c'est de l'hypocrisie ! Faites ce que je dis, ne faites pas ce que je fais ! » Voilà peut-être un des plus grands malheurs du monde ! Le pourrissement des guides, des maîtres… des prêtres ! « La corruption du meilleur est la pire chose. »

Les cléricaux mettaient en rage Victor Hugo : « Je ne vous confonds pas avec l'Église. Vous êtes la maladie de l'Église… Vous vous faites si peu aimer que vous finirez par la faire haïr. »

*

Les commentaires des exégètes ne manquent pas. Ils nous situent les tournures littéraires de la culture sémite. Lorsqu'on préfère un projet à un autre, on dit que l'on déteste la solution opposée. Ainsi « *haïr son père et sa mère* » dans le contexte des discours de Jésus veut seulement choisir de dire à Dieu : « Je Te préfère ».

Pour souligner la gravité d'un acte, on dira qu'il aurait mieux valu que son auteur ne soit pas né. Les prophètes ont habitué ce « *peuple à la nuque raide* » à des invectives enflammées.

Vers qui vont les reproches de Jésus qui s'affirme pourtant « *doux et humble* » ? Ils vont à ceux qui jugent. Pour protéger les « petits », la tendresse a des rigueurs de diamant.

À celui qui ne pardonne pas est réservée une terrible purification. La parabole du débiteur impitoyable (Matthieu 18, 23-35) est impressionnante.

Celui qui met un obstacle sur le chemin des enfants et les prive ainsi de la Tendresse de Dieu « *méritérait qu'une meule de moulin soit attachée à son cou et qu'il soit précipité à la mer* ». (Matthieu 18, 6) Ce sont ces pages-là qui serviraient le mieux la cause que je rêve de défendre. L'amour du prochain est tellement une question de vie ou de mort que le Christ utilise la seule arme dont il dispose, la parole. « *Avant de présenter votre offrande à l'autel, réconciliez-vous.* » « *Enlevez de vos yeux la poutre du jugement au lieu de chercher des poussières dans les yeux de vos semblables.* » « *La mesure dont vous vous servez pour juger les autres sera mise de côté pour votre propre évaluation.* » « *Si ton frère te prend ta chemise, donne-lui aussi ta veste.* »

Les propos les plus durs de Jésus s'adressent à ceux qui se drapent dans leur vertu et qui oublient d'aimer. « *Vous êtes des filtreurs de moustiques et des avaleurs de chameaux.* » (Matthieu 23, 24) L'Essentiel qu'ils délaissent se nomme justesse, compassion, authenticité : les trois piliers d'une relation ajustée. Les « moustiques » qu'ils font passer avant ces valeurs sont de faux absolus. Les règles de vie n'ont tout leur sens que lorsqu'elles favorisent le bonheur de l'homme, lorsqu'elles aident à « grandir ». « *Le Sabbat est fait pour l'homme.* »

L'intégrisme est une maladie qu'il faudrait détecter dès l'enfance. Elle est de tous les temps et de tous les pays.

« Aimez-vous comme Je vous ai aimés »

La parole : « *Aimez-vous comme Je vous ai aimés* » (Jean 15, 12) nous arrache aux fausses images de la bonté qui nous ont longtemps sécurisés ou anesthésiés.

Il y a tellement de contrefaçons qui étouffent au lieu de faire vivre. Il y a tant de sirop à la place du sel. Il y a trop d'impostures dans les phrases de l'amour.

Qui pourra soupçonner Jésus de susciter des tendresses fusionnelles ? Il nous invite au contraire à prendre nos distances à l'égard des liens familiaux lorsque ces liens entravent une solidarité plus large. Qui pourra soupçonner Jésus de mièvrerie, lui qui bouscule avec tant de fougue des coutumes qui étouffent les relations ?

« *Aimez-vous comme Je vous ai aimés.* » Lorsque nous entendons cette parole en nous souvenant du procès de Jésus, nous voyons que cette générosité n'a pas de limites. En ce temps d'occupation par les armées romaines, être crucifié signifie que l'on sera rayé de la mémoire des vivants. Le nom du condamné ne sera plus jamais prononcé. Tout homme préfère perdre la vie plutôt que l'honneur.

L'an dernier, j'ai vu un film dans lequel une femme se trouve condamnée à la prison pour un crime qu'elle n'a pas commis. Après sept ans d'une survie carcérale, elle refuse de se laisser innocenter. Elle devrait pour cela faire condamner l'auteur du crime, son fils. En une telle compassion, n'y aurait-il aucune trace de Dieu ?

Jésus n'aurait pas vécu son procès sordide s'il n'avait pas pris parti en faveur des indésirables. Jésus n'aurait pas été torturé, s'il n'avait pas guéri le jour du Sabbat. Jésus n'aurait pas subi une agonie longue et cruelle, s'il n'avait pas accueilli « *ces maudits qui ignorent la Loi* » (Jean 7, 49). Sa mort infamante, Jésus ne l'aurait pas connue s'il avait composé avec l'intégrisme.

Jésus a accumulé contre lui, en trois ans, un dossier de reproches considérables. Et c'est toujours pour avoir transgressé la bienséance lorsque l'amour portait ainsi sa conduite hors des bornes du « religieusement correct. » Même lorsqu'on l'accuse, avec dérision, d'être « *un buveur et un bâfreur* » (Luc 7, 34), c'est parce qu'il aime se faire inviter à un repas, lieu de rencontre et d'amitié. Jésus aurait pu dire comme Brassens : « Que je m'démène ou que j'reste coi, je passe pour un je ne sais quoi ! »

Il n'y a pas d'amour sans combat contre ce qui tue l'amour.

Jésus aime ceux qui s'acharnent contre lui, mais il n'est pas pour autant complice de leurs étroitesses de cœur. Il dénonce à temps et à contretemps leurs hypocrisies. Il montre à quel point leur idolâtrie des apparences cache des intentions grotesques ou dangereuses. Ces docteurs ès sciences religieuses, ces scribes orgueilleux de leur savoir ont détourné la religion de son sens. Ils ont rejeté le visage de tendresse et de compassion. Ils ont mis à la place un dieu que l'on croit valoriser en le montrant au détriment de l'homme. Y a-t-il pire imposture ? Jésus n'a pas maudit ces faussaires. Une erreur de traduction le laisserait croire. Ce n'est pas « maudits êtes-vous » qu'il faut lire, mais « *un malheur est sur vous* ». « *Hélas pour vous !* » Jésus se dit « *attristé de l'endurcissement de leur cœur* » (Marc 3, 5). Dieu est impuissant devant cette fermeture, ce « *péché contre l'Esprit* ». Contre ces mensonges, Jésus n'a pas d'autres armes que la proclamation de la vérité. Les puissants ne le lui pardonneront pas. Les prêtres n'ont qu'un souci en ce temps d'occupation étrangère sur leur territoire : maintenir la pureté intégrale des traditions. Devant un officier romain venu demander la guérison de son serviteur, Jésus ne se dit pas : « Je risque de passer pour un collaborateur. » Il pense : « Un homme est en train de mourir. »

Jésus a tout donné, tout abandonné. Il a tenu pour rien son honneur et sa vie. « *Il n'y a pas d'amour plus grand que de tout perdre pour ceux qu'on aime, jusqu'à sa propre vie.* » (Jean 15, 13) Jésus a aimé de cet amour-là. Il ira plus loin en pensant davantage à la détresse morale de ses bourreaux qu'à sa propre douleur. « *Père, pardonne-leur, ils ne savent pas ce qu'ils font.* » (Luc 23, 34) Il fut le bouc émissaire, celui qui, innocent, accepte de mourir pour sauver les coupables.

« *Aimez-vous comme Je vous ai aimés.* » Réconciliez-vous plus vite que votre ombre. Prenez l'autre tel qu'il est. Ne le rêvez pas. « *Soyez comme votre Père céleste qui fait briller son soleil sur les méchants comme sur les bons, qui fait tomber sa pluie sur les injustes comme sur les justes.* » (Matthieu 5, 45) Comprenons bien cette image, elle éclaire magnifiquement la nature de l'amour : soyez pour votre parent, votre épouse, votre enfant, votre voisin, votre coéquipier, votre subordonné, ce que le soleil et la pluie sont pour la plante. Le soleil et la pluie n'imposent rien. Ils ne complotent pas de changer le cactus en cerisier. Ils lui offrent de vivre sa vie, de sa façon originale, grandeur nature. Ils n'influencent pas l'arbre, ils lui donnent d'exister dans sa superbe différence.

L'amour commence par un regard. Regard chargé d'attente de Jésus sur le jeune homme riche. Regard de réhabilitation sur Zachée. Regard de compassion sur la prostituée chez Simon. Regard joyeux sur Lévi. Regard exigeant sur Thomas. Regard surpris sur Nicodème. Regard bouleversé sur la femme de Samarie au puits de Jacob. Regard blessé sur Pierre au matin de la trahison.

Aimer, selon Dieu, c'est porter une attention extrême à un être dont on devine le caractère sacré, le mystère unique, l'originalité singulière, la beauté incomparable. Cet être dont Dieu a rêvé de toute éternité, cet être que Dieu aime comme jamais aucune mère n'a aimé son enfant, voilà que l'amour nous donne de le voir, ne serait-ce qu'un instant, tel que Dieu le voit, comme un miracle !

En accueillant tous ceux qui se présentent à lui, les publicains comme les pharisiens (Nicodème), les prostituées comme les vertueuses, les lépreux comme les bien portants, Jésus nous révèle la nature même de l'amour. L'amour n'exclut personne. Et s'il avait « un petit faible », ce serait envers les plus perdus, les plus délaissés, les plus découragés. Au sujet d'un aveugle de naissance il est écrit : « *Apprenant qu'il avait été jeté dehors, Jésus vint à lui.* » (Jean 9, 39) Quel trésor dans cette courte remarque !

« *Je ne suis pas venu appeler les justes mais les pécheurs.* » (Matthieu 9,13) « Les pécheurs » sont une vaste catégorie sociale, qui inclut tout le monde. Mais certains pensent n'avoir aucun besoin d'un médecin : ceux qui se croient dans l'axe du bien, ceux qui « n'ont rien à se reprocher », ceux qui se contentent d'exclure leur prochain avec des regards qui écrasent et des mots qui tuent.

L'amour de Dieu manifesté si clairement en Jésus-Christ est un amour sans frontières. Il n'y a plus ni purs ni impurs, ni élus ni exclus. Il ne s'impose à personne et surtout pas à ceux qui le rejettent. C'est bien cet amour-là qui pourrait irriguer toutes nos relations humaines : couple, famille, amis, collègues, confrères.

Rien n'est pire que d'être disqualifié. En Se faisant homme, Dieu a subi cette honte ; Il nous donne ainsi l'exacte dimension de notre perversité. Jésus-Christ a été traité comme l'ennemi le plus immonde. Tous ses comportements furent catalogués. S'il accepte de participer aux fêtes organisées par les convertis, c'est qu'il est « *un buveur et un glouton* ». S'il guérit un infirme, il est à coup sûr un possédé. S'il se laisse approcher par les publicains et les prostituées, c'est parce qu'il est du même bord. S'il est sincère concernant l'aveu de son identité, il ne peut être qu'un imposteur, un blasphème ambulant.

Les responsables l'ont jugé comme indigne et infréquentable, un homme qui ne mérite pas de vivre. C'est ainsi qu'il nous révélait ce dont nous étions capables. Jésus nous sauve du plus grand péril si nous pouvons voir dans sa croix le diagnostic le plus clair de notre pire infirmité : nous jugeons. Nous sommes enclins à donner du prochain une image falsifiée, jusqu'à ce qu'il puisse se voir laid non seulement dans les yeux des autres, mais dans ses propres yeux. L'univers du goulag, les camps nazis, les prisons du Cambodge furent les formes les plus extrêmes de cet anéantissement de la personne.

Les chefs religieux n'ont pas su comprendre que Dieu était Amour. Ils l'ont vu comme Puissance, rigueur, élimination du pécheur. Du même coup, le comportement de ce « pseudo rabbin » ne pouvait que scandaliser. Son excès d'ouverture passait à leurs yeux pour du laxisme. Jésus et ces « docteurs de la Loi » s'accusent mutuellement d'imposture.

« *Allez apprendre ce que signifient ces paroles : c'est l'amour que Je désire et non les sacrifices.* » (Marc 9, 13)

Comme le fait remarquer B.-H. Lévy :

> N'est-ce pas tout l'ordre juif du monde qui chancelle et la flamme vacillante du Droit qui brusquement pâlit face au soleil radieux qui "*se lève sur les méchants et sur les bons ?*"… La fragile et subtile machine à résister, si patiemment dressée par des siècles de judaïté contre l'éternité du Mal, perdait en même temps sa raison d'être et ses fondements[25].

Deux excès se sont trouvés face à face pendant trois ans. L'excès du précepte moral qui conduit au juridisme et l'excès de l'amour qui conduit au Golgotha. Lequel de ces deux excès était resté le plus fidèle à la tradition, au message de Moïse et des prophètes ? Chacun peut se faire sa religion là-dessus. Pour ma part, je m'émerveille en pensant que Jésus n'a rien aboli du message qu'il avait reçu. Il l'a accompli comme un fruit est l'accomplissement d'une fleur.

Le film *La Passion de Jésus-Christ*, de Mel Gibson, aurait suscité moins de querelles si on avait supprimé quelque minutes de flagellation. Jésus était un homme véritable. Il n'était pas « Superman ».Aucun homme n'aurait pu rester en vie après tant de coups. Il serait mort au bout d'une heure.

Il fallait aussi impérativement signifier le scandale et la déception provoqués par ce Messie. Scandale, parce que cette image, trop nouvelle jusque-là, d'un Dieu de douceur était révoltante. Déception, parce que Jésus en avait fait rêver plus d'un et dès son arrestation il était disqualifié comme Messie. Il apparaissait donc comme blasphémateur : le plus grand crime à cette époque.

4
L'autre est sacré

En dehors de l'amour,
Dieu est introuvable.
Jacques GUILLET

« Es-tu heureux ? »

Le jeune officier noceur qu'était Charles de Foucauld scandalisait tellement sa famille qu'elle lui tournait le dos. Les photos de lui à cette époque le montrent bouffi, sans lumière dans le regard. Son visage est vieilli, désabusé, alors qu'il n'a pas trente ans. Les joyeux compères qui l'avaient encouragé sur le chemin du libertinage l'aimaient-ils vraiment ? Ils avaient été seulement les complices de sa part d'ombre. Un seul être semble avoir eu l'idée de « l'aimer quand même » : sa cousine Marie. « Charles, es-tu heureux ? », lui demande-t-elle. Elle ne le juge pas, ne le condamne pas. Elle a mal pour lui. Elle entend la voix divine lui dire : « Il est aussi Mon enfant. Veux-tu lui apporter de Ma part ce qui manque à son développement ? Veux-tu l'aider à devenir cet être superbe qui te plongerait dans l'extase si tu pouvais l'apercevoir ? » Je compare les photos de Charles où on le voit si désabusé, et une photo où, quinze ans plus tard, il rayonne d'un bonheur surhumain. Un sourire incomparable transfigure son visage. Qui a provoqué cette métamorphose ? Qui a opéré ce miracle ? Marie, la cousine qui avait découvert le secret de l'amour, et un prêtre, l'abbé Huvelin, auprès duquel Marie avait envoyé Charles.

⋆

Ma joie, c'est ta valeur et tout en moi se rassemble pour te délivrer. Ma joie, c'est ton mystère, et je veux l'entourer de respect et de silence. Ma joie, c'est ta générosité, et je me réjouis de découvrir ceux que tu aimes. Ma joie, c'est l'œuvre que tu as entreprise, et je ne mesure pas le temps que tu me réclames pour t'épauler. Ma joie, c'est de reconnaître ton vrai visage au-delà de tes masques.

Chaque être est un trésor infini, plus précieux que des tonnes de diamants, plus vaste qu'un continent. Même celui ou celle qui t'a meurtri par des sarcasmes ou des décisions qui te marginalisaient. N'était-ce pas là une trace de sa part d'ombre ? S'il ne reconnaît pas le mal qu'il (elle) t'a causé, regarde sa détresse et non la tienne. Vers quel avenir marche-t-il (elle) ? Que sais-tu du passé de cet être dont la présence t'est devenue odieuse ? Si tu voyais un film relatant son enfance et ses moments de vraie tendresse, ne serais-tu pas touché ?

Ceux qui reconnaissent en toi l'image de Dieu, ceux-là pourront t'aimer. Tu es aimé de ceux qui luttent contre tes démons, non pas en t'humiliant, mais en te demandant, comme Marie à Charles : « Es-tu heureux ? » Cet être qui t'agace, est-ce que tu le vois tel que Dieu le voit ? Un miroir déformant peut rendre grotesque la femme la plus belle du monde. Sais-tu ce que cet être a enduré d'humiliations ? Ce qui t'irrite en lui (en elle), c'est sa blessure. Cette plaie t'interroge : « Qu'as-tu fait pour me secourir ? »

Y a-t-il d'autre bonheur que d'être pleinement celui que l'on doit être ? Fidélité à sa mission, innocence, conscience droite, extrême attention au moment présent : voilà peut-être les ingrédients du bonheur ! Celui qui t'aime est celui qui veut bien t'accompagner sur ce chemin.

Dieu pose une question : « Accepterais-tu d'être le veilleur et l'éveilleur de ton prochain ? » Nous passerons l'éternité à contempler ce que nous aurons su faire naître dans le cœur des autres.

Pitié et compassion

« En chaque religion il y a le feu et la cendre. » (R. Tagore) Il n'est pas très honnête de comparer la cendre que l'on peut trouver chez les chrétiens avec le feu qui réchauffe les bouddhistes.

J'entends fréquemment opposer la « pitié » chrétienne et la « compassion » bouddhiste. Cela me semble tout à fait incongru.

Regardons dans le Robert le sens du mot « pitié ». Il est dérivé du latin *pietas* : « dévotion envers les dieux, les parents, la patrie ». Ensuite il désigne la clémence, la bonté miséricordieuse dont fait preuve l'empereur à l'égard d'un coupable. Puis il signifie la compassion. Aujourd'hui il ne désigne plus qu'un « sentiment de commisération mêlé de mépris ».

Voilà donc un mot qui a perdu peu à peu sa signification originelle. Pour les chrétiens, le mot hébreu qui fut traduit par pitié évoque aujourd'hui la compassion.

Le grec *Kyrie eleison* serait plus fidèlement exprimé par : « Seigneur, prends-nous en Ta compassion. »

Quelle tristesse j'éprouve en lisant, dans les *Propos sur le bonheur* d'Alain, le chapitre « De la pitié » :

> Il y a une bonté qui assombrit la vie, une bonté qui est tristesse, que l'on appelle pitié, et qui est un des fléaux humains… Il ne s'agit pas d'être dur et insensible, mais de faire voir une amitié joyeuse. Nul n'aime inspirer la pitié et si un malade voit qu'il n'éteint pas la joie d'un homme bon, le voilà soulevé et réconforté. Nous sommes empoisonnés de religion ! Nous sommes habitués à voir des curés qui sont à guetter la faiblesse et la souffrance humaine, afin d'achever les mourants d'un coup de sermon qui fera réfléchir les autres.

Il est difficile d'aller plus loin dans la caricature.

Qui oserait dire que François d'Assise, Vincent de Paul, l'abbé Pierre, mère Teresa, sœur Emmanuelle, le père Ceyrac, le père Maillard et tant d'autres ont une « commisération mêlée de mépris » à l'égard des blessés de la vie auxquels ils ont consacré leurs forces et leur temps ?

« C'est l'amour que vous aurez pour les pauvres qui leur permettra de vous pardonner ce que vous faites pour eux », disait saint Vincent de Paul aux jeunes filles qui venaient pour l'aider.

L'abbé Pierre écrivait en 1965 :

> Devant la douleur de l'autre se révèle de quelle adoration nous sommes… Sommes-nous idolâtres de notre petit moi ou sommes-nous adorateurs du seul Amour infini ?… Devant la douleur de l'autre tout se joue de notre avenir. Tout se joue sur le mystérieux événement, à la fois infime et immense, de notre naissance… Devant l'autre qui a mal je me divinise ou me satanise… C'est la douleur de l'autre qui provoque la manifestation de qui nous sommes et qui nous serons au-delà des temps[26].

Ô vous, frères humains

« Comment croire en Dieu après Auschwitz ? » Depuis plus d'un demi-siècle nous ne cessons pas d'entendre cette question. La plus grande leçon de l'Histoire a été donnée aux hommes durant ces années d'horreur. Si tu n'aimes pas ton prochain, tu te comportes comme s'il était de trop. Tu l'élimines. La honte du nazisme est d'avoir élevé ce rejet instinctif en valeur de « progrès ». Rejeter l'autre devenait un devoir.

Albert Cohen a raconté un événement de son enfance. Il s'est fait traiter de « sale juif » par un camelot pour lequel il éprouvait de l'admiration. Il dit les ravages de l'humiliation dans le cœur d'un enfant. Il montre le lien entre la banalité de ce mépris très ordinaire, ce mépris tellement répandu que personne n'y prêtait attention, et le massacre de six millions de juifs[27]. N'est-il pas urgent de mettre de tels livres dans les programmes scolaires ? Les fondements d'un idéal ne prennent-ils pas corps durant l'enfance et la jeunesse ?

Même des écoles catholiques n'osent pas toujours proposer des « temps forts » avec des intervenants qui pourraient témoigner sur les sujets concernant le sens de la vie. La loi sacro-sainte de la réussite aux examens semble empêcher tout empiétement sur les horaires de cours. Une conception erronée de la laïcité empêche que des pédagogues ayant une dimension spiritualiste puissent faire partager leurs connaissances. On peut citer Mao mais pas Confucius, Nehru mais pas Ramakrishna, Gide mais surtout pas Jésus-Christ ! Il est impensable d'inviter un bonze, un swami, un rabbin, un imam, un prêtre, un pasteur dans un lycée, ne serait-ce qu'une seule fois dans l'année.

★

Avant de devenir aptes à entrer dans le Royaume de l'amour, une seconde chance – dit-on – nous sera donnée. J'imagine que nous revivrons toutes les étapes importantes de nos relations. Mais cette fois, nous serons dans le cœur de ceux que nous avons blessés. C'est tout autre chose que la cellule d'une prison entre les murs de laquelle le détenu ressasse indéfiniment ce qu'il prend pour une injustice. Dans les procès, nous voyons les victimes soulagées lorsque le criminel « en a pris » pour dix ou vingt ans ! Mais le criminel va devenir bien plus violent encore durant ses années de détention !

Dans le « second stage », au-delà de cette « seconde naissance » qu'est la mort, nous deviendrons d'une certaine façon celui qui fut notre indésirable. Nous ressentirons dans la moelle de nos os les effets de nos attitudes d'exclusion. Dans cette seconde vie, nommée étrangement « purgatoire », nous guérirons en « comprenant » ce qui s'est passé. Il y aura une « reconstitution » de nos violences et de nos omissions. Tout cela, bien sûr, n'est que le fruit de mon imagination !

Qu'ai-je fait durant une année de silence et de solitude dans un monastère sinon repasser dans mon cœur des scènes de relations gâchées vécues dans le passé ?

Durant un temps de purification nécessaire à notre « conversion », peut-être éprouverons-nous une secrète honte en découvrant la beauté intérieure de celui-ci ou de celle-là. Comment avons-nous pu ignorer une telle grandeur ? Comment avons-nous pu dénigrer, dénoncer, salir cet être que Dieu aimait tant ?

Celui qui est amoureux fou sait reconnaître le prix de l'être aimé. Si cet amour naît à l'égard d'une personne connue depuis longtemps, un étonnement jaillit : « Comment n'ai-je pas compris plus tôt ? »

Les autres sont des cadeaux

Nos liens sont notre seule richesse. Mais nous voyons l'autre à la mesure de notre regard.

Les animaux voient-ils les objets comme nous les voyons ? Le monde extérieur est-il identique pour l'homme et la chauve-souris ? Même les couleurs ne sont pas les mêmes pour les insectes et pour les humains !

« Il dépend de toi que je sois une tombe ou un berceau, que je parle ou que je me taise. Ami, n'entre pas ici sans désir. » (Valéry)

Notre plus grande surprise et notre plus grande honte durant le stage qui précédera l'éternité seront de découvrir les êtres tels qu'ils sont. Chacun de ceux dont nous avons croisé la route était un trésor fabuleux et nous n'avons parfois rien vu !

Les gens sont des cadeaux que le Père
a enveloppés pour nous les envoyer.
Certains sont magnifiquement enveloppés,
Ils sont très attrayants dès le premier abord.
D'autres sont enveloppés de papier très ordinaire.
D'autres ont été malmenés par la poste.
Certains sont des cadeaux dont l'emballage laisse à désirer.
D'autres dont l'emballage est bien fait.
Mais l'emballage n'est pas le cadeau !
C'est si facile de faire erreur et nous rions
quand les enfants prennent l'un pour l'autre.
Parfois le cadeau est difficile à ouvrir, il faut se faire aider…

Ils ont peut-être déjà été ouverts et rejetés.
Ou se pourrait-il que le cadeau ne soit pas pour moi ?
Je suis une personne et donc, moi, je suis un cadeau.
Un cadeau pour moi-même d'abord.
Le Père m'a donné à moi-même.
Ai-je déjà regardé à l'intérieur de l'emballage ?

Ai-je peur de le faire ?
Peut-être n'ai-je jamais accepté le cadeau que je suis[28] ?

Les camarades d'Antoine de Saint-Exupéry au collège Sainte-Croix du Mans se moquaient de leur condisciple trop distrait. Ils le nommaient « Pique la lune ». Le fait m'a été rapporté par l'un de ses professeurs. Il pourrait être intéressant d'écrire une anthologie des jugements imbéciles qui ont réduit des personnages célèbres à la dimension de l'insignifiance.

Ainsi de celui ou de celle-là qui ne voyait que le vide des êtres car ils sont vides s'ils ne sont pas fenêtres ou lucarnes sur Dieu[29].

Notre éternité se passera, j'en ai la conviction intime, à nouer des liens merveilleux avec des millions d'êtres dont nous reconnaîtrons l'incomparable beauté.

Personne ne te connaît sinon celui qui t'aime

Tout homme public a 30 % de « fans », 30 % d'adversaires, 40 % d'indifférents dont quelques-uns sont prêts à basculer dans l'un ou l'autre des deux camps. Recevoir l'estime de personnes bornées et médiocres devrait nous déplaire plus vivement que de subir leur hostilité. Ne nous recherchons pas dans le regard des autres. Les uns nous sous-estiment, les autres nous surestiment. Ne laissons à personne le soin de nous dire qui nous sommes. L'autre ne nous voit vraiment que s'il nous aime. S'il ne nous aime pas, il en est empêché. « On ne voit bien qu'avec le cœur, l'essentiel est invisible pour les yeux. » (Saint-Exupéry)

Dans les situations conflictuelles, ne restez pas en vous-mêmes. Vous ressentez les choses de façon déformée. Ne vous projetez pas dans le regard de l'autre ; il cherche un punching-ball. Il se refait une petite santé sur votre dos. Le ton agressif de sa voix n'est pas autre chose qu'un appel de détresse.

J'ai expérimenté souvent combien la foi en Dieu pouvait nous guérir. Dieu porte sur nous le regard le plus valorisant. Les prophètes et les psalmistes redisent souvent le même refrain :

Ne place pas ta confiance dans les créatures humaines.
Elles sont bornées et versatiles.
Ne perds pas l'estime de Dieu.
Cette estime seule t'est nécessaire... (Psaume 117, 8)

« Comment savez-vous que Dieu nous aime ? », me demandait un journaliste tout à l'heure. J'ai répondu spontanément : « En échappant, par Lui, à la solitude et à l'absurde. Une vie qui s'achèverait dans le néant n'aurait pas de sens. »

Un ami athée me disait : « Tu es comme Anne Franck. Elle s'inventait une confidente avec laquelle elle pouvait parler. »

Une adolescente peut s'inventer une amie invisible. Un adulte ne peut plus jouer à ce jeu-là.

5

Vivre à deux

> Que votre amour soit de la compassion
> pour des dieux souffrants et voilés.
> Mais le plus souvent c'est une bête
> qui en guette une autre.
>
> F. NIETZSCHE

La plus grande aventure des temps modernes !

L'amour au sein du couple n'est qu'une forme de relation parmi toutes les autres, mais elle est peut-être la plus intense, la plus féconde et la plus durable. Elle crée la vie. C'est cette relation que la Bible choisit le plus souvent pour symboliser l'amour que Dieu porte à Ses créatures humaines.

Tu oublieras ton humiliation
Car ton époux, c'est ton créateur.
Comme un jeune homme épouse une jeune fille,
Ton créateur t'épousera. (Isaïe 54, 4-5)

Si Dieu avait été un être solitaire, peut-être aurait-Il créé un homme fait pour la solitude. La nature, qui ne manque pas d'imagination, aurait trouvé un autre stratagème pour la reproduction de l'espèce. Il n'y aurait pas eu des personnes reliées les unes aux autres : il y aurait eu seulement des individus juxtaposés. Certains ont la nostalgie d'un monde comme celui-là. Ne dépendre de personne. Vivre à sa guise sans que personne ait de reproches à vous faire. Ne jamais entendre les rengaines : « Tu ne m'écoutes pas », « Tu ne me parles pas ». Quelle paix !

Lorsque les relations sont conflictuelles, lorsque les reproches sont répétés, comme elle est enviable la solitude !

Dieu S'est révélé être Relation. L'être humain est invité à s'humaniser, à nouer des liens de plus en plus généreux. De quoi donc est constitué notre quotidien sinon d'ajustements ? Quelle est la trame de toute grande aventure sinon les relations que chaque jour nous propose ?

La vie à deux offre un vaste terrain d'accomplissement. Par l'autre, peu à peu, nous pouvons dépasser notre suffisance, notre surdité, notre niche de survie, notre soif de posséder, notre manque de confiance. L'autre, l'ami, le conjoint, le compagnon, est celui (celle) par qui nous apprenons à nous humaniser. Ce n'est sans doute pas un hasard si nous l'avons choisi(e). Notre inconscient a deviné qu'il serait pour nous un « maître spirituel ». Il nous ferait abandonner nos étroitesses de cœur. Il nous tirerait vers les cimes.

L'amour de couple n'est viable qu'avec de hautes exigences. L'attention qu'un navigateur peut investir dans la construction de son bateau ou qu'un jardinier est invité à mettre dans l'entretien de son jardin ne sont rien en comparaison du soin que l'amoureux pourrait offrir à la qualité de son amour.

J'ai souvent interrogé des couples. Aux uns je demandais le secret de leur durée et de leur enthousiasme. Aux autres les causes de leur rupture.

Les chemins du succès furent la confiance, la dédramatisation, les moments de dialogue où l'on peut tout se dire et tout se pardonner. Il y eut aussi, pour certains, une foi indéfectible : Dieu Lui-même les avait unis. Dieu leur avait confié une mission vitale pour le monde et pour l'avenir de leurs enfants,

Le oui absolu où l'on « brûle ses vaisseaux » pour partir sans regarder en arrière est d'une grande force. « Je te prends pour époux (se) et je promets de te rester fidèle dans le bonheur et dans l'épreuve, dans la bonne santé et la maladie pour t'aimer et te respecter tous les jours de ma vie. »

Dans les ruptures, il s'agissait le plus souvent d'une « erreur sur la personne ». Lorsque l'on fait passer les relations sexuelles avant tout, peut-on se connaître vraiment ? Il est facile de s'entendre à merveille « sous la couette ». Mais qu'advient-il lorsqu'on découvre cinq ou six ans plus tard que son homme est un rustre (sa compagne une chichiteuse) ? Si le couple résiste à l'épreuve, ce sera par chance.

Voici quelques propos d'une mère de quatre enfants de cinq à seize ans :

« Mon mari savait que je céderais sur tout. Mon éducation religieuse m'a déformée. "Tendre l'autre joue" peut être compris comme un encouragement. Une tante me disait : "Tu as de la chance d'avoir un mari qui te frappe. Grâce à cela tu peux devenir une sainte." Si on ne donne aucune limite à un enfant capricieux, il va très vite se révéler invivable. C'est pareil avec un homme ! Je lui laissais la bride sur le cou. Alors il me trompait. Je pardonnais. On pleurait. Il demandait pardon. Et cela recommençait... Tu comprends, je suis d'une génération où on ne cherchait pas vraiment à se connaître. Le désir primait tout... »

*

J'ai recueilli des centaines de réponses de fiancés à une question simple : « Que recouvre pour vous le verbe aimer ? » Voici quelques-unes des réponses les plus récentes :

- Se sentir transporté lorsque l'autre est là.
- Avoir quelqu'un qui vous écoute, qui est là lorsque vous en avez besoin.
- S'épanouir l'un l'autre. Donner, recevoir.
- Respecter les besoins et les attentes de l'autre.
- Rassurer et épauler. Se faire rassurer et épauler.
- Avancer ensemble dans la même direction.
- Comprendre nos différences.
- Banaliser les instincts anarchiques et violents, rendre fécond ce qui pourrait être destructeur.
- Partager les points communs et les divergences.
- Dire "tu", "nous". Se comprendre en un regard.
- Faire grandir l'autre. Faire confiance, s'abandonner.
- Se découvrir, se surprendre, se surpasser.
- Se respecter avant tout. Et cultiver la flamme de la vie...

Lorsque je leur demandais ce que le sacrement changerait à leur union, j'avais souvent des réponses émouvantes comme celle-ci : « Notre rencontre est l'œuvre de Dieu. Qu'Il veille sur ce qu'Il a commencé ! »

Antoine et Consuelo

Lorsque je dis mon estime pour l'aviateur-écrivain Antoine de Saint-Exupéry, on me jette à la figure qu'il fut un piètre époux. « Lis donc le livre de sa femme, tu seras édifié. » Comment peut-on juger ainsi de la vie d'un homme sur ce que l'on croit deviner de son couple ? Des milliers d'heures de la relation qu'elle eut avec Antoine, Consuelo n'en raconte que quelques-unes.

Et elle le fait à sa manière, dans le cadre de sa vérité, de ses attentes déçues.

> Je me rendais compte que je n'étais pas faite pour être la femme d'un écrivain à la mode. Partager avec d'autres nos rires et notre intimité me semblait toujours une catastrophe... Je voulais habiter le cœur de mon mari. Il était mon étoile, il était ma destinée, ma foi, ma fin. J'étais petite, mais j'avais en moi un immense pouvoir de vie. Toutes les étoiles de l'univers, je les avais réunies dans mes pupilles pour l'en baigner. Un tel amour, c'était une grave maladie, une maladie dont on ne guérit pas tout à fait. Bientôt je fus injuste, jalouse, hargneuse, impossible à vivre. Je ne voulais pas céder, pas même un sourire, à toutes ces femmes qui s'inscrivaient tous les jours dans son carnet pour des cocktails, des déjeuners, des rendez-vous dans Paris. Il me manquait ce ciel pur que Dieu m'avait donné en faisant de moi sa femme. Je fus méchante, je ne pouvais pas supporter les jeunes filles faussement timides, les lycéennes qui demandaient une signature dans un livre, une photo[30].

Antoine, lorsqu'il parle, parfois sévèrement, de la femme, le fait sans en nommer aucune.

> Si elle te demande de t'occuper d'elle tout entière et de t'enfermer dans son amour, elle te sollicite de n'être plus qu'égoïsme à deux...

Je n'ai point fait mes provisions pour les enfermer dans une femme et m'y complaire.

Ta femme te noircit dans ta vie passée, dans tes souhaits, dans tes croyances. Ne sert de rien de lutter contre les griefs… Je te plains dans tes brouilles et dans tes réconciliations car elles sont d'un autre étage que l'amour. L'amour est avant tout audience dans le silence. Aimer, c'est contempler… Telle exige que tu te justifies. Elle t'ouvre un procès sur tes actes. Elle confond l'amour et la possession. À quoi bon répondre ?… Tu demandais d'abord à être reçu dans le silence… dans la misère que tu es[31].

Le succès fantastique de ses premiers livres a projeté Saint-Exupéry dans une course frénétique de conférences et d'invitations. Il fut entouré de femmes extrêmement cultivées qui se trouvaient sur la longueur d'onde de ses intuitions. On peut lui faire grief de s'être laissé trop facilement séduire, mais « *que celui qui n'a jamais péché lui jette le premier la pierre !* » (Jean 8, 7)

Est-il possible pour une femme de vivre avec un homme trop exceptionnel si elle n'a pas elle-même une responsabilité où elle puisse se réaliser pleinement ? Elle est étrange, la prière composée par Antoine pour que Consuelo la récite chaque jour :

Seigneur, faites-moi simplement comme je suis. J'ai l'air vaniteuse dans les petites choses, mais dans les grandes je suis humble. J'ai l'air égoïste dans les petites choses, mais je suis capable de tout donner, même ma vie… Seigneur, faites-moi semblable toujours à celle que mon mari sait lire en moi.

Seigneur, sauvez mon mari, parce qu'il m'aime véritablement et que sans lui je serais orpheline. Mais faites, Seigneur, qu'il meure le premier de nous deux, parce qu'il a l'air comme ça bien solide, mais qu'il s'angoisse trop quand il ne m'entend plus faire du bruit dans la maison… Protège, Seigneur, notre maison…

Les hommes qui ont marqué le destin de l'humanité ont-ils tous vécu une heureuse vie à deux ? La culture qu'ils ont reçue donnait-elle son importance à la vie conjugale ? L'humanisme de Saint-Exupéry et sa nostalgie de Dieu seraient-ils disqualifiés parce que sa relation à son épouse fut tumultueuse ?

Entre l'homme et la femme, dans cette histoire particulière qui conduit à une mésentente ou à une séparation, qui oserait compter les points, évaluer les torts ?

« Pas une feuille ne tombe sans le consentement de l'arbre entier » (Khalil Gibran). Les amis d'un couple peuvent toujours s'interroger : « Avons-nous été de bon conseil ? »

Aimer : décision ou sentiment ?

À la lumière des confidences reçues, sublimes parfois, tragiques souvent, j'ai composé une charte destinée aux candidats à la vie à deux.

Je m'engage à considérer notre lien comme la réalité la plus sacrée de mon existence.

Je m'entraînerai à éviter les malentendus ou à en éteindre au plus vite le caractère empoisonné.

Je m'efforcerai de ne rien dire qui puisse t'humilier ou te blesser.

Je ne serai pas avare de compliments et j'éviterai tout reproche stérile.

Je m'entraînerai à être disponible pour t'écouter et pour entrer dans ton univers.

Je m'efforcerai de ne pas caricaturer ou entraver tes opinions lorsqu'elles contrarient les miennes.

Je ne t'en voudrai pas de tes sautes d'humeur, sachant que le beau temps revient toujours après l'orage.

Je m'entraînerai à chasser mes pensées négatives et à développer les ressources de l'humour.

Je m'efforcerai de ne pas manifester d'agacement si ta gestion du temps n'a pas le même rythme que la mienne.

Je m'entraînerai à respecter ta liberté et tes jardins secrets.

J'essaierai de bannir toute jalousie, me réjouissant que d'autres sachent t'apprécier.

Et comme jamais je ne parviendrai à suivre de façon rectiligne la piste qui mène à cette étoile, je m'engage à être assez humble pour savoir te demander pardon.

On pourrait intituler cette litanie : onze paroles pour une traversée de la vie en double.

L'amour séparé de sa source

Le comportement de l'autre correspond rarement à nos attentes et à nos goûts. La frustration n'est pas loin, qui peut dégénérer en accusations. Que faire de ces reproches ? Les taire revient à courir le risque de les voir s'accumuler et se durcir en griefs. Les dire fait craindre de les dire mal, ou à un mauvais moment. La vie à deux ne peut pas être un lieu de blâmes permanents. Une connaissance de l'autre peut s'établir à la longue. Alors les décalages sont mieux acceptés. Les erreurs, les oublis, les gaffes se font plus rares. On les dépasse dans une harmonie plus haute. Il fallait juste un peu de confiance et beaucoup de patience.

L'amour séparé de sa source connaît le risque de devenir une idolâtrie. Les idoles dévorent ceux qui les servent. L'injustice qui consiste à se fabriquer un être mythique, qui magnifie votre amour, est fréquente et surprenante. Ensuite il est facile d'en vouloir à l'être réel. « Il (elle) a trahi. Il (elle) n'avait pas le droit de casser ce rêve. »

Il n'est pas trop d'une vie pour apprendre à distinguer les faux et les vrais diamants de l'amour. L'amour-fusion, l'amour-possession, l'amour-chantage, l'amour-domination, l'amour-caprice, l'amour-investissement, l'amour-conflit, l'amour-vengeance n'ont rien à voir avec l'amour. On reconnaît l'amour-loup-à-masque-d'agneau aux détresses qu'il laisse sur son passage. Tout lui est bon pour faire sentir son pouvoir sur l'être qu'il prétend aimer. Il s'estime détenteur de la vérité.

Que se passe-t-il lorsque tu aimes vraiment quelqu'un ? Tu souhaites ardemment son épanouissement, sa réalisation, son accomplissement, sa joie. Non seulement tu les souhaites, mais tu es disposé à les promouvoir.

La Bible compare l'être humain à une brebis. Elle a besoin d'un guide. Elle a besoin de pâturages et de sources. Elle a besoin d'être ramenée au bercail si elle a perdu son chemin. Elle a besoin d'être soignée lorsqu'elle est malade ou blessée.

La Bible compare l'être humain à un sarment de vigne. Le sarment veut une terre adaptée à sa nature, de l'eau et du soleil pour grandir, un vigneron pour le tailler, un lien vivant avec le cep, quelques remèdes contre les maladies de la vigne…

La Bible nous dit sur tous les tons à quel point Dieu est en souci pour sa brebis blessée ou égarée, pour sa vigne envahie par les ronces ou piétinée par les sangliers.

Est-ce le même ?

Il y a de l'anti-amour en ce monde, comme il y a de l'anti-matière. De là viennent les rancœurs, les divisions, les ressentiments, les jalousies, les procès, les rancunes, les brouilles, les solitudes, les dépressions, les suicides. L'existence de cet anti-amour est le plus grand mystère. Ce mystère est lié à notre liberté. Pour que l'homme puisse inventer d'aimer, il faut qu'il puisse également éviter d'aimer. Il arrive même qu'il haïsse.

Nous sentons en nous, parfois, une double attraction : « Tu dois pardonner ! », nous souffle une petite voix. « Non, jamais ! », nous entendons-nous répondre dans le secret ! Notre vie tout entière est là, en suspens, pendant quelques secondes. Si le pouvoir ne nous était pas donné de dire : « Amour, je te préfère », l'amour existerait-il ?

Un jeune qui regarde l'avenir sans prendre ses rêves pour la réalité voit combien les couples rayonnants sont rares au bout de cinq ou dix ans de vie commune. Beaucoup tentent leur chance ailleurs, en partant tout à fait, ou en menant une double vie. La plupart se résignent, s'accommodent dans l'ennui. Ce serait trop compliqué de « refaire sa vie » ! Est-on sûr de mieux réussir ?

La grande affaire repose sur une harmonie de deux personnalités. As-tu bien mesuré, toi qui tombes amoureux, à qui va te lier ton élan ? Est-ce à un visage en tout point semblable à l'actrice (à l'acteur) qui t'a ébloui lorsque tu avais quinze ans, ou est-ce à un être réel ? Tu accueilles les qualités de l'autre : gaieté, humour, présence d'esprit, émerveillement, ouverture… Mais accueilles-tu aussi des goûts dont la valeur est plus subtile : l'intérêt qu'il (elle) porte aux voyages, aux rencontres, à la lecture, à l'art, à une spiritualité qui t'est étrangère ?...

Acceptes-tu d'entrer en conflit avec des comportements et des points de vue qui déjà t'ont fait souffrir chez tel parent, tel camarade ?

Pourquoi ce versant revendicatif, violent, vient-il tout gâcher ? Pourquoi cette incapacité à reconnaître ses torts bloque-t-elle le dialogue ? Pourquoi ces nerfs à vif, ces émotions incontrôlées ?

« Je n'avais pas prévu cela ! », disent les candidats à la séparation. Ils ressemblent à des clients d'un club de vacances choqués de ne pas trouver les plongées sous-marines inscrites sur le dépliant, et de se heurter en revanche à une invasion de moustiques dont aucune information ne signalait la présence.

Tu l'aimes dans sa force, son énergie inusable. L'aimeras-tu encore avec ses maux de ventre, ses migraines, ses insomnies, ses plaintes ?

Tu l'aimes dans le rayonnement d'une intelligence avide de découvertes. L'aimeras-tu encore lorsque tu seras lassé d'écouter des histoires entendues cent fois ?

Tu l'aimes aujourd'hui où il (elle) partage tes passions, tes projets, ta foi ; l'aimeras-tu encore s'il (si elle) change de cap ?

Accepteras-tu le juge qui se cachait sous le poète ? Accepteras-tu le militant débordé qui se cachait en celui qui naguère t'adorait de façon exclusive ? Accepteras-tu la mère qui se cachait sous l'épouse ?

Dans les débuts d'une relation d'amitié ou d'amour, la puissance de l'émotion suscitée par un être si miraculeusement complémentaire nous pousse inconsciemment à le voir auréolé de toutes les perfections. Lorsque le réel vient casser ce mirage né de notre désir, nous risquons de caricaturer l'être réel, au nom de son double rêvé.

Les complications de la vie à deux proviennent de décalages dans les attentes de l'un et de l'autre. Si les désirs coïncidaient, rien ne viendrait briser l'harmonie. Ils veulent tous deux passer le week-end à la mer plutôt qu'à la montagne. Ils veulent tous deux pique-niquer plutôt qu'aller au restaurant. Ils veulent tous deux mettre leurs enfants dans la même école. Si les désirs sont opposés, l'un des deux devra renoncer à son projet. Ce projet peut être important à ses pro-pres yeux alors que pour l'autre c'est le sien, antagoniste, qui est le plus précieux.

Faudra-t-il passer au supermarché pour préparer le repas ou s'arrêter chez le libraire pour l'achat d'un livre ? La position des aiguilles sur le cadran interdit que l'on fasse droit aux deux désirs. Faut-il être sévère à l'égard d'un enfant récalcitrant ou lui passer ses caprices ? Sur quelle balance peser l'importance des choix ? La sienne ou la tienne ? Faudra-t-il dire : ne prenez pour compagnon (compagne) que celui (celle) qui a le moins d'attentes, le moins de désirs, celui (celle) qui pourrait dire : « C'est toujours ton besoin, tes goûts, tes attentes qui l'emporteront » ? L'amour serait-il le cimetière de la personnalité ?

En lisant des revues actuelles je suis surpris de la façon dont est traitée la réalité du couple. L'amour y est défini comme « un mouvement affectif vers un être qui vous procure une satisfaction ». Nous ne pourrions aimer que les êtres qui sont « aptes à répondre à nos besoins ». Il semble évident que « si le conjoint n'apporte pas la satisfaction que vous en attendez » il faille impérativement « rechercher un autre partenaire » qui pourra vous valoriser, briser votre écorce.

« Il faut admettre que les objets d'amour puissent changer parce que nos besoins sont des réalités en mouvement. Devant la défection d'un partenaire, il ne reste plus à celui qui a besoin de se sentir sous l'emprise du désir qu'à se tourner vers un nouveau partenaire. » Quelle durée peut-on imaginer pour de telles « associations » fondées sur la seule « satisfaction des besoins » ? Bien sûr, dans tous ces articles, il n'est pas question de la souffrance des enfants !

Il serait précieux d'avoir pour projet essentiel celui de faire plaisir, de se mettre au diapason de l'attente de l'autre. Peut-être alors est-ce celui qui est le plus apte à relativiser ses désirs personnels qui entrera dans le plus grand bonheur. Mais ne serait-ce pas construire une relation faussée que de laisser un seul des deux, toujours le même, accéder à cette joie plus haute ? Dans les doléances exprimées j'entends souvent : « Faut-il que ce soit toujours le même qui se sacrifie? » Sait-on que *sacrifier* veut dire : « rendre sacré » ?

J'ai connu un couple qui avait résolu le problème en décrétant que les jours pairs les choix de Madame auraient la priorité tandis que les jours impairs les choix de Monsieur l'emporteraient. Il paraît qu'il n'y eut plus de conflits ! Mais en ce domaine que peuvent valoir les « recettes » ?

6

Se méfier des contrefaçons

> Aimer, c'est aborder l'autre comme une merveille à admirer,comme une fleur à faire éclore,comme un possible dont il faut faciliter la réalisation.
>
> L.-J. LEBRET

Familles, je vous aime

Quand l'être humain a-t-il commencé à aimer ? Dans le livre *Pourquoi j'ai mangé mon père*, un hominidé, déjà homme peut-être, se montre ingénieux pour inventer le feu et tailler des silex. Ce n'était pas seulement pour sauver sa propre vie, je suppose, mais aussi la vie de sa famille et celle de son clan. N'était-ce pas la préhistoire de l'amour ?

Si Dieu a inventé la famille, c'est parce qu'elle Lui ressemble. Le Dieu des chrétiens n'est pas solitaire. Il a besoin d'être trois pour être Dieu. Cet amour nous dépasse infiniment. S'il était à notre mesure, nous serions Dieu. Qui sont-ils, ces êtres qui s'aimaient avant l'origine des siècles et dont l'amour prend visage en un Esprit de communion ? Depuis si longtemps que l'un d'eux s'est fait l'un de nous, nous ne Le connaissons pas encore ! « Dieu est Père », dit la Bible. « Dieu est mère », dit-elle aussi. Dieu est le Fiancé, l'Époux, le Grand Amoureux, le Grand Pardonneur.

Les pâles reflets terrestres de ce soleil nous éblouissent. Le cœur humain ne peut battre qu'à deux. Les plus belles traces de Dieu en ce monde ne sont pas les milliards de nébuleuses et de galaxies, ce sont deux visages extasiés au-dessus d'un berceau. Ce regard sur nous de nos parents nous a donné le goût de vivre. La famille est une aventure mystique. Entre des êtres stressés de fatigue, évitant de se rencontrer, aucun courant ne passe. Aucune vie, aucun bonheur ne filtrent. « L'enfer, c'est les autres… » Bien sûr, quand on ne s'aime pas !

On attribue parfois à Gide le cri : « Familles, je vous hais » ; on oublie le contexte qui donne à la formule un autre sens :

> Familles, je vous hais ! foyers clos, portes refermées, possessions jalouses du bonheur[32].

Lorsqu'elle est refermée sur elle-même, la famille a perdu sa beauté. Elle n'est sans doute pas haïssable, elle est dénaturée. Lorsque les membres d'une famille sont unis, il y a là une source impressionnante de bonheur.

> Nous n'irons pas au but un par un, mais par deux.
> Nous connaissant par deux, nous nous connaîtrons tous.
> Nous nous aimerons tous. Et nos enfants riront
> de la légende noire où pleure un solitaire[33].

La famille est le point d'ancrage le plus solide, le roc sur lequel peut s'appuyer une civilisation. Dieu a fait confiance à Sa créature humaine au point de lui confier le soin d'introduire dans l'univers un être nouveau et unique appelé à partager un bonheur infini éternellement.

★

Un poème trône au cœur de la Bible. Le *Cantique des cantiques* évoque un amour passionné qui n'est pas sans conflits. Lorsque le bien-aimé frappe à la porte de sa bien-aimée, celle-ci tergiverse. Elle se fait attendre. Le fiancé s'éclipse pour que l'absence creuse le désir. La bien-aimée court à travers la ville. Elle ne peut trouver la paix avant d'avoir rejoint celui qu'elle aime. Alors l'amour triomphe de ses mauvais démons. C'est lui qui l'emportera.

Pose-moi comme un sceau sur ton bras,
comme un sceau sur ton cœur.
Car l'amour est fort comme la mort.
Ses traits sont des traits de flammes,
Un feu de Dieu.
Les grandes eaux ne pourront éteindre l'amour
ni les fleuves le submerger. (Cantique des cantiques 8, 6-7).

Les amoureux sont des mystiques, des êtres ouverts sur le sens caché du monde. Ils savent d'instinct qui est Dieu : Puisque « *l'amour vient de Dieu* ». Puisque « *Dieu est Amour* ».

Aimer est un acte de foi. L'amour accorde sa confiance quoi qu'il advienne. En vous consacrant à un être « pour toujours », vous faites de lui le dépositaire de votre destin. Il peut vous conduire vers le paradis s'il vous aime vraiment, il peut vous détruire s'il vient à ne plus vous aimer ou si son amour prend des formes possessives. Les reproches de l'être aimé peuvent être mortels : « Tu ne t'intéresses à rien ! », « Tu ne m'écoutes jamais ! », « Tu fais toujours le contraire de ce qu'on attend », « On ne peut jamais compter sur toi ! » Les « toujours » et les « jamais » sont révélateurs d'un mal-être chez celui qui les prononce. Si celui (celle) qui les reçoit est fragile, ces paroles peuvent causer de graves dégâts.

Souvent les jeunes qui font leurs premiers pas dans la vie amoureuse ne supportent pas qu'on puisse leur parler des difficultés d'une vie à deux. Ils pensent que cela pourrait leur porter malheur.

Est-ce du pessimisme que d'évoquer les obstacles que l'amour est invité à défier ? Ni l'optimisme ni le pessimisme ne sont de bons chemins. « L'optimiste est un imbécile heureux et le pessimiste un imbécile malheureux. » (Chesterton)

Heureux ceux qui choisissent la lucidité et l'espérance, l'expérience et l'utopie, le réalisme et la foi. « Soyez réalistes, demandez l'impossible », lisait-on sur les murs de mai 1968.

Les difficultés dans la relation sont comme les pierres qui font chanter le torrent. Elles sont une provocation à aimer plus fort. Lorsqu'il n'y a plus d'eau dans le lit du torrent, les pierres ne font plus rien chanter du tout.

Peut-on ressusciter l'amour lorsqu'il est mort ? Oui, sans doute, si les deux moitiés le veulent intensément. Et plus encore si la mission commune apparaît bien comme un devoir sacré.

J'ai eu la joie de voir évoluer des couples sur le point de se séparer. L'élan des origines était revenu après des années d'éclipse. La confiance et le pardon avaient eu raison de l'habitude et des griefs.

Le couple est le port à partir duquel chacun peut repartir vers la haute mer, l'oasis entre deux traversées du désert. Chacun pourrait dire à son conjoint : « La joie que tu me donnes, c'est sur le visage des au-tres que tu la reconnaîtras. Lorsque je ne suis pas avec toi, je t'emporte avec moi. C'est dans le rayonnement et la force de ton amour que j'aime ceux que je rencontre. »

Le terreau de l'enfance

Dieu a confié aux hommes deux des biens les plus précieux : la transmission de la vie et la révélation de Son amour. À l'image de l'amour divin, l'amour humain fait exister les êtres. Il donne vie à l'être aimé. Il révèle la nature même de Dieu.

L'homme et la femme qui s'aiment donnent la vie à des petits d'homme qui seront eux aussi des enfants de Dieu, qui à leur tour donneront la vie. La famille est la plus immense de toutes les épopées.

La famille est le terreau de notre enfance. La qualité de la tendresse qu'on y fait régner a des conséquences incalculables sur l'avenir de l'être humain. Une seule personne est plus précieuse que l'univers tout entier. Cela vaut la peine de mettre à l'instauration d'un bon climat familial plus de soin qu'à tout le reste de l'existence.

> La famille se trouve au centre du grand affrontement entre le bien et le mal, entre la vie et la mort, entre l'amour et tout ce qui s'oppose à l'amour[34].

L'enfant n'a pour repère que le regard des autres. Les parents, par leurs regards enchantés ou indignés, désignent la présence des valeurs et leurs frontières. Se voir précieux dans les yeux de ses parents, c'est être justifié d'exister. Se voir insignifiant à leurs yeux, c'est être condamné à se sentir de trop.

Lorsque les parents peuvent offrir le cadeau de frères et de sœurs, de même sang ou adoptés, c'est là le plus grand des trésors. La famille est le cadre de l'apprentissage du monde enchanté de la rencontre.

L'enfant-roi risque de demeurer longtemps un analphabète de la tendresse. L'art d'accueillir des frères et des sœurs qui apparaissent parfois au premier abord comme des rivaux, la famille en est l'école. Être aimés ensemble, jamais l'un plus que l'autre, jamais l'un sans l'autre, n'est-ce pas là le seuil d'une humanité réconciliée ? La différence de l'autre nous bouscule, mais elle nous enrichit en même temps. Comment mieux s'exercer aux premières gammes de cette musique fraternelle sinon en vivant sous le même toit, jour après jour ?

L'enfant trop couvé, auquel on évite tout effort, à qui on reconnaît tous les droits et aucun devoir, sera privé de repères et aura du mal à se construire. L'élan vital d'un individu se développe en rencontrant des obstacles auxquels il se mesure. La construction de notre originalité passe par un affrontement. Personne ne peut nous en dispenser sans nous léser.

La tendresse n'est pas une « valeur refuge ». Elle n'est pas la fuite des conflits et du tragique de ce monde. La tendresse n'est pas la nostalgie d'une enfance perdue. La tendresse est forte comme le diamant. La tendresse est le tissu même de l'être. En Dieu, « être » et « aimer » sont un même verbe. Nous avons été tirés du néant par cet Amour. La réalité la plus précieuse au ciel et sur la terre est la relation entre des personnes. « C'est parce que Dieu me dit "tu" que je peux dire "je". » (Maurice Clavel)

« *D'un amour éternel Je t'ai aimé. C'est pourquoi Je t'ai appelé* » (Isaïe 54, 6-8). C'est parce que Dieu t'appelle que tu es une personne. « *Les montagnes peuvent s'en aller, les collines s'ébranler, mon amour pour toi ne s'en ira jamais.* » (Isaïe 54, 10). Tout gravite autour de ce centre.

C'est dans leur amour de couple qu'un Martin Luther King, un Gandhi ou un Lech Walesa ont puisé la force de se donner à la cause de leur peuple. C'est dans l'absence de tendresse que s'est développé le cœur aigri des tyrans. Prodigieuse source d'enseignement que le récit des enfances des dictateurs. (Adolf Hitler eut à subir les violences de son père. L'attitude surprotectrice de sa mère n'a rien arrangé. Par la suite, ses échecs répétés à l'école des Beaux-Arts l'ont conduit à devenir clochard…)

Quelle tendresse ?

Toute éducation comporte une harmonie de tendresses et d'exigences. « *Tu comptes beaucoup à mes yeux et Moi, Je t'aime !* » (Isaïe 43, 4) dit la tendresse. « *Tu seras pour Moi objet d'une éternelle fierté* » (Isaïe 60, 15) dit l'exigence. Perdre un des deux termes, c'est compromettre l'autre. Il n'y a plus de tendresse véritable là où l'exigence a démissionné. « *Si le grain ne meurt, il demeure seul.* » (Jean 12, 24) La terre est tendre envers la graine. Mais elle l'oblige à mourir pour accéder à une forme de vie plus haute et plus féconde.

Si l'amour est entendu comme une protection permanente, il devient la pire des choses. « Je ne veux pas qu'on m'aime », répétait un camarade au temps de ma jeunesse. Ces propos m'étonnaient. Je prenais ce recul pour de l'orgueil. Peut-être ce garçon avait-il seulement souffert de relations trop « maternantes ». L'adolescent a besoin d'accomplir mille prouesses. Peu lui importent les plaies ou les bosses. Il ne devient pas homme, celui à qui on refuse d'aller au-delà de lui-même. Si, par je ne sais quel embourgeoisement, des parents venaient à épargner à leur enfant le combat de la vie, ils l'empêcheraient d'exister. Certains parents s'angoissent dès que leur enfant s'absente ou dès qu'il se risque dans un sport difficile. Il serait mal venu de les critiquer, mais personne ne pourra dispenser son enfant du courage de vivre.

Dans le film *Le Rêve d'Esther*, des êtres qui s'aiment ne cessent de se faire du mal. Esther, partie d'Istanbul pour vivre à Paris, a emmené sa fille Sarah avec elle. Mais elle bascule dans le désespoir lorsqu'elle découvre que sa fille de dix-huit ans a fugué. Sarah a traversé l'Europe seule pour rejoindre son père. Son fils Sacha, qui vivait à Istanbul, fait le voyage inverse. Il vient reprocher à sa mère de l'avoir abandonné. Il justifie la fugue de sa sœur : « Tu as étouffé ta fille. »

« Les chrétiens sont comme les chats, ils se frottent aux autres pour se caresser », disait Morvan Lebesque. La tendresse serait un piège si elle disait à l'être aimé : « J'ai trop peur de te perdre. Peu m'importe que tu sois médiocre pourvu que tu m'appartiennes. » L'amour dénaturé tue l'autre. Elle le veut nourrisson, satellite, colonisé, assisté. Les extrêmes s'engendrent. Le pire ennemi de la tendresse est sa dégénérescence. Ce qui est douceâtre, « cucul la praline », sentimental, « nunuche », fleur bleue, mièvre peut provoquer un goût démesuré pour la dureté. Aux jeunesses romantiques de l'Allemagne de Werther vont succéder les jeunesses hitlériennes.

Nietzsche a explosé tout au long de ses écrits contre ces adoucissements dans lesquels la tendresse se perd.

> Ronds, équitables, bienveillants comme les grains de sable le sont envers les autres grains de sable… La vertu pour eux, c'est ce qui rend modeste et docile : ils font ainsi du loup un chien, et de l'homme la meilleure bête domestique de l'homme[35].

Jésus a dit : « *Vous êtes le sel de la terre.* » Il n'a pas dit : « Vous êtes son sirop. »

Les ramollissements du cœur sont pires que ceux du cerveau : sentimentalité fade, optimisme béat, naïveté de croire que tout le monde est beau et gentil. Les caricatures de l'amour sont débilitantes, suintantes de mièvrerie, dangereuses.

*

Seul un vrai regard d'amour voit en l'être humain sa vérité profonde. Dieu, parce qu'Il aime sans faille, connaît la vérité d'un être au-delà des apparences, au-delà des faiblesses. L'amour se nourrit de la connaissance et la connaissance a besoin de l'amour. Nous voulons connaître l'autre en ce qu'il est réellement et non à travers l'idée que nous nous faisons de lui.

J'ai souvent été intrigué par des disputes enfantines dans la vie des couples. Éléonore et Iléosud ne sont jamais sur la même latitude. L'un des deux a commencé à « contrarier » l'autre. Provocation ? Besoin de pimenter un quotidien routinier ? L'autre cherche à se venger. Chaque souhait d'Iléosud se heurte à un refus d'Éléonore. Presque aussitôt après, le souhait d'Éléonore se heurte au refus d'Iléosud. Le plus souvent il s'agit de choses futiles. Ils ressemblent à des gamins qui se disputent pour un jouet. Peut-être seraient-ils très malheureux s'ils devaient se séparer.

Parce que leurs pôles sont contraires, les aimants s'attirent. Parce qu'ils sont différents, les amants se complètent. *Les hommes viennent de Mars, les femmes de Vénus*[36].

En amour, toute complémentarité est un bonheur. Si l'amour s'éclipse, l'émerveillement se transforme en frustration, en ironie, en reproches. Certaines « qualités » ne nous apparaissent plus comme telles. Nous nommons alors sensiblerie ce qui est sensibilité. Nous appelons intellectualisme ce qui est intelligence. Nous qualifions de fantaisie ce qui est sens artistique. Nous collons l'étiquette « sans-gêne » sur ce qui est spontanéité. Nous parlons de « précipitation » pour désigner ce qui est ardeur de vivre…

Dans une relation amoureuse à ses débuts, les réconciliations qui succèdent aux conflits sont délicieuses. Les conflits sont alors une sorte de jeu rempli d'humour. Lorsque les réconciliations se font plus rares, il ne reste plus que des reproches. Ces joutes ressemblent à des parties de tennis. À la longue, cette relation peut devenir lassante, étouffante. L'amour vit mal dans un climat d'où la douceur a disparu, où on se réjouit d'exercer sur l'autre un pouvoir. Les romans de Mauriac ne cessent de décrire ces « nœuds de vipères ».

Ce ne sont pas des anges

Dans une de ses lettres l'apôtre Paul suggère de « *ne jamais laisser le soleil se coucher sans qu'une dispute soit suivie de réconciliation* ». Seul l'amour-propre pourrait trouver cette démarche trop difficile !

Il en est de la vie à deux comme d'une croisière en double. La navigation à voile porte avec elle les plus hautes joies. Elle réclame de la part des équipiers une mobilisation constante pour accomplir les gestes nécessaires à des moments précis. Les fausses manœuvres peuvent avoir de lourdes conséquences. Des équipiers bien formés n'ont plus besoin de « charte ». C'est l'amour de la mer, c'est la joie des grandes allures dans le vent qui les rend solidaires l'un de l'autre.

Parler d'amour « dans l'absolu », quel rêve ! Parler de l'amour entre deux êtres que la vie a blessés, meurtris, écorchés, voilà qui est moins plaisant. « Est-on capable d'aimer lorsqu'on a souffert dans son enfance ? », me demandent souvent des jeunes ? Qui est le plus qualifié pour apprendre l'urgence d'aimer sinon celui qui a ressenti dans sa propre chair les blessures d'un amour pervers ou d'une indifférence mortifère ?

Un enfant qui ne s'est pas senti aimé au long des premières années de sa vie éprouvera quelques difficultés à croire à sa valeur. Celui qui a capté les signes de tendresse peut affronter tous les obstacles. Il se sait capable de les surmonter. Il emporte avec lui un secret : il est aimé. De plus, l'amour qu'un homme et une femme se portent est le plus sûr garant de l'amour qu'ils porteront à chacun de leurs enfants.

J'ai passé les trois quarts de ma vie à écouter des jeunes me confier leurs états d'âme. Je constatais sans peine à quel point le regard de leurs parents était une racine essentielle de leur développement. Beaucoup se repliaient sur eux ou tombaient dans quelque déviance pour n'avoir pas été « reconnus ». Leur père ou leur mère souffrait trop d'être délaissé(e) par son conjoint. Comment une femme que son mari ne regarde plus pourrait-elle regarder, avec gratitude, son fils ou sa fille à l'âge où l'on est en quête d'identité, en quête de valeurs, prêt à bondir toutes griffes dehors vers ce qui semble promettre le bonheur ?

La névrose est une blessure de l'âme. Une maladie n'est pas une honte, mais il arrive que celui qui subit cette épreuve veuille échapper au sentiment d'humiliation qu'elle lui inflige. Alors il fait porter à l'être le plus proche la responsabilité de ses propres dysfonctionnements. Ce n'est pas lui qui s'est énervé pour des broutilles, c'est « l'autre » qui n'avait pas le ton juste. Ce n'est pas lui qui a mal compris le message, c'est « l'autre » qui l'a mal formulé. Ce n'est pas lui qui a un engouement excessif pour un projet, c'est « l'autre » qui est intolérant. Ce n'est pas lui qui est de mauvaise humeur, c'est « l'autre » qui a un sale caractère…

L'humilité pourrait sauver des relations difficiles. L'orgueil empoisonnera les plus chaleureuses. Il faut choisir ! Se glorifier soi-même ou mettre l'autre en valeur. Ceux qui ne s'aiment plus ont laissé s'accumuler frustrations et griefs en ne prenant pas le temps de se parler, de « se dire » l'un à l'autre.

Si notre soif d'Absolu s'adresse à l'Absolu, nous n'irons pas vers l'autre avec la peur d'être floué, mais parce que Dieu nous l'a confié : bancal certainement, blessé sans doute, orgueilleux parfois, futile souvent, coupeur de cheveux en quatre, hélas !, tout comme Il nous a confié à lui, dans notre état « inachevé », atteint d'autres défauts bien plus dérangeants peut-être !

L'amour véritable est le plus grand des maîtres spirituels, le plus habile des pédagogues. Il fait exister davantage celui qui le donne que celui qui le reçoit.

Tolérance et indulgence

Existe-t-il une réalité plus étonnante que celle-ci : notre amour ou notre aversion envers quelqu'un décident totalement de notre jugement à son égard ? Nous l'aimons, nous sommes d'une indulgence qui frise la complicité. Ses colères sont de saintes colères, ses a priori des éclairs de lucidité, ses caprices toujours judicieux. Son égocentrisme n'est qu'un doute sur lui-même, sa paresse un signe de fatigue. Ses silences sont des marques de pudeur…

Avons-nous de l'aversion ? Rien en lui ne trouve grâce à nos yeux. Ses interventions sont sans intérêt, ses propos creux, ses manières déplaisantes. Il est d'une vulgarité inouïe. Son égoïsme n'a pas de limites. Il ne mérite vraiment pas d'occuper le poste qu'on lui a confié…

Parmi les attitudes qui caractérisent l'amour selon Jésus-Christ, se trouve la justesse. Lorsque l'amour devient un impératif de la conscience, alors le regard peu à peu s'ajuste.

Faut-il prendre au sérieux les critiques parfois humiliantes de ceux qui n'acceptent pas votre différence ? Je me souviens de la colère d'une mère de famille contre un conférencier. Il ne s'était pas insurgé contre la mixité dans les lycées (sic). C'est un véritable masochisme que de donner à un être humain le pouvoir de nous blesser. La sagesse arabe le dit bien : « Le chien aboie, la caravane passe. »

« Je t'aime » se dit en italien *ti voglio bene*, « je te veux du bien ». C'est un grand privilège de pouvoir contribuer à la « réalisation » d'une existence toujours précieuse et unique.

Celui qui aime se reconnaît à son indulgence. Il évite d'appeler incohérence ce qui sort de sa propre logique, de nommer erreur ce qui échappe à sa vérité, de considérer comme stupide ce qui n'entre pas dans sa « carte du monde », d'appeler sacrilège ce qui est une simple distance culturelle.

Lorsque tu aimes, tu te réjouis des différences. Tu ne cherches pas un miroir qui te renvoie ton image embellie. Tu accueilles une fenêtre qui t'ouvre sur un univers inconnu, un monde imprévisible et le grand vent du large. L'autre n'est pas ton ombre. Ni son passé, ni ses repères, ni ses croyances, ni ses objectifs ne t'appartiennent. Si tu veux le juger, fais-le selon ses propres critères et non selon les tiens. Évite d'interpréter sa fatigue pour de l'indifférence, ses bâillements pour de l'ennui, le haussement de sa voix pour de l'emportement, son ardeur à vivre pour de l'impatience, son émotivité pour de la sensiblerie, ses oublis pour de la négligence, ses retards pour un manque de délicatesse.

L'amour que tu portes à l'autre te le révélera dans sa beauté et son mystère. Avant de l'aimer, tu pouvais le juger, décortiquer sa psychologie, essayer de t'en « faire une idée », cela n'allait jamais bien loin. Quand on aime, alors seulement on reconnaît l'autre dans son originalité.

★

L'amoureux ne dit pas : « Dieu me met dans ta vie pour t'apporter le bonheur. » Il dira peut-être : « L'être accompli dont Dieu rêve lorsqu'Il te regarde, laisse-moi, s'il te plaît, contribuer à sa croissance. »

Je pense à la rencontre de Paul Claudel et de Rosalie sur le bateau qui ramène à Fou Tchéou le jeune consul. Deux trajectoires se croisent. Deux êtres sont porteurs de messages l'un pour l'autre. Ils n'ont rien cherché. Cela leur tombe sur le cœur comme la foudre. Que faire de cet événement attribué en Asie à l'idée qu'ils s'étaient déjà beaucoup aimés dans une vie précédente ? Prudence ! Est-ce un cadeau de Dieu ? Est-ce un mirage, une renaissance ou une mise en miettes ?

L'esprit pervers est passé maître dans l'art de changer en pièges les splendeurs divines.

Dans l'éternité, grande sera notre joie de découvrir ce que nous avons été les uns pour les autres. La plupart des hommes vivent à la surface d'eux-mêmes. N'ont-ils pas été privés de ce climat d'amour plus précieux que le pain ?

Ne vous indignez pas des défauts déconcertants que vous découvrez dès que l'autre ne joue plus un personnage. Dieu vous a placé auprès de lui (d'elle) en raison même de cette fragilité. Découvrez une dimension de l'amour qui se nomme *miséricorde, compassion.* Si vous dramatisez les défauts de l'autre, n'est-ce pas en réalité pour vous justifier de n'avoir pas accompli votre rôle ?

Combien d'hommes, combien de femmes ne seraient que des épaves, sans ce cadeau que Dieu leur a fait par la présence de leur conjoint ! Je me souviens des confidences d'un ami : « La femme que j'aime m'a libéré d'un doute profond sur moi-même. Je ne ressens plus les agressions de ceux qui s'acharnent contre moi. Au contraire, j'ai envie de dire aux agresseurs ma gratitude. Ils me permettent de mesurer la force de l'amour. »

« *Faute de clôture, le domaine est livré au pillage. Sans épouse, l'homme gémit et va à la dérive. Sans haie, le vignoble brûle. Sans femme, l'homme est mouvant et errant.* » (Ben Sira 36, 25).

★

L'amour est menacé par l'esprit de possession. *You'll be mine,* « tu seras mienne », dit une célèbre chanson d'amour américaine. Traduisez : « Tu seras tout entière à ma disposition. Mes envies deviendront tes envies. Mes goûts deviendront tes goûts. Mes projets seront tes projets. » Nous ne sommes plus alors dans l'amour, mais dans un lien fusionnel.

Dans une relation amoureuse, on a tendance à absorber l'autre. On croit qu'il ne fait qu'un avec nous. Peut-être est-ce pour cela que nous blesserons l'être aimé, pour tester sa proximité. Si je pose ma main sur une braise, je sais très vite que ma main est bien à moi.

Je me souviens de cet ami qui ne supportait pas de voir son épouse mettre du citron sur son poisson. « Le poisson a un goût original. Tu le dénatures. Ce que tu fais n'a pas de sens. Je ne le supporte pas ! » Le même, lorsqu'il faisait des achats avec son épouse pour le déjeuner, ne lui demandait jamais : « Qu'est-ce que tu souhaites ? » Il lui semblait évident que ses préférences seraient partagées.

Une lettre de Jacques Brel à sa femme résume bien dans quelle aventure se lancent les candidats à la vie en double :

> Miche, tu laboures la vie, je la passionne !
> Tu la stabilises, je la jongle !
> Alors, que le ridicule nous protège !
> Que le respect l'un de l'autre devienne notre médecine.

L'alliance durable

Les défauts humains sont une source de décalages dans toute convivialité, *a fortiori* celle du couple. L'orgueil rend difficile l'aveu de ses propres torts. Où trouver le courage de dire : « Je te demande pardon » ou « Je suis confus » ou « Je suis désolé » ? L'égoïsme tient pour peu important ce que l'autre vit ou éprouve. Le caprice culpabilise pour des broutilles. Le mauvais caractère élève des montagnes avec des taupinières. La nervosité fatigue l'entourage. L'inertie rend plus pesant le travail des autres.

L'alliance durable du couple a pour mission de signifier la fidélité de Dieu. Tout au long de la Bible, Dieu ne cesse d'aimer un peuple. Israël n'en finit pas de faire la mauvaise tête et la sourde oreille. Rien ne décourage Dieu d'aimer ce peuple dont Il veut faire Son épouse. Cent fois, Il enverra des messagers (Isaïe, Osée, Ézéchiel...) crier Sa tendresse. Cent fois ils se feront rabrouer. Dieu n'abandonne pas Son projet. « *Les montagnes peuvent disparaître, les collines s'ébranler, Mon amour pour toi n'aura jamais de fin.* » (Isaïe 54, 10) L'amour humain est appelé à être un signe de cet amour divin. Lui, Il ne se lassera jamais de nous aimer. C'est pour cette raison que *« l'homme ne peut pas séparer ce que Dieu a uni »*.

André Breton a écrit de fortes paroles :

> Tout être humain a été jeté dans la vie à la recherche d'un être de l'autre sexe et d'un seul, qui lui soit sous tout rapport apparié, au point que l'un sans l'autre apparaisse comme le produit de dissociation, de dislocation d'un seul bloc de lumière [...]. En l'amour réside toute la puissance de régénération du monde[37].

Toute l'œuvre littéraire d'un grand diplomate, Jacques de Bourbon-Busset, tourne autour de cette merveille : l'amour durable. Dans une conférence il signalait la fragilité de notre époque où nous avons perdu les vraies valeurs :

> Face à cette instabilité y aura-t-il encore des points fixes, de nécessaires points de repère sans lesquels le changement perd toute signification ? Ces points

d'ancrage seront d'ordre affectif... Au moment où tout commence, il faut être persuadé que la durée a une valeur par elle-même et qu'au lieu d'user un sentiment passionné, elle le nourrit... Les expériences qui valent la peine d'être vécues sont, dans tous les domaines, celles où l'on brûle ses vaisseaux... Le couple est l'école de la constance.

Les deux demeures de l'amour

Deux demeures se partagent le royaume de l'amour.

D'une part un regard contemplatif s'adresse à l'autre dans ce qui fait sa beauté, son charme, le prix incomparable de son existence. Ici, l'amour est l'Éros des Grecs, aimantation de ce qui pourrait combler un manque. Le nouveau-né cherche, de façon pathétique parfois, la poitrine tendre et douce qui peut lui sauver la vie.

D'autre part l'amour se consacre au développement de ce qui, en l'autre, est à l'état de germe ou de promesse. La Bible juive nomme « tendresse » (*hesed* et *rahamim*) cette seconde demeure. L'Évangile la nomme *agapè*, saint Paul a proposé *caritas*.

L'amour « fusionnel » est une tentation de retour au sein maternel. On s'est mal remis de la séparation de la naissance et du sevrage qui a suivi. La croissance spirituelle repose sur une expérience ininterrompue de sevrages et de deuils. Ici-bas, rien ne peut nous combler. Rien n'est à la démesure de notre besoin d'Absolu. Tout attendre d'un être humain est une folie. Identifier l'autre à l'absolu pour pouvoir mettre la main sur Dieu : telle est la tentation de l'idolâtrie. Cette démarche est vouée à l'échec.

> Quel est l'homme que la femme hait par dessus tout ? Le fer un jour dit à l'aimant : "C'est toi que je hais par-dessus tout ; tu m'attires, mais tu n'es pas assez fort pour me retenir[38]".

Celui dont la soif d'absolu cherche en Dieu son approvisionnement n'aura pas, devant son conjoint ou son enfant, le sentiment amer de la frustration. Il ne va pas vers l'autre en « demandeur » exigeant, toujours en attente et jamais satisfait ; il vient en « offrant », émerveillé que l'autre accepte ce cadeau.

L'amour-tendresse consent à ce que l'autre ne soit pas un trésor inépuisable dans lequel il peut sans cesse venir puiser sa part de bonheur. L'amour-tendresse accepte que l'autre soit blessé, inachevé, en voie de développement. L'amour-tendresse ne connaît pas la déception de celui qui aurait droit à quelque chose. Comme sa sœur jumelle, l'amitié, il ne peut pas être déçu.

L'amour t'a prêté une part du regard de Dieu. Tu vois l'écart pathétique entre l'être rêvé, rayonnant dans la lumière, accompli, et cet être concret. Personne n'est parfait. Nous sommes sur terre pour apprendre à progresser. Alors chacun est capable parfois de bêtise, de caprice, de lâcheté, de médiocrité, de volonté de puissance, d'égocentrisme. Il est peut-être enfermé dans ses certitudes. Mais il a le mérite d'être réel... Tu vois cet écart, tu acceptes d'avoir mal, tu te gardes de juger. Tu tends la main, tu pardonnes. Tu savoures une grande victoire sur toi-même. « *L'amour espère tout. L'amour excuse tout.* »

L'excès d'exigence ne produit qu'un « personnage » factice. La violence pour obtenir par force une perfection attendue ne produit qu'un être timide ou désespéré. François de Sales disait : « Quand nous regardons les actions du prochain, voyons-les dans le biais de ce qui est le plus doux. »

Acceptation joyeuse de la différence

Il ne faut pas « tenter le diable » en mariant la carpe et le lapin. Un très grand nombre de couples sont des couples « impossibles ». « *Ne pas séparer ce que Dieu a uni.* » Dieu a-t-Il vraiment uni des êtres qui n'ont rien en commun sinon le désir charnel ?

L'un raffole de lecture et l'autre estime que les livres ne sont que « des mots ». L'un désire des enfants et l'autre n'en veut pas. L'un adore la musique alors que l'autre chante faux et ne peut s'empêcher de « pousser sa chansonnette ». L'un est très attaché à ses parents et l'autre ne peut pas « voir ses beaux-parents en peinture ». L'un rêve de passer ses vacances sur un bateau et l'autre a le mal de mer ! L'un est nomade et l'autre sédentaire... L'un est « du soir » et l'autre « du matin ». L'un a envie de rire alors que l'autre est traversé de tristes pensées. L'un vit à cent à l'heure, l'autre a besoin d'un rythme lent... Si trois ou quatre de ces écarts sont réunis, est-ce que l'on ne tente pas le diable ?

Devant tant de vies gâchées, tant d'enfants écartelés entre leurs parents, on peut s'interroger sur le soin mis à se connaître vraiment. Je ne cesse d'être impressionné (le mot est faible) par le nombre de couples qui ont découvert trop tard de graves incompatibilités. Mettez ensemble un homme qui ne peut s'empêcher de faire des remarques humiliantes et une femme susceptible à l'excès. Pendant un ou deux ans ils ne montreront rien de leurs blessures. Ils auront des conversations sublimes sur leurs auteurs préférés, écouteront des musiques qui les enthousiasmeront tous les deux, contempleront les mêmes paysages de rêve.

Il n'y a pas eu de mensonge. On a seulement voulu vivre un bonheur qui semblait à portée de main. Si on a participé à des réunions prévues pour se préparer au sacrement, on n'a pas osé aborder les sujets qui fâchent. Les voilà donc liés pour la vie, ces deux-là dont les blessures s'enveniment. Serait-il stupide d'envisager des rencontres avec des psychologues formés dans ce domaine précis ?

Heureux les couples qui font de leurs différences un jeu transfiguré par l'humour ! La tendresse consistera à faire « des concessions », à gérer paisiblement quelques compromis, preuves de respect.

Je pense à ce propos du Christ : « *Si ton frère te sollicite pour faire un mille*[39] *fais-en deux : s'il te prend ta tunique, donne-lui aussi ton manteau.* » (Matthieu 5, 40) Ne mets pas en équivalence des biens matériels et des réalités spirituelles. Le kilomètre que tu vas faire en plus ou ton vêtement sont secondaires ! La relation avec l'autre est sacrée.

Ton épouse a égaré ton portefeuille. Ce portefeuille auquel tu tenais tellement avec des papiers qui t'étaient indispensables ! Tu ne peux plus le retrouver. Ne compromets pas pour cette vétille l'amour de ton épouse. Cet amour est infiniment plus précieux que tous les portefeuilles. Ton compagnon a oublié d'apporter le déjeuner en montagne ! Et alors ? Changez votre fringale en fou rire ! Une femme jalouse s'acharne à détruire votre couple. Ne jouez pas avec cette « mine antipersonnel ». Fuyez.

Le couple est l'espace favori de la tendresse. L'autre n'est pas le miroir de ta propre beauté. La tendresse nous apprend à gérer les tensions et les conflits sans les nier, sans nous écraser devant la volonté de puissance de l'autre. Se laisser devenir victime transformerait l'autre en bourreau.

Toute vie commune réclame un ajustement des caractères, des comportements, des rythmes, des points de vue, des choix ! La différence est une grande source de joie, mais elle appelle un surcroît de générosité.

La tendresse se manifeste dans l'acceptation joyeuse de la différence. La différence de l'autre t'augmente. Celui qui est un torrent est invité à devenir plus calme et celui qui est trop calme deviendra parfois torrentueux.

Un jour, un bouddhiste, converti à Jésus-Christ et devenu prêtre catholique, m'a dit : « Je suis chrétien bouddhiste. » Comme je m'étonnais devant cette espèce rare, il ajouta : « En Occident, vous ne pouvez pas appliquer le précepte de Jésus-Christ "*Aimez-vous*", car dans votre société, l'amour dévore l'être aimé. Vous ne laissez pas d'espace entre l'autre et vous. Vous le suivez de trop près. Vous le privez de sa liberté, vous l'engluez, vous l'étouffez. Bouddha nous propose les chemins du détachement. Il nous donne les clés du respect. Il nous apprend à déjouer les pièges de la sensibilité. »

Les confidences mille fois entendues de ceux et celles qui souffrent d'une ingérence excessive de l'autre (conjoint ou parent) m'ont donné la conviction qu'il ne faut pas priver l'être aimé de sa solitude. En dehors du respect il n'y a pas de tendresse véritable. « Respect » vient du verbe latin *respicere* : regarder en arrière… avec une certaine distance. Si on se veut trop proche, l'autre risque d'être déchargé de son plus précieux fardeau : l'espace de son aventure spirituelle.

Ce que nous nommons « solitude » peut devenir un lieu où Dieu nous attend. « Ta solitude, c'est Ma place », semble-t-Il nous dire. À ne pas respecter un minimum vital de distance, nous empêchons l'autre de « devenir ». À ne pas respecter son jardin secret, nous freinons sa croissance, nous prenons auprès de lui une place qui ne revient qu'à Dieu. Dieu Lui-même respecte à tel point notre solitude qu'Il voile sa Présence en ce temps de notre vie où l'absence et le « manque » favorisent la croissance du désir.

Que de fois ai-je entendu des hommes me tenir des propos que je résume ainsi : « Si tu savais comme c'est fatigant d'entendre chaque jour : "À quoi penses-tu ?" On ne peut pas répondre. Soit parce qu'on ne pense à rien, soit parce que nos pensées sont en germe. Nous n'avons pas encore de mots pour les dire. Pourquoi les femmes perçoivent-elles derrière notre silence une fermeture, un barrage ? Nous sommes coupables. Il y aura des représailles. Comme les femmes sont compliquées ! » Cette attitude serait-elle exclusivement féminine ?

Je viens de lire un récit amusant. Marie confie ses états d'âme à son journal. Sur trois pages elle analyse les causes possibles du silence de Jean, son ami, et de sa triste mine, pendant toute la soirée. Elle passe en revue diverses hypothèses. Est-elle arrivée en retard ? A-t-elle dit une parole déplacée ? En aime-t-il une autre ?... Jean note à la même date : « Stockholm a battu Marseille trois à zéro. C'est nul ! »...

Couples en souffrance

Il faudrait plusieurs livres pour traiter du divorce. Une revue catholique existe, consacrée à ce sujet : *Chrétiens divorcés* . Dans un numéro récent, je trouve ces propos d'un évêque :

> Je vis la situation des personnes divorcées remariées comme une souffrance. L'Église ne peut pas revenir sur l'indissolubilité du mariage, mais elle doit prendre

différemment en compte l'échec. On demande à des couples prêts à monter une colline d'escalader l'Everest ! On prépare plus ses vacances que son mariage ! L'Église accepte peut-être trop vite de célébrer des mariages religieux... Il faudrait peut-être faire un cheminement de foi avant ! Et si certains mariages religieux étaient nuls de fait, par manque de foi des époux ?... Actuellement, on est dans la situation du tout ou rien. Il faut donner une vraie place aux nouveaux "couples" dans l'Église qui devrait, mieux qu'elle ne le fait aujourd'hui, ouvrir une voie de réhabilitation. Beaucoup de personnes divorcées demandent un "remariage" religieux pour une tout autre raison qu'au nom de leur foi. Mais on ne peut négliger un "couple remarié" qui veut mettre Dieu au cœur de son amour. L'Église a à manifester la miséricorde de Dieu... On est inconditionnellement aimé par le Dieu de l'Évangile qui nous permet un avenir[40].

Parfois un vice grave invalide le consentement donné. Après une étude minutieuse du dossier l'Église peut déclarer que le contrat a été nul. Bien évidemment, cela ne signifie pas que le passé n'a eu aucun sens. Il ne s'agit pas d'effacer, mais d'assumer ce qui a été vécu. Simplement, il n'y a pas eu de « sacrement ». Cela a pu être magnifique et avoir donné naissance à de merveilleux enfants. Il est absurde de dire qu'un mariage sans sacrement est sans valeur. Quelles sont les causes qui auraient pu entacher la validité du consentement ?

La non-liberté d'expression, la méconnaissance des devoirs du mariage ou leurs refus, l'inaptitude psychologique des personnes à s'engager dans le mariage, les troubles de la personnalité, les silences, mensonges ou tromperies sur la personne[41].

Les torts d'une séparation ne sont pas nécessairement partagés comme on le répète trop souvent. Des

« victimes » existent, il faut le reconnaître sous peine d'injustice. Si la victime d'une séparation se voit refuser par l'Église la possibilité d'un sacrement avec une autre personne, n'y aurait-il pas là un manque de compassion ? C'est cela que les « reconnaissances de nullité » veulent empêcher.

Je reçois chaque mois entre dix et vingt lettres d'hommes et de femmes qui ont vu leur rêve se transformer en « escalade de l'Everest » (pour reprendre l'image de Mgr Kratz). Au courrier de ce matin tombe un appel au secours de Josiane [42] :

> Mon mari dont je me suis séparée parce qu'il est brutal se venge sur nos cinq enfants. Je ressens l'urgence de les protéger. Jean se sert de tout pour maintenir un contrôle. Mes rêves de famille heureuse sont morts. Je me sens seule et abandonnée. Je ne sais plus où j'en suis. Je me suis séparée de Jean comme d'un membre gangrené pour que le reste puisse survivre.

Voici quelques extraits d'une lettre de Mélissa, qui redoute une séparation :

> Un couple doit-il durer toute une vie ?... Cela ne semble pas raisonnable. Combien de pas dois-je faire en arrière pour permettre à l'autre d'avancer ? Pourquoi ai-je épousé celui-là alors que d'autres auraient été plus faciles à vivre ?
>
> Je te raconte une anecdote qui me fait à la fois rire et pleurer. Nous nous étions violemment disputés, Charles et moi. J'ai quitté la maison, roulé dans la nuit, choquée. Au bout de trois heures je me suis arrêtée, calmée. Que faire ? Poursuivre notre guerre ? Rentrer sans rien dire ? J'ai prié de toutes mes forces : "Seigneur, je m'en remets à Toi. Aide-moi. Envoie-moi un signe." Au bout de dix minutes le portable a sonné. Charles me demandait pardon. Pourquoi oublie-t-on Dieu dans nos aventures ?

L'institution laïque et républicaine ne donne aucun conseil aux fiancés. L'Église s'en préoccupe dans les « préparations au mariage » (animées de plus en plus souvent par un diacre marié et son épouse) et dans des retraites de fiancés. Les exigences pour la validité du sacrement ne peuvent être acceptées à la légère : être totalement libre dans sa décision, avoir un minimum de maturité ; être conscient que l'on s'engage pour toujours, accepter de mettre au monde des enfants. Rien de tout cela ne va de soi.

Nathalie, après vingt ans de vie commune, vit seule. Dans une lettre, elle répond à ma question : « Que dirais-tu sur le verbe aimer ? »

> A comme : absence, angoisse, agripper, asphyxier, assommer, abandon…
> I comme : insuffisance, impatience, isolement, infidélité…
> M comme : manque, mensonge, mépris, méprendre, maudire, mourir
> E comme : épier, étouffer, énerver, exploser…
> R comme : revendiquer, retenir, rétrécir, reproche, rancune, rage…
>
> Stop ! Il y a erreur ! J'ai tout faux !
> Qui est-ce qui a mis ce mauvais disque ? C'est moi ?
> Il faut absolument recommencer !
>
> A comme : attendre, aider, attendrissement,
> I comme : imaginer, inattendu, infinitude,
> M comme : merveilleux,
> E comme : espérer, épauler, élever, élargir, enlacer, embraser…
> R comme : rêver, rire, revivre, rester.

Je reçois une lettre d'une femme qui a vécu plusieurs années avec un « compagnon », sans se marier. Il me semble en la lisant que même sans sacrement de mariage, l'union d'un homme et d'une femme se résigne mal à la séparation :

> J'ai vécu dix ans avec Julien. Il m'a donné deux enfants. Puis il est devenu violent. Il m'a dit des choses atroces. Celles que l'on ne peut pas pardonner. Et il m'a frappée. Je l'ai quitté, mais je ne l'abandonnerai pas. Ma vie est de l'aider à grandir en humanité. Entre Julien et moi il y a un amour blessé. Il y a eu entre nous une harmonie et une complicité qui nous entraînaient très haut. Aujourd'hui, je n'ai plus aucun désir pour Julien. Parce que l'amour que l'on nomme physique est en réalité composé à 90% de communion d'âme. Ma blessure ne se refermera pas tant que je n'aurai pas redonné à cet amour sa part d'intimité... Mais je ne suis pas prête à revivre l'expérience de la domination, de la jalousie, de la possessivité et de l'emprisonnement...

Un célibat contesté

Un jour, à Bogota, un prêtre très « collet monté » me dit, admiratif : « Vous parlez l'espagnol sans accent. – C'est normal, lui ai-je répondu, j'ai passé deux ans dans les bras d'une espagnole. » Il eut un mouvement de recul. J'ai vite réparé sa gêne : « Cela vous déplaît-il à ce point que j'aie pu passer mes deux premières années dans les bras d'une nourrice espagnole ? »

Un célibataire est-il bien placé pour parler du couple et de la sexualité ? On peut en discuter à n'en plus finir.

Je devine votre agacement. Chaque fois qu'un homme d'Église parle de « ces choses », vous pensez qu'il force la note. Les uns sont plus tracassiers qu'un procureur, les autres plus lyriques qu'une collégienne d'avant guerre.

Mais on peut dire qu'un médecin accoucheur n'est pas nécessairement ignorant des réalités de l'accouchement. On peut dire que le prêtre reçoit un ensemble de confidences d'une extrême variété. Il y a ceux et celles qui sont sans désirs et ceux et celles qui sont insatiables. Il y a les inhibés et les obsédés, les frustrés et les comblés, et un arc-en-ciel illimité d'autres situations. Le regard de l'homme-prêtre a des chances de pouvoir s'approcher d'une certaine neutralité. Il ne sera pas dévié par une expérience personnelle trop réussie ou trop pénible.

On peut dire aussi que la lecture des romans donne de cet univers une approche souvent très profonde. La fréquentation des poètes lui révèle l'âme de ce qui semble concerner exclusivement le corps. Et pourquoi ne pas dire qu'avant d'être ordonné cet homme a pu connaître cette dimension de l'amour humain ?

L'amitié avec les femmes n'est pas condamnée, si le prêtre ne cherche pas à capter pour lui un amour déjà orienté vers un mari ou vers Dieu. Je pense à ces pages émouvantes d'un Maître de l'Ordre dominicain écrivant à une religieuse : « Ne suis-je pas à vous, ne suis-je pas avec vous : à vous dans le travail, à vous dans le repos ; à vous lorsque je suis avec vous, à vous lorsque je suis au loin ? Ce qui vous manque parce que je ne puis être auprès de vous, compensez-le par la compagnie d'un meilleur ami, votre époux Jésus-Christ, que vous avez auprès de vous plus constamment, en esprit et en vérité, et qui vous parle plus doucement et pour de bien meilleurs fruits que ne le fait Jourdain. » (Jourdain de Saxe)

De belles amitiés peuvent protéger de « la faute » mieux que de rugueux silices ! Les exemples de François d'Assise et Claire, François de Sales et Jeanne de Chantal,

Urs von Balthazar, Teilhard de Chardin et Adrienne von Speyr, son amie américaine sont là pour le dire !

Mes propos au sujet du couple sembleront survalorisés. J'ai renoncé à cette vie amoureuse à l'âge de trente ans, le jour de mon ordination au sous-diaconat, le 29 juin 1960. J'ai dû pour cela rompre un lien qui m'était plus précieux que tout au monde. Je n'ai pas choisi le célibat. J'ai répondu à un appel. Cet appel était-il très clairement voulu par Dieu Lui-même ? Je ne le saurai qu'après ma mort. En attendant, je l'interprète comme un message venant de Dieu : « Je désire être tout pour toi pour que tu puisses dire aux délaissés : la tendresse de Dieu peut rassasier ton cœur. »

On peut écrire des volumes au sujet de la discipline du célibat. Lors d'un voyage en Roumanie, je rencontrai un vicaire général de l'église gréco-catholique. Les prêtres y sont mariés comme les popes orthodoxes, mais ils sont rattachés à l'Église catholique romaine. Je demandai à ce prêtre marié ce que cela pouvait signifier dans sa vie sacerdotale. Il me répondit avec son bel accent roumain : « Avec une femme généreuse, cela fait un prêtre et demi. Avec une égoïste, cela fait un demi-prêtre. »

Il m'apparaissait à l'époque que les motivations historiques pour justifier cette discipline n'étaient pas toutes pures. Ceux qui aux IIIe et IVe siècles avaient plaidé pour que le célibat soit lié au sacerdoce ont justifié leur choix avec des motifs qui feraient peut-être sourire aujourd'hui. On s'appuyait sur le fait que Moïse, au moment du grand Rendez-vous avec Dieu sur le Sinaï, avait demandé aux hommes de « *s'abstenir de la femme* » jusqu'à son retour. (Exode 19, 15)

On s'appuyait aussi sur le fait que la tribu de Lévi n'avait pas reçu de terre en partage parce que Dieu

Lui-même était leur terre et leur héritage. Les prêtres sont considérés comme des « lévites », en quelque sorte, puisqu'ils sont au service du Temple. Les juifs ont une autre exégèse de ces textes. Il est impossible de devenir rabbin si l'on n'est pas marié ! Engendrer est pour tous le premier devoir religieux.

Dans les séminaires, on touchait un point sensible en nous parlant de « plus haut service ». On magnifiait ce sacrifice au profit de la communauté des hommes. Les malheurs de notre temps étaient trop grands. La disponibilité était si nécessaire qu'il fallait, « toute affaire cessante », annoncer l'Évangile.

Etty Hillesum, juive agnostique sur le chemin de la foi, écrivait (quelques mois avant de partir volontairement à Auschwitz en solidarité avec les déportés) :

> Cet amour qu'on ne peut plus déverser sur une personne unique, sur l'autre sexe, ne pourrait-on pas le convertir en une force bénéfique à la communauté humaine et qui mériterait peut-être aussi le nom d'amour ? Et lorsqu'on s'y efforce, ne se trouve-t-on pas précisément en pleine réalité ? Réalité sans doute moins tangible que celle d'un homme et d'une femme couchés dans un lit. Mais n'y a-t-il pas d'autres réalités[43] ?

Ces lignes expriment bien ce que j'éprouvais à vingt-cinq ans. Il aurait fallu que je puisse ressentir l'amour des amoureux comme moins envoûtant, moins exclusif. « Comment peut-on donner à un seul être autant d'attention lorsque des multitudes n'ont personne ? », écrivais-je.

Il y avait une dimension mystique, tournée vers un amour préférentiel pour Dieu. Un Dieu si peu reconnu qu'on en deviendrait malade de honte pour l'humanité. Si Dieu était « la source des neiges d'où tout jaillit »

(Vivekânanda), il serait aberrant de ne pas tout rapporter à Lui. Les chrétiens voient en Jésus-Christ l'Amour fait homme. Ils voient Dieu comme communion, échange, relation. Comment ne pas tout donner pour témoigner qu'Il est tout ?

Je ne sais si le choix du célibat sera lié au sacerdoce pour la suite des siècles (pendant douze siècles les prêtres ont été mariés), mais il fera toujours corps avec les vœux des religieux (bénédictins, dominicains, jésuites, franciscains, etc.) et des religieuses.

Lorsque l'humaine volonté
S'est vue touchée par Dieu Lui-même,
Rien ne peut plus la contenter
Qui soit moins que le Dieu qu'elle aime [44].

Certains s'étonnent du grand nombre de « départs » de prêtres retrouvant l'état de « simple laïc » pour pouvoir se marier. Il est antihumain et antichrétien de leur « jeter la pierre ». Personne ne peut être sûr de ce qu'il aurait fait à leur place. Que dire de certains prêtres indignés du comportement de leurs confrères et qui ont suivi, à peine un peu plus tard, le même chemin ? L'indignation s'expliquerait-elle par la crainte d'une contagion ? « *Que celui qui se flatte d'être debout prenne garde de tomber* », disait saint Paul. (1 Corinthiens 10, 12)

La vie en communauté, dans une fraternité de prêtres qui ont une véritable amitié pour ciment, rend aujourd'hui plus viable le célibat. En revanche, certains prêtres vivent dans une solitude qui n'a pas de nom. J'en ai connu quatre qui se sont donné la mort. Ce n'est pas seulement la solitude qui a causé leur déprime. On peut accepter tous les renoncements possibles pour le service d'une grande cause. Saint-Exupéry, lorsqu'il part à deux heures du matin pour une expédition en Patagonie à la recherche d'un pilote égaré, se trouve grandi, magnifié par ce sacrifice. Un prêtre qui anime des retraites de jeunes fiancés et qui les voit découvrir la beauté de leur couple ne regrette pas l'énormité de son renoncement.

S'il passe son temps à accueillir des personnes pour lesquelles il n'est qu'un fonctionnaire, à entendre des confessions qui sont des étalages de « queues de cerises » et des proclamations de vertu, alors sa solitude peut lui sembler n'avoir plus aucun sens.

Lorsque j'ai accepté de trancher un lien qui me semblait infiniment plus précieux que la vie, je crois l'avoir fait dans la mouvance d'une inspiration invisible. Des images me poursuivaient dans mes cauchemars : « Donne-nous ton bonheur. Alors nous saurons que Dieu existe ! » Était-ce un signe ou un délire ? À l'époque, j'ai interrogé deux psychiatres et deux psychanalystes pour y voir plus clair. Ils furent directifs et me poussèrent dans des directions opposées... Je demeurais avec mes angoisses et mon hésitation.

Comme les mystiques ne peuvent rendre compte de leurs extases, les amoureux n'osent faire partager ce qu'ils ont cru voir, parfois, dans un regard humain. Il en est que cette vision a jetés dans la vie religieuse. Ils ne pourront jamais dire pourquoi ! On les croit moines, prêtres, religieuses par chagrin d'amour. Ils le sont par éblouissement d'amour. « *Il en est qui deviennent eunuques par accident. D'autres le sont par choix, pour le Royaume de Dieu. Comprenne qui pourra.* » (Matthieu 19, 12).

7

Dans la sexualité il y a bien plus que le sexe

> Le monde entier dépend de tes yeux purs
> Et mon sang coule dans leurs regards.
>
> Paul ÉLUARD

Peut-on parler de la relation des couples sans évoquer la composante sexuelle ? C'est peu probable. Mais il serait bien plus déplacé de parler de sexualité sans évoquer la dimension amoureuse.

Le comportement animal en matière de procréation est d'une variété stupéfiante. On pourrait écrire une centaine de volumes sur ce sujet sans l'épuiser. Les stratagèmes sont bien étranges aux yeux des humains. Je me permets d'évoquer quelques bizarreries.

Chez de nombreuses espèces, ours et rhinocéros entre autres, il ne peut y avoir d'accouplement que si l'agressivité des deux partenaires se déchaîne. Les rhinocéros, mâles et femelles, s'affrontent avec une force inouïe, parfois à mort, avant de pouvoir s'accoupler une heure durant.

La tigresse devient extrêmement agressive après l'accouplement. Elle pourrait égorger le mâle s'il ne prenait la fuite, seul moyen de sauver sa vie car il est groggy.

De nombreuses femelles araignées (il y en a trente mille espèces) dévorent le mâle après les noces. Parfois, le mâle offre un cadeau à Madame et la « couvre » tandis qu'elle retire l'emballage du « paquet » !

Chez les grenouilles on assiste à des bacchanales frénétiques… Et cela dure depuis trois cent millions d'années !

Chez certains poissons (*Cerranellus subligarius*), après la fécondation des œufs, voilà que le mâle se met à pondre et sa femelle féconde ses œufs. Ils ont tous deux changé de sexe.

Chez d'autres poissons (*Ceratias holboelli*), le mâle, cent fois plus petit que la femelle, s'accroche au flanc de son épouse par la bouche. Peu à peu il perd son cerveau, ses yeux, et devient un simple appendice de la femelle. Il ne garde qu'un seul organe, l'organe sexuel. La femelle dispose alors d'une sorte de « spermathèque » faisant désormais partie d'elle-même. Quelques personnes auxquelles j'avais confié mon manuscrit m'ont fait une remarque : « N'est-ce pas là le sort de quelques maris ? »

Lorsque le mâle et la femelle ne peuvent survivre l'un sans l'autre, les unions sont indissolubles. C'est le cas d'un oiseau aujourd'hui disparu (buceros de Nouvelle-Zélande). Aucun des deux conjoints ne pouvait s'emparer seul des larves dont ils se nourrissaient : sans le concours de l'autre, ils mouraient.

Si la sexualité revêt tant de formes diverses dans le règne animal, ne soyons pas trop étonnés qu'elle soit si déroutante chez les humains.

*

Ce qui frappe lorsque l'on considère la sexualité humaine, c'est l'émergence progressive au fil de l'évolution, au cours des siècles, de la dimension affective.

L'être humain semble invité à domestiquer un instinct anarchique, à spiritualiser une aimantation violente.

Pour prolonger la vie, les couples d'animaux n'ont guère besoin de s'aimer. Il n'en est pas de même chez les humains. C'est l'amour qui crée la magie de leurs unions.

La parole peut traduire l'affection ou semer la haine, propager la vérité ou répandre le mensonge, faire vivre ou faire mourir. De même, la pulsion amoureuse a deux visages : elle peut entraîner vers les sommets ou avilir, exalter ou humilier, exprimer le don de soi ou l'annexion de l'autre, la célébration d'une fête ou un constat d'échec…

Comment le désir peut-il signifier deux réalités aussi opposées : l'affection ou la possession ? Miracle de celui qui dit « je t'aime » avec le plus poétique des langages. Gloutonnerie de celui qui saisit l'autre comme une grappe de raisin pour apaiser sa soif. Comment savoir si l'autre vient vers toi par tendresse ou par besoin ? Une place est offerte ici à la confiance, cette facette du diamant de l'amour.

Nous n'avons qu'un seul mot en français pour désigner deux réalités non seulement différentes, mais parfois opposées. Quelques secondes après avoir « fait l'amour » (comme ils disent), certains couples s'empressent de le défaire. D'autres sont tellement transfigurés par cette union qu'ils donneraient leur vie à l'instant même pour sauver celle de l'autre.

Les radios, les télévisions, les journaux abordent souvent la sexualité sous un angle humoristique et pour le moins léger. Les conversations des jeunes suivent ce chemin. Mais faut-il pour autant dramatiser ?

Neuf sur dix des « petites histoires » que j'ai pu entendre durant mon enfance et ma jeunesse avaient pour thème cette réalité. Les dessins qui ornaient les murs de la chambrée au service militaire dépassaient ce que l'on peut imaginer. Et dans les salles de garde des hôpitaux il arrivait que les médecins se « lâchent ». Cet humour ordurier n'était sans doute qu'une parade à l'angoisse ! Je ne voulais pas juger ceux qui n'avaient pas eu la chance de lire Claudel, Eluard, Saint-Exupéry ou Rilke.

Il m'est arrivé de plaisanter à mon tour pour ne pas m'isoler du clan. Je n'en suis pas fier. Mais je n'oublie pas les propos d'un supérieur de séminaire disant qu'il n'y avait pas là « matière à péché ». Ces plaisanteries soulignent peut-être la difficulté pour un esprit d'accepter d'être incarné. Un dessin de Jean Effel montre le Créateur perplexe au moment d'ajouter au bas du ventre d'Adam un appendice extérieur : « Je crains, dit-Il en se frottant la barbe, que ça leur pose quelques problèmes ! »

Au bout de plusieurs années à écouter des confidences, on ne peut qu'être ahuri de voir tant de couples se désagréger parce que la composante physique de leur relation était bancale. Cet univers inventé pour la joie et pour la vie devient le carrefour de tous les drames.

Il y a le désir que l'amour n'imprègne pas. Il y a l'amour que le désir ne visite plus : frustration, accusation, humiliation.

> Tu n'as jamais eu l'œil assez aigu pour entrer en moi au-delà de ma peau. Il n'y a qu'à te regarder les yeux pour savoir que ce n'est pas vrai. Qu'est-ce que tu peux voir avec ces yeux-là ? De la chair chaude où tu as envie de mettre la main. C'est tout. Qu'est-ce qui entre en toi quand tu me touches ? Ce chaud, ma peau douce, c'est tout. Tu crois qu'un jour, tu pourras entendre un peu le bruit de mon sang ? Jamais de la vie. Sourd, sourd et sourd... Tu as les oreilles, les yeux et les mains égoïstes. Tu vois pour toi. Tu entends pour toi. Tu touches et tu

prends pour toi. Tu regardes. Qu'est-ce que tu vois ? Tu ne vois rien. Tu vois tout ce que ça peut te rapporter comme plaisir. Pas plus[45].

*

Comment imaginer que deux êtres ayant partagé une extase vraiment amoureuse puissent, quelques heures plus tard, se déchirer par des reproches ou des remarques humiliantes ? En réalité, ce qu'ils ont partagé n'appartenait peut-être pas au royaume de l'amour, mais à celui du désir.

Quel sage, quel psychologue, quel romancier de génie sauront nous expliquer les causes d'une telle blessure ? La Bible s'ouvre sur un drame, première conséquence de la révolte de l'homme contre Dieu : « *Ils virent qu'ils étaient nus et ils en eurent honte.* » (Genèse 3, 7) L'esprit et le corps n'avaient de signification qu'ensemble. Le corps s'installe à son compte et fait d'un être sacré un objet.

Rien n'est plus vulgaire que la chair lorsqu'elle ne révèle que la chair. On s'y désagrège. On finit par y mourir d'ennui. Univers vide, lassant, fastidieux... Mirage qui avait promis un grand lac et n'offre qu'une steppe desséchée. Puits tari dans le désert.

Rien n'est plus noble, rien n'est plus beau que l'étreinte de deux êtres transfigurés par l'amour. Seuls les poètes et les mystiques ont su trouver les mots pour magnifier ce miracle.

Pour certains, l'alcôve est nulle ou blessante, une simple drogue qui laisse un goût amer. Pour d'autres elle est la grande idole dont on attend tout.

Rapace ou colombe

Le domaine du désir sexuel est un des territoires où la distance entre une existence vide d'amour et une vie irradiée de tendresse est la plus grande. Les amants sans amour et les vrais amoureux sont parcourus des mêmes frémissements et des mêmes spasmes. Les uns se croient obligés de dire « je t'aime » pour se justifier d'être « grimpés aux rideaux ». Pour les autres, le mot n'est même pas nécessaire tant l'amour atteint sa plénitude. Pour les uns qui en font parfois un absolu (*L'Empire des sens*, film japonais), c'est un véritable esclavage, une drogue, qui suinte de tristesse et de médiocrité. Les autres voient s'ouvrir le seuil du paradis, ils ont frôlé un bonheur unique qui transfigure tout.

L'homme a renié son origine. La sexualité humaine s'en est trouvé blessée. Les pulsions charnelles veulent s'emparer du pouvoir, échapper à la volonté. Le désir veut rendre le cœur esclave. « Je t'aime », en espagnol, traduit cette ambiguïté : *yo te quiero*, « je te veux ». La colombe devient rapace. Le don devient capture. L'union physique révèle et accentue le fossé entre ceux qui ne s'aiment pas. Elle célèbre et magnifie la rencontre de ceux qui s'aiment.

D'un côté, un sortilège qui enchaîne, aliène, étouffe. De l'autre, un soleil qui transfigure ce qu'il touche. D'un côté, une pulsion aveugle, sans âme, où des « partenaires » s'affrontent, enfermés dans leur solitude. De l'autre, deux êtres qui s'ouvrent au monde. D'un côté, une solitude à deux qui s'envenime et s'exaspère. De l'autre, une fenêtre ouverte sur l'éternité.

La vie n'est faite que de nuances et la frontière entre l'insignifiant et le transfiguré est au cœur de chacun, au long de son histoire personnelle.

La plupart des joies humaines viennent de nos relations aux choses, aux idées, aux paysages, aux situations. La joie de l'union du couple est reçue de quelqu'un. C'est le sacrement d'une présence. Dans ce domaine, l'être tout entier s'exprime : conscient et subconscient, traces du passé et rêves d'avenir, corps imbriqué dans l'âme, chair spirituelle, âme charnelle. C'est l'autre tout entier qui demande à être rejoint avec son enfance, son mystère, sa musique, sa poésie, ses paysages intérieurs.

Il arrive que cette joie soit le signe d'une célébration. Cet instant magique peut être le berceau du plus prodigieux des cadeaux : la vie ! Notre existence provient deux fois de la joie. Débordement de la joie divine. Débordement de la joie de nos parents.

Le désir sauvage se contente de défouler une fringale. Étalon et jument feront exploser les clôtures qui les empêchent de se retrouver. À quoi rime cette aimantation, cet éros aux exigences forcenées ? Pourquoi sont-ils d'une telle intensité ? Lorsque j'étais adolescent, un éducateur nous avait dit : « C'est très dur d'élever des enfants, aussi Dieu veut-Il donner de grandes satisfactions à ceux qui en font ! » Cela me semblait d'une banalité navrante !

L'intensité du désir est-elle un piège de la nature pour assurer la continuité de l'espèce ? Traduit-elle la nostalgie de l'état bienheureux des premiers mois de l'existence ? Évoque-t-elle ce paradis perdu de la petite enfance où un autre corps si chaleureux et une voix si douce furent à eux seuls notre horizon et notre royaume ? Est-ce un langage analogue à la musique, à la poésie, à la danse ?

Il s'agit surtout de « relation », de connaissance[46], de don et d'accueil, de communion. Nous approchons ici de près l'Être même de Dieu. Il est, en Lui-même, communion de personnes. « La conversation est une étreinte et l'étreinte est une conversation. » (J. de Bourbon-Busset)

L'incapacité à « gérer » une telle énergie a parfois, au cours des siècles, conduit l'homme à la mépriser. Elle était une faille dans son orgueil, une menace pour sa liberté et pour l'harmonie sociale. La femme devint alors pour l'homme « sorcière », « piège », « ensorceleuse », « envoyée du diable ». L'homme reniait son désir comme indigne de lui. Un livre de Benoîte Groult, *Cette mâle assurance*, recense les propos misogynes de quelques philosophes, médecins, théologiens, parfois de grande renommée, à travers les siècles. C'est à en pleurer ! Ces hommes n'ont-ils pas eu de mère ?

> Les femmes sont viles. Elles n'ont ni la vigueur ni la force de l'homme. Elles usent de manières perfides pour l'attirer. Celui qu'elles n'ont pu attirer par la force, elles le gagnent par la ruse[47].

Où s'enracine l'infériorité dans laquelle fut tenue la femme pendant des siècles ? Nous sommes, encore aujourd'hui, dans une culture où les valeurs masculines l'emportent sur les valeurs féminines.

> Accentuation excessive de l'aspect viril et actif de l'esprit humain. L'homme est celui qui définit, discrimine, ordonne et délimite. Il s'affirme aux dépens des forces féminines de réceptivité et de souplesse, les forces de fusion qui effacent les frontières, les énergies féminines qui, dans le secret, portent, protègent et transforment[48].

La Bible et le Coran sont-ils puritains ?

Comme toutes les réalités humaines, la chair et les plaisirs ont besoin d'être « sauvés ». Dans un livre de la Bible, un jeune homme, Tobie, délivre la jeune Sarah, qu'il aime, d'un mauvais sort jeté sur ses sept précédentes nuits de noces. Les sept premiers maris de Sarah étaient tous morts dans le lit conjugal. Par la confiance en Dieu, Tobie libère cette femme. « Que cherchais-tu en cette intimité, Tobie ? Seulement la joie de Sarah ton épouse. *Ce n'est pas mon plaisir que je cherche en cette union* », dit Tobie dans ta prière (Tb 8, 1). Peut-être est-ce la reconnaissance de la source divine de votre union qui vous sauve tous les deux !

La Bible n'est pas puritaine. Lorsque Dieu crée le couple, Il est plus émerveillé que pour toutes Ses autres créations réunies. On trouve de nombreux textes qui s'enchantent des relations amoureuses :

Si un homme se marie, il n'ira pas à l'armée.
Il restera un an chez lui pour réjouir son épouse.
(Deutéronome 24, 25)

Trouve la joie dans la femme de ta jeunesse…
Qu'en tout temps ses seins t'enivrent !
Sois toujours épris de son amour ! (Proverbes 5,18)

Trouver une épouse, c'est trouver le bonheur,
c'est recevoir un cadeau de Dieu. (Proverbes 18,22)

Il y a aussi des mises en garde contre une sexualité sauvage :

Résiste au bon vouloir des femmes qui pourraient piétiner ta force.
N'aborde pas la courtisane qui pourrait te prendre au filet.

Ne convoite pas l'adolescente...
Ne te donne pas aux prostituées, tu y perdrais ton héritage...
Ne convoite pas les étrangères,
leur charme en a égaré plus d'un qui se consumait de désir.
(Ben Sira 9, 2-8)

Saint Paul, que beaucoup prétendent misogyne, tient des propos tellement féministes pour son époque que certains doutent qu'ils soient authentiques : « *Ce n'est pas l'homme qui possède son corps, c'est son épouse.* » (1 Corinthiens 7,4)

« *Maris, aimez votre femme comme le Christ a aimé l'Église et S'est donné pour elle.* » (Éphésiens 5, 25) L'amour infini de Dieu pour l'humanité, voilà la référence ! Peut-on trouver un amour plus élevé ?

Durant les premiers siècles du christianisme, les plus grands penseurs ont été très influencés par les platoniciens et les stoïciens. (Peut-être, bientôt, s'étonnera-t-on de l'influence démesurée de Freud et de Marx sur la pensée chrétienne des années soixante !)

Saint Grégoire de Nysse, qui fut un évêque marié, écrivit un éloge de la virginité si vibrant qu'il semblait noircir le mariage.

> L'homme a l'esprit épais. Son âme en se penchant sur les plaisirs du corps se trouve éloignée de la vie de Dieu... Si tu désires que Dieu Se manifeste à toi, pourquoi n'écoutes-tu pas Moïse ordonnant au peuple de se garder pur des relations conjugales pour recevoir la manifestation de Dieu[49] ? (Exode 19, 15)

Cette allusion à Moïse reviendra souvent au cours des siècles pour suggérer une prétendue supériorité du célibat sur le mariage.

Saint Augustin, qui vécut avec deux concubines et eut un fils, voit dans la libido (ardeur du désir) la trace du péché originel.

> La délectation charnelle couvre le mariage de confusion. Pourquoi cette action des époux est-elle cachée aux yeux des enfants sinon parce qu'ils ne peuvent accomplir leur louable union sans une honteuse volupté[50] ?

À partir de saint Augustin, l'éthique chrétienne a été fascinée par « le péché de la chair ». La sexualité n'avait de valeur positive que dans le cadre de la procréation. En tant que sexuée, la femme était disqualifiée. En chaque femme il y avait Ève la séductrice dangereuse et Marie, vierge et mère. Double discours, l'un méprisant le corps, l'autre exaltant l'âme. Un théologien protestant résume ainsi cette dérive :

> Le christianisme s'est révélé incapable de penser la sexualité en termes de tendresse. À cause de cela il n'a pas pu donner au mariage, sinon tardivement, un statut vraiment positif… La sexualité est du côté des forces mauvaises qui habitent l'homme. On a peur de sa violence, de son irrationalité[51].

Le débat n'est sans doute pas clos. Devant les débordements d'une sexualité débridée, le puritanisme reviendra en force. L'homme n'en finit pas de redouter les élans qui l'emportent sans son plein accord.

La sexualité fut donc un tabou en Occident. Comme ces pylônes qui supportent des fils électriques à haute tension et sur lesquels on a écrit « danger de mort ». Comme ces salles d'opération où tout trahit la mobilisation générale contre un danger d'infection microbienne. Une culture s'est développée qui ne pouvait admettre la moindre miséricorde envers les transgresseurs. La tradition « judéo-chrétienne » n'est pas seule responsable de cette culpabilisation forcenée, comme l'ont répété des tonnes de revues et de livres. L'antiquité païenne fourmille de documents condamnant le plaisir sexuel. Des prêtres pratiquaient la castration pour ne pas souiller le culte aux idoles. De mauvaises interprétations de la Bible ont renforcé, encouragé, parfois provoqué ces attitudes. Lorsqu'un puritain devient théologien, nous avons peut-être un théologien de plus, mais pas nécessairement un puritain de moins !

La position de l'islam à ce sujet est remplie de paradoxes. Mahomet vit avec douze femmes en même temps, épouses et concubines. Il eut des relations avec sa seconde épouse Aïcha lorsqu'elle avait onze ou douze ans. Elle avait sept ans lorsqu'il l'épousa. « Mahomet a réussi ce dont rêve tout homme ; à chaque épouse correspond une facette de sa personnalité. À chacune son jour et sa nuit. » Lorsque Mahomet tombe amoureux de Zeinab, épouse de son fils adoptif Zaïd, il recueille de l'ange Gabriel une révélation qui le libère de toute culpabilité : « Quand Zaïd eut cessé tout commerce avec Zeinab, Nous te l'avons donnée pour femme… »

Une féministe marocaine, Fatima Mermissi, s'enthousiasme au sujet du fondement de sa religion : « Le Dieu musulman est le seul Dieu monothéiste à avoir choisi un prophète qui réfléchit tout haut sur la sexualité et le désir. »

Certains versets du Coran ne semblent pas tellement compatibles avec l'égalité des sexes. « Vos femmes sont pour vous un champ de labour : allez à votre champ comme vous le voudrez. » (Sourate 2, v. 223)

Sans doute ce verset est-il susceptible d'autres traductions : « N'attendez pas de la religion qu'elle dicte la conduite des époux. »

Ni idolâtrie, ni pudibonderie

Je me souviens de la virulence d'une amie apôtre de l'athéisme. Dans nos conversations elle reprenait sans trêve la même chanson : « Dès les origines, la religion chrétienne a jeté son mépris sur les choses de la chair avec une violence inégalée dans aucune civilisation. » Je compris mieux lorsqu'elle me raconta un souvenir personnel : âgée de quinze ans, pensionnaire dans une institution religieuse, elle avait, durant une nuit d'orage, rejoint dans le dortoir commun le lit d'une camarade. L'interrogatoire qui s'ensuivit fut insupportable et le renvoi humiliant. L'avenir de cette jeune fille en fut marqué pour toujours. Le Christ est-Il responsable des erreurs commises en son nom ?

Lorsque Nietzsche, Camus et bien d'autres disent ne pas pouvoir pardonner au christianisme d'avoir « empoisonné Éros », « gâché la fête des corps », ils semblent commettre une généralisation du même ordre.

« Ce qui caractérise toutes les perversions de la sexualité, c'est qu'elles mécontentent son but essentiel : la procréation, recherchant comme fin le plaisir. » Qui a écrit cela ? François de Sales ? Non, Sigmund Freud. Et qui a dit, en parlant du baiser sur les lèvres : « Ils se versent leur âme l'un dans l'autre » ? Freud ? Non, François de Sales.

L'acte sexuel est si peu méprisé par l'Église qu'elle y voit « le signe sensible du sacrement de mariage ». Ce que l'eau est pour le baptême, le pain et le vin pour l'eucharistie, l'acte sexuel l'est pour le sacrement des noces. Dirait-on que l'Église méprise l'eau, le pain, le vin lorsqu'elle y voit des chemins de la tendresse de Dieu ? L'Église ne rabaisse pas les réalités physiques de l'amour. Elle cherche à mettre en garde devant ses contrefaçons.

Des intellectuels se plaisent à choisir dans l'œuvre des Pères de l'Église des paroles négatives extrémistes à l'égard de toute sexualité… même conjugale. Comment oublier le contexte culturel de cette époque ? Durant des siècles on présentait le mariage comme le moyen d'assurer la survie de l'espèce. L'amour était ressenti comme une maladie. Saint Jérôme cite avec admiration un stoïcien : « Trop d'amour pour son épouse est une honte. Un sage doit aimer sa femme avec sa tête, non avec son cœur. Rien de plus répugnant que d'en être passionné. »

J'aimerais voir citer plus souvent ces propos de saint Jean Chrysostome :

> Deux êtres unis n'ont rien à craindre des choses et des événements. Avec la paix et l'amour, l'homme et la femme sont en possession de tout… Là se trouve la source des plus grands bonheurs ou des plus grands malheurs pour la vie familiale et politique. Rien n'harmonise la vie comme l'amour de l'homme et de la femme […]. Lorsque deux époux sont ensemble, ils rendent Dieu présent […]. Et s'il n'y a pas pour un couple de possibilité de procréer, ne seront-ils pas un ? Bien sûr que si. C'est l'union de leurs corps qui réalise cela. De même, si vous versez du parfum dans l'huile, le mélange forme un tout […]. Grâce à l'amour ils sont plus fermes que le diamant et plus solides que le fer, ils naviguent dans la plénitude, cinglent vers la gloire éternelle et attirent toujours davantage la Tendresse de Dieu[52].

Il y a quelques années, j'avais publié dans le journal *Le Monde* une chronique à ce sujet : *Dieu est-il puritain ?* Parmi les nombreuses réactions des lecteurs, une vingtaine de lettres ont retenu mon attention. À part égale, ceux qui croyaient au ciel et ceux qui n'y croyaient pas partageaient un même dégoût pour les réalités charnelles.

Parfois, ce n'était pas un dégoût mais un simple agacement d'entendre suggérer une dimension poétique à ce qui n'était pour ces lecteurs du *Monde* qu'une « fonction biologique très banale et somme toute assez grotesque ». Par contre, Alfred Kastler, prix Nobel de physique, envoya au journal une longue et belle repartie. Il concluait :

> Je dois faire remarquer à Stan Rougier que l'Église chrétienne porte dans le dénigrement de l'œuvre de chair une responsabilité dominante… Souhaitons qu'un jour, tous les chrétiens soient prêts à restaurer la pureté d'Éros que saint Augustin a maculée[53].

En 1983, un texte romain, approuvé par Jean-Paul II, disait :

> Le corps est un sacrement primordial, un signe qui transmet dans le monde visible les mystères invisibles… En tant que sexué, il exprime la vocation à la réciprocité comme à l'amour et au don mutuel de soi[54].

Ce document très serein invite à « intégrer les éléments de la sexualité : génitalité, érotisme, amour, charité ».

8

Dimension mystique du désir

Sainteté des époux, non plus
malgré ou dans le mariage,
mais par le mariage.
P. REY-MERMET

En Orient, l'hindouisme a donné à la chair ses titres de noblesse en exprimant la nature de l'Absolu par des sculptures de couples enlacés. Lors de la visite d'un de ces temples, je me permis de développer cette approche véritablement mystique de la sexualité perçue chez les hindous comme la parfaite manifestation du divin. J'avais en pensée les statues les plus nobles, qui étaient aussi les plus nombreuses. Tel ou telle des pèlerins-voyageurs avait vu quelques rares représentations érotiques blessantes pour la pudeur. Le malentendu fut assez profond.

Dans la chapelle d'un lieu de retraites spirituelles, une tapisserie de laine couvrait l'espace d'un mur. Œuvre d'un artiste célèbre, pour les uns elle évoquait l'âme humaine, pour les autres une graine d'arbre, pour d'autres encore un sexe féminin. Le responsable religieux s'en étonnait devant un ami psychiatre qui fit en souriant cette remarque : « Chacun voit partout ce qu'il a déjà dans sa tête. »

Dans la Chine ancienne, l'influence taoïste développa une façon de voir originale. Le Yin féminin et le Yang masculin sont des énergies complémentaires. Mais l'union sexuelle représente pour l'homme une déperdition d'énergie. Aussi l'homme doit-il apprendre « l'étreinte réservée ». Il lui faut en même temps donner à son épouse le plus grand plaisir possible afin d'être nourri lui-même de l'énergie vitale qui se développe en elle à cet instant.

Georges Bataille écrit dans son livre *L'Érotisme* :

> L'amour élève le goût d'un être pour un autre à ce degré de tension où la privation éventuelle de l'autre, ou la perte de son amour, n'est pas ressentie moins durement qu'une menace de mort.

Il conclut :

> Rien n'est plus important pour nous que de placer l'acte sexuel à la base de l'édifice social[55].

★

En faisant du mariage un signe de l'union de Dieu et de l'être humain, la Bible sauve la chair. Les noces humaines deviennent une parabole des noces entre Dieu et l'homme. « *N'aie pas peur… tu n'auras plus à rougir… Ton époux, c'est ton Créateur. On t'appellera "Joie de Dieu" car tu plais à Dieu…* » (Isaïe 54, 4-5 ; 62, 4.)

L'expression physique de l'amour est alors un langage poétique… un des plus aptes à dire ce que les mots n'ont jamais su dire. Elle devient célébration de l'amour dans ce qu'il a de plus éternel. Pour illustrer ce propos, voici quelques lignes du Cantique des cantiques :

La bien-aimée :
Mon bien-aimé est un sachet de myrrhe qui repose entre mes seins... (1, 13)
Mon bien-aimé est à moi et moi à lui... (2, 16).
Ses lèvres sont des lys qui distillent la myrrhe vierge... (5,13)
Le ventre de mon bien-aimé est une masse d'ivoire couverte de saphirs (5, 14)
Son bras gauche est sous ma tête et son bras droit m'étreint... (1, 6)
Je suis à mon bien-aimé et vers lui se porte mon désir (7, 11)

Le bien-aimé :
Ma colombe, montre-moi ton visage, fais-moi entendre ta voix
Car ta voix est douce et charmant ton visage (2, 14)
Tu me fais perdre le sens, ma sœur, ma fiancée,
Tu me fais perdre le sens par un seul de tes regards (4, 9)

Tes lèvres distillent le miel vierge,
Le miel et le lait sont sous ta langue (4, 11)

Détourne de moi tes regards, car ils me fascinent... (6, 5)
La courbe de tes flancs est comme un collier,
Ton nombril forme comme une coupe enivrante,
Ton ventre est un monceau de froment environné de lys (7, 2-3)
... Que tu es belle, ô amour, ô délices ! (7, 7)
Le parfum de ton souffle est semblable au parfum des pommes... (7, 9)

Si l'amour physique était fait d'une étoffe banale et vulgaire, une pulsion fragile et mensongère, une besogne grotesque et indigne, pourquoi Dieu aurait-Il choisi ce signe, cette parabole, pour exprimer Son être le plus profond et la force de l'élan qui le porte vers Sa créature ?

Le masculin et le féminin sont la traduction terrestre d'un mystère qui préexiste en Dieu de toute éternité : une différence source d'unité, une union qui différencie. Déjà, dans le monde des atomes, la matière n'est-elle pas faite de « relations » et de « charme » ? Toutes les pulsations de l'univers battent au rythme de la Trinité : le don, l'accueil, le partage. Voir dans le regard de l'autre son bonheur d'accueillir votre tendresse pour lui (pour elle), y a-t-il reflet de Dieu plus parlant et plus intense ? Y a-t-il plus grande beauté au monde que cet échange de regards ? Qui pourrait redouter de s'ennuyer durant l'éternité s'il comprend que l'extase amoureuse en est une ébauche ?

Si la tendresse est tellement précieuse, c'est parce que cet amour humain est le « signe » d'un autre amour… Cet élan en dit bien plus qu'il ne paraît à première vue. Il est non seulement porteur de l'amour d'un être humain, ce qui est déjà sublime, mais il est aussi débordant de l'amour de Dieu. Il est une révélation. Abîmer la qualité de cette communion, c'est fermer une fenêtre qui s'ouvrait sur Dieu.

Mon professeur de philosophie, homme éblouissant de charme et d'intelligence, faisait rire la classe en nous lisant des textes de Thérèse d'Avila. Les extases de Thérèse n'avaient pour cause que des frustrations érotiques. C'était pour lui une évidence ! La réalité était autre. Le modèle de relation qu'était l'amour humain servait à Thérèse pour découvrir et exprimer la relation à Dieu qui la faisait vivre.

Lorsque Gilles Vignault chante à sa bien-aimée : « Ta parole me construit. Ton silence me nourrit. Tout ce que tu dis m'invente… », cela peut devenir vrai aussi, et de façon plus superbe encore, de cet Ami divin, Source de tous les êtres, Secret de tous les visages.

L'amour humain peut être lu comme le signe d'un autre amour. Il est la colombe venant dire sur l'océan du déluge : « Ta délivrance approche. » Il est le messager de l'Amour, source de tout amour. Dieu cherche à vous dire ce que l'amoureux dit à sa bien-aimée :

Ma fiancée, ma sœur, montre-moi ton visage.
Par un seul de tes regards, tu bouleverses mon cœur. (Cantique 4, 9)

Comment ne pas jubiler devant cet amour sur lequel aucun pouvoir, même la mort, n'a de prise ! Comment ne pas s'émerveiller en découvrant ce que sera la joie de l'éternité ?

J'entends votre objection à propos d'une parole du Christ : « *Au ciel on ne s'épouse plus. On est comme les anges.* » (Matthieu 22, 30) Dans l'au-delà, l'extase ne sera plus limitée à l'alchimie des hormones. Et alors ? Celui à qui on offre un palais regrette-il une mansarde ? La rencontre sera différente dans l'expression, mais semblable en signification.

Ne brisons pas ce miroir. François d'Assise, Jean de la Croix, Philippe Neri, Thérèse d'Avila, Catherine de Sienne, Thérèse de Lisieux et bien d'autres mystiques y ont puisé l'élan de leur relation avec Dieu. Même vierges, ils ont reconnu le sens ultime du désir amoureux.

L'amour humain peut être abîmé, blessé. Mais à travers les morceaux de ce miroir terni ou brisé, la Tendresse de Dieu brille encore de mille feux.

Pendant la visite d'une mine d'or, près de Johannesburg, on me conduisit à quatre kilomètres de profondeur. Dans un tunnel brûlant et humide on me montra un filon. La teneur en or de la roche était de cinq à six grammes pour cent kilos de pierre grisâtre.

Le travail monumental pour extraire ces roches et les dissoudre dans l'acide pouvait expliquer le prix accordé au métal jaune.

Celui qui aime est né de Dieu et connaît Dieu...
Dieu est Amour. (1 Jean 4, 7-8)

Cet or divin ne vaut-il pas tous les sacrifices pour le dissocier de ce qui n'est pas lui ?

★

On a souvent fait de la femme un suppôt de Satan et du désir sexuel l'arme privilégiée de l'ennemi héréditaire du genre humain. C'est oublier que Satan, dans la Bible, est tout sauf « élan vers l'autre » ! Dans le Coran l'archange le plus beau se révolte parce que Dieu a inventé une dimension charnelle qui risquerait d'humilier la noblesse de l'esprit.

Le mal, c'est le narcissisme. Il consiste à préférer une petite satisfaction que l'on se donne à soi-même plutôt qu'un grand bonheur reçu d'un autre. Le mal, c'est l'orgueil. Le mal, c'est la volonté de puissance. Le mal, c'est l'exclusion d'un être différent. Le mal, c'est la dénonciation, la diffamation. Le mal, c'est de porter sur celui que nous n'aimons pas un regard réducteur. Le mal, c'est de propager ces caricatures qui brisent leurs victimes. Le mal, ce ne sont pas les amitiés particulières, mais les inimitiés particulières. Le mal, ce n'est pas tant la faute de la femme adultère que le regard méprisant porté sur elle ! Le mal, c'est de retirer à son prochain ce qui l'aidait à vivre...

Une pesanteur triste porte les humains vers l'idolâtrie de soi. Une aimantation heureuse les tire vers l'enchantement venu d'un autre.

J'ai mis devant toi la vie et la mort : choisis la vie. (Deutéronome 30, 9)

La damnation n'est pas la mise à la porte de celui qui aurait trop cherché son bonheur auprès des créatures ; elle sanctionne le refus délibéré de donner et de recevoir. Elle est la solitude d'une intelligence froide qui rôde sans fin autour d'elle-même. Nul ne se damne qui ne l'ait voulu. Dieu respecte ce choix. « Dieu a aussi son enfer : son amour pour les hommes. » (Nietzsche) L'esprit dénaturé peut souiller la chair plus que la chair ne peut souiller l'esprit. Rien n'est plus contraire à la Bible que de voir le péché originel dans la relation charnelle d'Adam et Ève !

Le péché-racine est un retournement qui exclut l'amour. Un œil qui se retournerait sur lui-même exclurait le miracle du cerisier en fleurs.

Sainteté par le mariage

Le sens de la noblesse des « choses de l'amour « n'a pas toujours prévalu. Les scories platoniciennes sont encore présentes dans notre culture.

> Mari, femme, c'est le Christ qui m'aime par toi. C'est le Christ qui t'aime par moi… Sainteté des époux, non plus malgré ou dans le mariage, mais par le mariage[56].

Ainsi parle le père Rey-Mermet dans un livre sur l'histoire du mariage chrétien.

L'énergie dévastatrice d'un torrent, changée en électricité, peut faire briller une lampe de chevet. Il suffit d'un barrage !… L'instinct sexuel peut aussi être « sublimé ». L'élan sauvage de l'instinct, endigué, pousse l'homme à se dépasser, à conquérir, à vaincre, à découvrir les Amériques, à écrire *Les Pensées*, à composer des sonates... Les hindous, depuis des millénaires, sont avares de cette « très noble énergie » qui ouvre les chemins vers l'Absolu. L'esprit sublime tout ce qu'il touche. Il élève le plus charnel vers les sommets les plus spirituels. Cette conception est peut-être utopique. Mais l'utopie n'est-elle pas l'étoile qui invente l'avenir ?

*

La procréation est une participation à l'acte le plus divin qui soit : engendrer une nouvelle vie. Ne pas dissocier la vocation procréatrice de la sexualité et sa vocation « unitive » est une tâche vitale pour l'humanité.

Si la perspective d'une naissance est vécue dans la joie, l'acte d'union en est transfiguré. L'enfant qui naîtra aura ressenti en toutes ses fibres, pendant neuf mois, la qualité d'amour dont sa mère est aimée. Cette tendresse envahit la chair maternelle et se communique à son enfant. Les parents ne peuvent pas lui offrir de cadeau plus précieux. L'imprégnation de cet amour qu'ils se portent l'un à l'autre est la plus grande source d'harmonie intérieure pour le nouveau-né. Une femme qui ne cesse de pleurer parce qu'elle est humiliée par celui auquel elle a donné sa vie, ne me dites pas que l'enfant qu'elle porte, à ce moment-là, ne ressent rien de son calvaire !

*

L'union des corps est pour le lien d'affection ce que les cordes et l'archet du violon sont pour la musique, ce que le bois est pour le feu, ce que la goutte de rosée est pour le soleil levant. Dieu qui « *a revêtu de gloire l'herbe des champs* » vient, par cette nouvelle beauté, vous assoiffer d'éternité. Dieu qui a posé Sa signature sous forme d'aurore boréale, de cerisiers blancs sous la lune, de ciel criblé d'étoiles dans la nuit d'août et de tant d'autres merveilles vient à nouveau séduire votre âme. Dieu vous murmure à l'oreille quelque chose de Lui-même. « *Dieu fit l'homme à Son image. Homme et femme Il les fit.* » Invité sur un plateau de télévision pour parler sur ce sujet, à une heure de grande écoute, je citai cette belle parole de la Bible. Je me heurtai à un cri, comme si j'avais manqué au respect des convenances : « Vous n'allez tout de même pas prêcher !? »

*

L'éducation sexuelle semble s'être donné pour tâche de « démystifier » la sexualité ! Pourquoi ne pas chercher à analyser l'émotion provoquée par un adagio d'Albinoni en décrivant le fonctionnement des cordes du violon ? L'anatomie des cinq sens ne livrera jamais rien du mystère de l'amour que l'on appelle physique. Pas plus que les transformations physiologiques des mystiques durant leurs extases [57] ne nous diront quoi que ce soit de leur relation à Dieu.

La lecture de certains journaux, revues et ouvrages scientifiques auraient de quoi effacer toute poésie. Sur un journal de ce matin, je vois une belle photo de couple. La légende qui l'accompagne est dure : « Ce jeune couple sait-il que son euphorie amoureuse durera au maximum trois ans ? Au-delà, les histoires de cœur ne peuvent plus compter sur le cocktail d'hormones qui avait permis le coup de foudre. » La dernière de ces trois hormones ne pourrait être administrée comme un philtre d'amour, car seul un libre élan peut la produire dans le cerveau. N'y a-t-il pas place ici pour le mystère ? À ce sujet, un livre de Lucy Vincent (docteur en neurosciences) pourrait nous éclairer[58].

Innombrables sont ceux qui, très tôt, découvrent les « mystères de la vie » dans une atmosphère d'ironie, de rire trouble, de grossièreté, de culpabilité, de honte, de dégoût !

Comment oublierai-je les humiliations que j'eus à subir de la part de l'être que je vénérais le plus : mon grand-père. Quel était mon forfait ? Avoir dit à l'âge de treize ans à une cousine qui en avait douze que les enfants avaient pour berceau le ventre de leur mère et non une rose ou un chou. Ignorant la participation du père, je n'y fis aucune allusion ! Je n'ai jamais pu effacer les angoisses qu'ont provoquées ces reproches. Au nom du bien, que de gâchis chez ceux qui croient détenir la vérité !

La morale est discréditée lorsqu'elle s'accompagne d'humiliation. Il lui faut s'avancer sur les traces de la mystique. Pourquoi ce climat de violence, de rejet, de mépris pour accueillir les adolescents dans leur difficile recherche ? Pourquoi figer l'être humain dans une angoisse de culpabilité ?

Mais, qui sait, peut-être est-ce de cette blessure qu'est né en moi le désir de « comprendre » l'influence des idées bien construites mais erronées. « *La vérité fera de vous des hommes libres.* »

Les jeunes dans la découverte

On s'étonne que le comportement de nombreux jeunes aujourd'hui soit de consommation plus que de contemplation. Les barrières de timidité, d'éducation, de principes ont cédé les unes après les autres. Des jeunes de plus en plus nombreux s'embrassent désormais sur les lèvres comme on se mettait la main sur l'épaule il y a cinquante ans. Ils font l'amour comme on s'embrassait sur les lèvres.

Il y a cinquante ans, lorsqu'un garçon et une fille de seize ou dix-huit ans s'embrassaient, cela signifiait : « Je souhaite me consacrer à toi pour toujours. » Aujourd'hui, la gamme des traductions est plus vaste. Cela peut vouloir transmettre le même message, mais tout aussi bien : « J'ai juste envie de voir l'effet que ça me fait. » Les repères ne sont pas donnés par les grands poètes, mais par des acteurs de *Loft Story*. On ne parle plus de tendresse, mais de « cul ».

Récemment, lors d'un camp où des adolescents semblaient boulimiques d'échanges de baisers, comme si la fin du monde était pour demain, je crus bon de leur tenir quelques propos : « Lorsque le nombre des billets de banque excède la caution-or qui se trouve dans les coffres des banques, on parle d'inflation monétaire. S'il n'y a plus d'or du tout, les billets ne valent plus rien. Que signifient vos témoignages d'affection ? »

Ils réagirent à mes paroles comme devant les restes d'un mammouth retrouvés dans la toundra. Malgré ce premier accueil, je m'enhardis : « Je crains qu'à force d'utiliser un geste pour dire : « Tu es agréable à caresser. Tu me rassures sur mon aptitude à séduire. Merci d'être là pour me procurer des sensations agréables… », il soit un jour difficile d'utiliser le même cérémonial pour dire : « Entre toi et moi, c'est unique et, si tu le souhaites, c'est pour toujours »…

Je sentis une écoute plus positive lorsque je montrai que Dieu était impliqué au cœur même de cette relation.

De la qualité de ce reflet dépend la ferveur de notre approche de Dieu. « Parce que j'aime déjà celle que j'aimerai un jour, je ne veux à aucun prix laisser cet amour s'enliser dans la médiocrité », m'écrivait récemment un garçon de vingt ans. Encore une fois, l'ambivalence de cette réalité va du rien au tout, du plus sordide au plus sublime, du plus mesquin au plus bouleversant, du plus décevant au plus enchanteur. Même si, entre ces extrêmes, toutes les nuances sont possibles. Dieu seul sait s'il s'agit d'extase amoureuse ou de jeu anodin, de célébration de la vie ou d'aventure tragique, de paradis artificiel ou d'offrande, de tricherie ou de merveille, de quête égoïste du plaisir ou de don de soi... Toute condamnation qui s'adresserait à des personnes et non à des comportements serait profondément injuste. L'humiliation, en ce domaine plus qu'en tout autre, est source des plus grands désordres.

Le mal n'est pas la transgression d'un tabou qui mériterait la colère de Dieu. Ce que l'on nomme « péché » est un rétrécissement de la vie, une entrave à la joie, une diminution d'être. Que de fois, durant les retraites de fiancés, j'entendais un jeune homme ou une jeune fille me dire : « Si vous saviez comme je regrette de m'être donné(e) à droite et à gauche ! Aujourd'hui, avec l'être que j'aime, l'ombre de ces souvenirs assombrit nos moments d'intimité ! »

Le mot hébreu que l'on a traduit par « péché » évoque le fait de manquer son but, de passer à côté d'une cible. Dieu nous aime plus que personne ne nous aimera jamais. Il nous répète : « Ne passe pas à côté de la vie ! » Il est prêt à risquer Son honneur, Son existence, pour prendre notre défense si nos égarements nous valent l'indignité publique. Mais comment pourrait-Il prendre Son parti de ce qui rendrait notre vie moins noble, moins joyeuse, moins transparente ? « *Va, et ne pèche plus !* », dit-Il à la femme adultère (Jean 8, 3-11). Comme cette page d'Évangile est claire ! Comme elle nous invite à l'indulgence ! « *Que ceux qui n'ont jamais péché jettent la pierre les premiers* », dit Jésus. L'évangéliste ajoute : « *Ils partirent tous en commençant par les plus âgés.* » Ce chroniqueur ne manquait pas d'humour.

Celui qui reçoit un nombre incalculable de confidences finit par connaître le versant douloureux de la condition humaine. Que de tempêtes dans les cœurs ont pour origine une gestion anarchique du désir ! N'y a-t-il pas, sur ce chapitre, « non-assistance à personne en danger » ? L'éducation sexuelle offerte aux adolescents est le plus souvent une entreprise de dépréciation.

Ceux qui ont connu la magie de leurs étreintes le diraient par des poèmes. Ceux qui ont été déchirés par égoïsme crieraient leur colère. Celles qui ont été piégées par ignorance diraient leur chagrin.

Combien de jeunes filles enceintes malgré elles, combien d'épouses battues m'ont décrit leur vie qu'elles estimaient gâchées ! Je regrette de n'avoir pas rassemblé ces témoignages ! Comment une jeune fille peut-elle ignorer que son bien-aimé a pu vivre, avant de la rencontrer, des relations « non protégées » ? Quelle douleur de porter la souffrance à celle dont on rêvait de faire la joie ?

Lorsqu'on a entendu un grand nombre de jeunes filles raconter des relations prématurées qui ont tourné au drame, on comprend mieux les injonctions de l'Église sur ce chapitre. Inaugurer sa vie par un avortement n'est jamais anodin. Hier encore j'écoutais une jeune fille de dix-sept ans : « C'est mon copain qui m'a suppliée de me faire avorter. Dès que la démarche a été accomplie, il a téléphoné me disant qu'il avait changé d'avis. Et moi, j'ai perdu à la fois mon bébé et mon copain. Je suis démolie pour toujours. » Ses larmes étaient déchirantes. Je les raconte pour qu'elles ne soient pas vaines.

La lecture des poètes suffira-t-elle à arracher les plus jeunes aux contrefaçons de l'amour ? La conviction que l'amour du couple peut être une aventure mystique les gardera-t-elle des simulacres de l'amour ? Éluard, Aragon, Breton, Rilke, Saint-Exupéry, Claudel les délivreront-ils des conversations de collège et de caserne ? Je crois cela de toutes mes forces. C'est une parade plus efficace que les garde-fous de la colère et de l'indignation.

La neige peut être noire et laide, l'hiver, le long des artères des grandes villes en Suède ou au Canada. Serait-elle pour autant moins belle, moins resplendissante au sommet des montagnes, dans la gloire du soleil levant ?

> L'amour, c'est l'occasion unique de mûrir, de prendre forme, de devenir soi-même un monde pour l'amour de l'être aimé. C'est une haute exigence, une ambition sans limite, qui fait de celui qui aime un élu qu'appelle le large. Dans l'amour, quand il se présente, ce n'est que l'obligation de travailler à eux-mêmes que les jeunes devraient voir. Se perdre dans un autre, se donner à un autre, toutes les façons de s'unir ne sont pas encore pour eux. Il leur faut d'abord thésauriser longtemps, accumuler beaucoup. Le don de soi-même est un achèvement : l'homme en est peut-être encore incapable. Là est l'erreur si fréquente et si grave des jeunes. Ils se précipitent l'un vers l'autre quand l'amour fond sur eux car il est dans leur nature de ne pas savoir attendre. Ils se déversent, alors que leur âme n'est qu'ébauche, trouble et désordre. Mais quoi ? Que peut faire la vie de cet enchevêtrement

de matériaux gâchés qu'ils appellent leur union et qu'ils voudraient même appeler leur bonheur ? Et quel lendemain ? Chacun se perd lui-même pour l'amour de l'autre, et perd l'autre aussi et tous ceux qui auraient pu venir encore. Et chacun perd le sens du large et les moyens de le gagner, chacun échange les va-et-vient des choses du silence, pleins de promesses, contre un désarroi stérile d'où ne peuvent sortir que dégoût, pauvreté, désillusion[59].

Les revues débordent de longs articles sur la sexualité devenue aujourd'hui un bien de consommation. Il n'est plus question d'époux ou d'épouse ; ce serait introduire une fidélité là où la variété est plus « tendance ». On parle de « partenaires » comme s'il s'agissait d'un sport. L'art de jouir vient au premier plan. L'orgasme laïque et obligatoire efface toute poésie. Alain Guillebaud a écrit un grand et beau livre à ce sujet : *La Tyrannie du plaisir*. De nombreux psychanalystes voient venir des hommes et des femmes qui réclament des recettes vers le « toujours plus » et par tous les moyens.

Je suis effaré de ce que je vois. Nous vivons dans une société qui fait croire qu'on peut et qu'on doit faire du sexe sans limites. La libération sexuelle a fait sauter tous les carcans, mais nous a laissés sans repères. Attention à une sexualité indifférente du cœur[60] !

Les prouesses des marathoniens de l'orgasme nous éclaireront-elles sur le dialogue amoureux qu'eurent Juliette et Roméo avant que chante le rossignol ?

Les confidences que j'entends de la part des jeunes sont terriblement désabusées. La pseudo libération sexuelle n'a même pas repeint les barreaux de leur cage. Les statistiques du « sexuellement correct » laissent les chercheurs d'absolu sur leur faim. « S'il suffisait de coucher pour communiquer, ça se saurait », me disait une jeune femme qui avait dépassé le score des cinquante amants.

Il faut être « dans le vent », mais quel vent ? Celui de la tristesse ? Il faut être « branché », mais sur quelle prise ? Celle d'une normalité codifiée ?

Tout cela n'est pas si nouveau ! Lorsque j'avais vingt ans, un adjudant venait régulièrement dans la chambrée inviter les jeunes volontaires à le suivre pour aller dans les bordels les plus convenables. Personne ne songeait à s'en offusquer.

Je tentais de m'immuniser en lisant Saint-Exupéry. La lecture du livre *Citadelle* fut une révélation. Je le lisais au milieu d'une chambrée grouillante de conscrits de la classe 50. La médiocrité des conversations était à pleurer. À travers les pages une voix répétait : « Il faut réveiller l'archange qui dort sur son fumier. » Oui, il y avait en chacun une part divine qu'il fallait sauver ! C'était plus important que tout au monde !

> Je désire faire que votre amour soit découverte d'un empire et non saillie d'un bouc[61].
>
> Quand le soldat se laissait prendre, l'amour se consommait dans le délabrement le plus amer… Le soldat achetait à ce fantôme le droit de ne plus songer à l'amour… Il se retrouvait sur la terre, refermé en soi-même, dur et méprisant, ayant pour quelques heures décoloré son seul trésor dont il ne soutenait plus la lumière[62].

L'humanité n'a guère changé. Un aumônier de la Marine me disait hier : « Lorsque nous débarquons dans un port d'Afrique, la coutume veut que des marins amènent le plus jeune dans une maison de passe. »

Je n'en veux à personne. Je crois seulement que les champignons empoisonnés ont un effet nocif et qu'il vaut peut-être mieux prévenir que guérir.

★

Je célébrais l'Eucharistie récemment dans une prison d'hommes. Je demandai au directeur quels étaient les principaux motifs des incarcérations : « Un tiers pour vol, un tiers pour trafic de drogue, un autre tiers pour pédophilie. »

N'y a-t-il pas quelque incohérence à allumer des feux et à chercher à les éteindre en même temps ? Oublierai-je ces jeunes rencontrés à l'hôpital, vaincus par le sida, proches de la fin, me tenant des propos semblables : « Auprès de qui porter plainte pour non-assistance ? »

Refoulement ou sublimation

Les Béatitudes selon Jésus sont, en ce domaine comme dans tous les domaines, les conditions du vrai bonheur (Matthieu 5, 3-12 ; Luc 6, 20-23).

« *Heureux les pauvres…* » Le mot « pauvre » est une faible traduction de l'hébreu *anaw*. Il n'y a pas d'extase pour celui qui est riche de lui-même, imbu de sa personne, rivé à ses complexes.

« *Heureux les doux…* » On ne violente pas l'autre. On cherche à entendre son désir caché. On écoute battre son cœur.

« *Heureux les cœurs purs…* » Là encore la traduction de l'hébreu prête à confusion ! Il faut être transparent, réceptif aux choses et aux personnes pour être heureux. Il n'y a de bonheur que dans la transparence, la mise en veilleuse du mental, de l'interprétation, du jugement.

★

Je cède la plume à Jean-Louis Barrault. Le texte qui va suivre exprime si bien ce que je cherche à suggérer :

> Si, après l'accouplement, l'angoisse renaît, si le sentiment de solitude revient, il n'y a pas de miracle, l'amour a passé simplement. Il s'agissait de l'amour des corps. Cet amour peut renaître, devenir passion, connaître des sommets érotiques, mais il reste sans véritable prolongement. Si, au contraire, à la place de l'angoisse et de la solitude, on découvre, dans ce ciel noir traversé de traînées de feu, non plus seulement un être, mais une présence, c'est que le miracle de l'amour a eu lieu. C'est qu'il existait dans le monde quelqu'un à qui nous étions destiné et qui nous était destiné ; quelqu'un comme une serrure dont nous étions la clef ; quelqu'un comme une clef à qui nous apportions une serrure.
>
> À ce moment, il se produit une métamorphose, une mutation, une transposition, une véritable naissance, un acte qui transforme le non-Être en Être, c'est-à-dire un acte qui signifie poésie, c'est-à-dire un acte qui signifie Amour.
>
> Faire l'amour devient un chant qui célèbre la communion avec la vie. Ce n'est plus simplement une fin en soi, c'est une attestation.
>
> ...Pour se maintenir au niveau de l'Amour, entre le céleste et le vulgaire, entre la vie immortelle et la mort, il ne faut pas cesser de consolider ce qui se lézarde, de cultiver ce qui s'enfriche.
>
> ...C'est cet Amour qui transfigure tout et donne une forme poétique à tout ce qui nous entoure[63].

*

Par un retour de balancier dont l'histoire des civilisations a le secret, le laxisme d'aujourd'hui prépare un nouveau puritanisme. Entre les deux abîmes : mépris ou idolâtrie du charnel, ne pourrait-on pas tenter de se maintenir sur une ligne de crête, éviter deux vertiges ?

Un renversement de mentalité commence à s'opérer. Des filles et des garçons en « cohabitation juvénile », des femmes et des hommes mariés observent aujourd'hui des « jeûnes sexuels ». Pour échapper à la pression sociale du sexe partout et à tout prix. Pour sortir l'amour de la catégorie « grande consommation » et lui rendre sa qualité de plaisir de luxe. Voici ce que j'ai trouvé dans une revue très moderne, consacrée à l'art d'être bien dans sa peau :

> On ne perçoit plus l'abstinence comme un manque, mais au contraire comme une phase indispensable et nécessaire de la libido. On redécouvre dans la chasteté les vertus de contrôle, de maîtrise de soi, de respect de l'autre, d'équilibre.
>
> La continence involontaire est de l'ordre de la frustration. La continence volontaire est choisie. Mourir de faim ou choisir de refuser de la nourriture pour un meilleur équilibre, ce n'est pas la même chose…
>
> Contre les puissances de pression de la société, c'est une rébellion douce qu'ils inventent, c'est une liberté personnelle qu'ils arborent. La religion du tout pour le sexe leur paraît aussi cinglée que celle des interdits. C'est une même insupportable pression.
>
> Des témoignages abondent ! "Ras le bol de ce tintamarre autour de la sexualité… J'ai décidé d'arrêter complètement… Ça surprend comme si je venais d'une autre planète, d'une civilisation plus avancée." "Je suis devenue continente… Cela m'a complètement

transformée. Les hommes ne me regardent pas de la même manière. Comme s'ils se rendaient compte que je suis dans un monde différent, plus haut. Les vrais rapports humains valent mieux que tout..." "La continence est le rituel qui vous prépare aux préludes de la fête." Il faut apprendre à respecter les rythmes biologiques... sinon, c'est le stress. Notre sexualité naturelle comporte des phases actives et des phases de repos[64].

Lorsqu'un pape exprime des avis semblables, pourquoi provoque-t-il tant d'ironie ? Peut-être est-ce seulement une question de mots ! Le pape s'exprime pour cent cultures diverses. C'est aux pasteurs qu'il appartient de « traduire » ces documents d'éthique pour chaque groupe ou pour chacun. Au sujet de l'inévitable préservatif un de mes amis me disait hier : « Est-ce aux évêques de dire : "N'oubliez pas vos moufles lorsque vous sortez dans la neige" ? »

Le comportement humain, sur ce terrain, a des répercussions imprévisibles sur l'harmonie de la personnalité tout entière. S'installer délibérément dans l'anarchie, c'est voir l'horizon s'assombrir. Refouler un élan, c'est risquer de le voir surgir de façon sournoise. Les rouages de la vie sociale, professionnelle, politique, familiale sont ensablés de frustrations et de tensions qui ont pris naissance à la racine de cette énergie. Dieu est humilié partout où l'être humain est humilié. Le combat pour la dignité de la personne humaine se joue aussi dans ce domaine-là !

Les réflexions amères de nombreuses femmes mettent en lumière non pas, comme on le croit, l'égoïsme masculin, mais l'ignorance, l'absence de connaissances dans ce registre. J'ai connu des hommes qui ont accompli des prouesses dans le domaine professionnel et qui se trouvaient ici pris au dépourvu. Le plus souvent leur éducation sexuelle fut bâclée ou nulle.

Au cours des retraites que je prêche, j'entends assez souvent les confidences d'hommes et de femmes dont le couple est en perdition. Le manque d'accord dans le domaine des relations touchant à la sexualité conduit à des ruptures dramatiques. Des consultations chez des thérapeutes ont souvent sauvé le couple. D'autres fois des sexologues y ont perdu leur latin. L'éducation trop permissive, les images négatives que l'on se fait de l'union intime de ses parents, la séparation du couple parental sur un mode humiliant, une violence faite à une adolescente, et quelques autres paramètres provoquent des dysfonctionnements dont la guérison peut être problématique.

Tant que l'éducation n'aidera pas les jeunes à sortir de l'influence délétère de certaines émissions ou revues, on peut craindre chez beaucoup une véritable aversion pour ce qui est lié au corps. « Je voudrais que mon corps exprime un désir et non un besoin » est une doléance que j'ai entendue cent fois.

Certains propos m'ont appris combien la misère sexuelle était cause de souffrances pour de nombreux couples. Des femmes et des hommes frustrés se vengent inconsciemment par un comportement pointilleux, agressif, revendicatif.

D'autres confidences m'ont révélé quelle gratitude immense peut monter au cœur de ceux qui ont connu, par la délicatesse de leur bien-aimé(e), les extases de l'amour. Ces couples-là, moins rares qu'on le croit, sont solides comme le roc.

Ce que j'entends me révèle d'étonnantes variétés de situation. « Mon épouse et moi, après dix ans d'étreintes passionnées, nous avons trouvé une autre dimension, une tendresse moins possessive. » « La vie à deux comporte des montagnes de difficultés, de conflits… S'il n'y avait pas ces océans de plénitude, cela ne tiendrait jamais ! Comprends-tu ? »

Je crois en avoir assez entendu pour comprendre celui ou celle qui se dit : « Si je lui manque de respect pendant la journée, il (elle) fera grève ce soir. Mieux vaut ne jamais être pris en défaut. »

J'extrais quelques lignes d'un très beau livre sur le couple :

> Sans la parenthèse sexuelle la monade humaine se tiendrait calfeutrée à l'abri des tempêtes et des découvertes : la sexualité est une aventure. S'il nous arrive de désirer quelque retour à la paix originelle (l'androgyne), c'est pour nous reprendre aussitôt et bénir l'incomplétude créatrice dans laquelle la réalité nous a placé… La vie est innovation parce qu'elle est inachèvement[65].

L'être humain est un être de désirs. Il ne peut être heureux qu'avec des joies qui se multiplient et augmentent du fait d'être partagées : relations avec des personnes, avec la nature, relations où l'on accueille l'autre comme un miracle.

S'il oriente son désir vers la relation amoureuse et qu'il est déçu, il lui faudra trouver d'autres sources de bonheur. Hélas ! souvent, l'être humain se dirige par compensation vers des satisfactions de drogue (alcool), de pouvoir ou d'argent !

« Je suis dans le Cœur de Dieu »

Nous passons notre temps à rejeter Dieu hors de nos frontières. « Notre Père qui êtes aux cieux, restez-y », dit avec ironie Jacques Prévert. Mais si les cieux étaient au cœur du réel ? Si les cieux étaient l'âme de la vie ?... Pourquoi le Créateur serait-Il exclu de ce qu'Il y a créé ?

> L'amour ne donne que de lui-même et ne prend que de lui-même.
> L'amour ne possède pas et ne veut pas être possédé, car l'amour suffit à l'amour.
> Quand vous vous aimez, vous ne devez pas dire : "Dieu est dans mon cœur",
> mais plutôt : "Je suis dans le Cœur de Dieu."
> Et ne pensez pas que vous pouvez guider le cours de l'amour,
> car l'amour, s'il vous trouve digne, dirigera votre cours[66].

Comment ceux qui se reconnaissent enfants du Créateur pourraient-ils se sentir les moins enchantés de Sa création ? « *Dieu ne méprise rien de ce qu'Il a fait* » (Sagesse 11, 24). L'amoureux peut, dans un moment de tendresse, reconnaître le vrai visage de l'être aimé à la lumière de l'Éternité, et se reconnaître lui-même justifié d'exister... Il a trouvé la clé de l'univers.

Il préparera avec plus de ferveur le monde de l'au-delà, celui qui sait à quelle fontaine on s'y abreuve. Il découvrira combien Dieu S'y connaît en joies. L'extase amoureuse est ce qu'il y a au monde de plus intense. Pour ceux qui n'ont foi en aucun Dieu, il leur reste cela... Lorsque ce lien s'amenuise ou disparaît, il ne leur reste plus rien !

Séparer délibérément l'acte amoureux de l'amour, c'est le séparer de sa source et en faire une mare qui sent le croupi. Celui qui s'y aventure risque de perdre la joie. Pourquoi avoir, à son égard, la moindre nuance de reproche ou de mépris ? Comment pourrait-on condamner quelqu'un parce qu'il est malheureux ? Saint Augustin disait, paraît-il, que les fautes en ce domaine sont moins des fautes que les symptômes d'un désordre plus essentiel. La rupture d'avec Dieu entraîne d'autres ruptures.

> Plus la sexualité fonctionne indépendamment de l'amour, plus elle devient prosaïque, et plus la personne humaine tend à se briser en deux parts dont l'une, réprimée, méprisée et honteuse, se ronge en névrose. Agressivité et frustration sont les deux faces d'une même réalité : le désespoir de ne pouvoir aimer émerge sous forme de nihilisme destructeur[67].

★

Les produits du photographe « révèlent » l'image d'une photo. La mauvaise ou la bonne entente dans un couple trouve dans les moments d'intimité un « révélateur ». Il faut peut-être autant de générosité pour accueillir la joie que pour consentir à une douleur inévitable. Découvrir notre propre avarice de cœur ou quelque narcissisme ne devrait être, en aucun cas, source de déprime. Peu importe l'étape où chacun se trouve aujourd'hui dans l' aventure de la vie. Ce qui compte, c'est sa trajectoire. Mieux vaut être dans la plaine et contempler les cimes avec le désir d'y accéder que d'être bien haut et ne plus bouger.

À œuvre surnaturelle, moyens surnaturels. La porte étroite conduit à la plénitude de la vie et de la joie.

Lorsqu'on en aura fini avec le mépris de la chair, lorsqu'on ne parlera plus au sujet de l'étreinte de ceux qui s'aiment « d'acrobaties sans aucune dignité », alors le mariage retrouvera sa grandeur de sacrement. Il y va de l'honneur de Dieu. Il y va de l'équilibre humain.

Heureux ceux qui ont eu des parents qui s'aimaient, ceux qui les ont vus s'aimer ! Heureux ceux qui sont nés de cet amour et qui le savent !

Peut-on s'imaginer la blessure d'une enfance qui se déroule entre un homme et une femme jumelés par la « coutume » ou par l'instinct seul ? Si le berceau de l'être humain n'est pas fait de tendresse, l'enfant sera blessé. Il faut réinventer l'amour. D'innombrables groupes comme les Foyers-Notre-Dame, et les centres de préparation au mariage s'y emploient. Bientôt, peut-être, des fiancés suivront des retraites de trois ou quatre mois. Ce seront là les plus beaux moments de leur vie à deux et ils en sortiront transfigurés.

Une conversion ininterrompue permettra d'entendre un jour le chant de l'aurore du monde. Pour la création de l'univers, des galaxies, des planètes, la Bible se contente d'une admiration mesurée : « *Dieu vit que cela était bon.* » De même pour la création des espèces animales. Mais lorsque le couple humain fut créé, Dieu applaudit vraiment : « *Dieu vit que cela était magnifique.* » (Genèse 1, 31) Le Créateur était ébloui par ce qu'Il venait d'inventer !

L'amour humain et l'amour de Dieu envers chacun de nous, loin de s'exclure, sont tissés dans la même étoffe. Comment a-t-on pu mettre en concurrence ce qui ne fait qu'un ? Voilà bien une des causes de l'athéisme ! Un Dieu méprisant ce qu'Il a créé ! Un grand nombre de croyants, s'ils étaient sincères, pourraient modifier la première page de leur Bible évoquant la création du couple : « Et Dieu vit que cela n'était pas bon du tout. »

Le puritanisme, qu'il soit juif, chrétien ou musulman, déshonore Dieu, Le défigure. Une religion dont le Dieu parle et agit au détriment de l'homme est une catastrophe. Le puritanisme engendre le laxisme et le laxisme appelle le puritanisme.

★

À l'adolescent que je fus, on a montré l'amour humain comme un corps déchiqueté, une image en miettes. La chair était sans cœur, le cœur était désincarné. Le sexe était honteux. L'âme était le tout de l'homme. Le corps était maudit. Les balbutiements du désir nous vouaient aux flammes de l'enfer. Les sentiments étaient nobles, les sensations perverses. La femme était un mystère ou un piège, un ange ou un démon. Mon époque était lourde de toutes les hérésies. Entre les frémissements asexués des romantiques et les chansons paillardes des salles de garde, quel espace nous restait-il ?

Le désir-passion, le désir-objet, le désir-sortilège, le désir-malédiction, le désir-fleur bleue ont besoin de passer par un baptême pour être régénérés.

D'autres erreurs succéderont aux précédentes. Les vérités qui rendent les hommes libres seront toujours conquises pied à pied sur un gâchis qui prolifère.

★

C'est sur des notes du poète Éluard que je pose le point d'exclamation final de ce chapitre.

> Et grâce à tes sourires qui lavaient mon sang
> J'ai de nouveau vu clair dans le miroir du jour
> Et grâce à tes baisers qui me liaient au monde
> Je me suis retrouvé faible comme un enfant
> Fort comme un homme et digne de mener mes rêves
> Vers le feu doux de l'avenir[68].

Et la douceur d'aimer répond de l'avenir
... Le désespoir a beau creuser la nuit
Les mystères noircir jusqu'à l'os l'insomnie
Des rêves se font jour qui sont beauté bonté
D'un côté de mon cœur la misère subsiste
De l'autre je vois clair j'espère et je m'irise
... Je lutte je suis ivre de lutter pour vivre
Dans la clarté d'autrui j'érige ma victoire[69].

Pourquoi ne pas entendre Dieu nous dire « Je t'aime » en reprenant les mots des poètes ?

Comme un jeune homme met sa joie en celle qu'il aime,
Je mettrai Ma joie en toi. (Isaïe 64, 5)

Je te renouvellerai dans ton amour,
Je danserai pour toi avec des cris de joie. (Sophonie 3, 17)

9

Du feu sur la neige

> Le sage doit rechercher le point de départ de tout désordre. Où ? Tout commence par le manque d'amour.
>
> MO TZU

La psychanalyse observe la dépendance de l'être humain à l'égard de son environnement affectif durant ses premières années. Elle a mis en lumière le fait que l'enfant privé des caresses, des baisers, de la voix douce de ses parents se développait plus difficilement que celui qui en était pourvu. Les premiers mois de notre vie, nous sommes vulnérables aux émotions de privation. Le bébé pleure si ses besoins élémentaires ne sont pas assouvis. Parfois il éprouve des pulsions agressives à l'égard de ceux qui sont censés répondre plus rapidement à ses attentes. Notre petite enfance fut marquée par le refoulement. On nous refusait le lait au moment où nous le voulions. On nous l'imposait lorsque nous ne le voulions pas. Des émotions et des cris répondaient souvent à nos cris et à nos émotions. Nous n'étions pas assez conformes aux désirs de nos parents.

La perte de l'amour était perçue comme un drame absolu. Il fallait ruser pour plaire. Les peurs et les désirs frustrés sont demeurés vivaces en nous. Ces premières émotions laissent des traces. Les comportements de l'adolescent peuvent en être marqués. Ces souvenirs créent un prisme qui modifie la perception de la réalité. Nous ne voyons pas les êtres et les événements en toute impartialité. Les parents et les amis peuvent s'en rendre compte : « Tu te fais des idées. »

Comment faire resurgir à chaud ce qui s'est imprimé à chaud sinon par un dialogue avec une personne compétente et bienveillante, capable d'écoute, c'est-à-dire d'amour ?

> Aucune attitude volontaire chez l'analysant ne peut avoir de résultat bénéfique. Sans une authentique compassion il est probable qu'aucun geste, aucune attitude ne se montrera efficace[70].

Dans le règne animal, parfois si la mort vient arrêter la vie des parents, les petits ne survivront pas. Chez les humains le manque est multiplié à l'extrême. Nos parents ne nous ont pas seulement procréés, ils ont maintenu notre vouloir vivre, ils nous ont rendus aptes à l'existence.

Mon père et ma mère ont quitté cette planète depuis plus de vingt ans. Si nous savions tout ce que nous devons à nos parents, comme nous aurions à cœur d'être plus attentifs, plus aimants, plus présents, plus soucieux de reconnaître le prix de leur existence ! Mon père incarnait le bon sens, l'ordre, la rigueur, la fermeté. Ses lettres, trop rares, toujours tapées à la machine, s'achevaient par le seul mot écrit de sa main devenu pour moi un mot magique : Tendresses.

Le sort des humains varie entre ceux qui ont eu des liens chaleureux avec leurs parents et ceux qui ont vécu leur enfance dans l'incompréhension et l'indifférence.

Cette expérience commune à tous, riches ou pauvres, célèbres ou obscurs est la preuve la plus évidente de la place centrale de l'amour. Lorsque la souffrance d'un deuil ou d'un échec est devenue trop déchirante, on peut être acculé à suivre une psychanalyse. C'est une thérapie longue et difficile. Un transfert d'émotions s'établira avec le psychanalyste. Ce que l'on a vécu dans les profondeurs de l'inconscient peut être vécu à nouveau de façon consciente. Avant d'unir sa vie à une autre vie, il n'est pas inutile d'aller « visiter sa cave ».

Le paradis des amours enfantines

Bien avant d'apprendre que le mot Dieu et le mot Amour ne faisaient qu'un, je vivais tendu vers ce mystère. Tendresse incomparable d'une grand-mère aux cheveux aussi blancs que la neige. Elle était peintre. Grâce à elle je peignais des journées entières à l'âge de cinq ans ! Tendresse d'une tante venue à mon chevet de malade m'offrir un livre d'images, *Elmer le petit éléphant*, lorsque j'avais neuf ans. Tendresse de ceux qui semblaient se réjouir de ma joie ou être peinés de ma peine. Ces souvenirs m'ont mis au monde. Ma mère veillait sur ma sœur, mon petit frère et moi lorsque nous allions au jardin Lecoq, sur le cours Sablon, à Clermont-Ferrand.

Comment l'enfant comprendrait-il les exigences nécessaires s'il ne les comprend pas lorsqu'elles sont données avec de douces paroles ? Il faut assortir les reproches de leur code. « On ne t'en veut pas. Nous savons seulement que plus tard, pendant dix, vingt, quarante, soixante ans, tu peineras trop durement si tu ne connais ni l'ordre, ni l'effort, ni le travail accompli jusqu'au bout, ni les soins dentaires, ni la colonne vertébrale droite, ni le renoncement à la cigarette, ni l'exactitude... » Combien de parents pourraient ajouter : « C'est le plus souvent à nos dépens que nous avons appris nous-mêmes ces choses parce qu'il n'y eut personne pour nous les dire, hélas ! »

J'avais hérité de ma mère un tempérament bohème. Mon père appelait cet art de vivre du je-m'en-foutisme. À ses yeux, j'étais recalé. Je m'en voulais terriblement d'être moi. Je me sentais coupable en permanence. Les tempêtes dans les verres d'eau rendaient l'amour à la fois rare et infiniment précieux. Je me demande souvent si ceux qui sont trop comblés d'amour peuvent en reconnaître l'enjeu.

Ma mère m'expliquait la sévérité de mon père : « C'est pour ton bien qu'on te fait la guerre. Tu nous en sauras gré plus tard. » Aimer, c'était cela aussi, bien sûr : les reproches, les punitions... Hélas ! je n'avais pas le code ! Il me fallut attendre l'âge de vingt ans pour découvrir en quels sentiments me tenait mon père. Un de ses amis m'avait montré une lettre de lui qui me fit pleurer de joie.

L'ouverture à la générosité commence tôt dans notre vie. Permettre à un petit enfant de se réjouir en partageant avec un autre, frère ou sœur, l'amour de ses parents, c'est lui donner accès au plus grand de tous les trésors. La pédagogie de la générosité réclame une certaine délicatesse. Dire à un enfant : « Sois gentil avec ton petit frère, sinon tu recevras une raclée » ou « Ne me coupe pas la parole quand je parle, sinon tu auras une gifle » a peu de chance de décider cet enfant à devenir plus aimant.

Un souvenir émerge de l'année de mes sept ans. Une large banderole en haut d'un mur de la classe livrait un message en lettres d'or : « *Aimez-vous les uns les autres.* »

Le grand privilège de mon enfance fut d'avoir eu quatre frères et une sœur. Avec les parents, les grands-parents, les oncles, les tantes, les cousins, les cousines, cela formait une vaste tribu. L'attention à autrui n'était pas facultative. Les restrictions de la guerre donnaient à notre existence l'allure d'une grande aventure. Jamais je n'ai été si heureux durant mon enfance qu'en faisant la tournée des fermes pour rapporter à la maison de quoi manger. Pour le moindre litre de lait il fallait faire la queue. C'était merveilleux de se sentir utile.

Je dois beaucoup à un mouvement de jeunesse fondé au début de ce siècle par un anglais, Baden-Powell. Je ne connais aucune école de bonheur, de vie et de responsabilité comme celle qui nous fut donnée par le scoutisme des années quarante !

« On apprend dans le scoutisme l'organisation et le don de soi, le sang-froid, le courage et la patience », écrit dans ses mémoires Farah Pahlavi, ex-impératrice d'Iran. À mes yeux, on y apprenait beaucoup plus.

Qu'y avait-il de si important dans cette vie en bande que nous offrait le scoutisme ? L'amour fut enseigné quotidiennement aux petits sauvages que nous étions. Dès la première phrase notre prière quotidienne était tout un programme : « Seigneur Jésus, apprenez-nous à être généreux… » La loi de notre instinct était : « moi d'abord ». Elle devenait peu à peu : « les copains d'abord ».

« Le louveteau fait chaque jour un plaisir à quelqu'un. » « Le scout est l'ami de tous et le frère de tout autre scout. » Telle était la clef de voûte de notre univers ; faire plaisir, créer des liens. Les journées étaient aimantées. La cuisine au feu de bois, les grands jeux, les descentes à ski, les longues marches au clair de lune, les milliers d'heures à chanter dans le soleil, le vent, la pluie, la neige. Tous les pas avaient un sens.

Un chant de cette époque exprimait et fortifiait notre enthousiasme :

> C'est si simple d'aimer
> de sourire à la vie…

Est-ce si simple d'aimer ? Nous sommes là sur une petite planète perdue dans l'espace infini pour apprendre le goût de l'autre, pour apprendre à écouter le chant de son cœur. Tout apprentissage est une conquête ! Toute conquête est laborieuse. Rien n'est plus difficile que d'aimer.

J'ai été tellement heureux sur cette terre par la magie de la camaraderie, de l'amitié, de l'affection, de la solidarité, de l'union à Dieu, ces facettes d'un même diamant. J'ai été malheureux, à vouloir mourir, par le gâchis de relations faussées, gâchées, interrompues, brisées, perdues. Depuis que je suis né, je ne suis que « quête d'amour » sur deux pattes. En cela au moins, frères humains, je suis bien votre semblable.

À l'âge de neuf ans j'assistai au début de la guerre la plus meurtrière de l'Histoire. Mais le danger qui pesait sur notre avenir nous rapprochait tellement les uns des autres ! Même sous les bombardements j'éprouvais un sentiment de plénitude. Auprès de moi, dans l'abri souterrain, se trouvaient des gens que j'aimais. La guerre pouvait bien tuer nos corps, mais elle n'avait aucun pouvoir sur nos cœurs.

En 1943, les soldats de la Wehrmacht occupèrent notre maison. La Svastika flottait partout dans Saint-Jean-de-Luz. Les bruits de bottes étaient quotidiens. Mon pays était divisé entre ceux pour qui le nazisme était le mal absolu, et ceux pour lesquels il était un moindre mal, le rempart contre un mal encore plus grand : la peste rouge.

Des milliers d'hommes et de femmes ont pris tous les risques pour sauver nos vies et nos raisons de vivre ! « Ceux qui croyaient au ciel et ceux qui n'y croyaient pas » communiaient dans une même urgence : sauver l'Homme. N'était-ce pas là avant tout une formidable histoire d'amour ? À quatre ou cinq années près, j'aurais pu partir au « maquis ». Lorsque je regarde des films de cette époque j'éprouve une secrète nostalgie. Cela ne coûte pas trop d'être héroïque lorsqu'on a dix-sept ans ! Je me perdais dans les amours tragiques de Werther et de Charlotte pendant que des copains à peine un peu plus âgés réceptionnaient des armes dans la nuit.

*

Dès mon enfance mes premières pensées et mes premiers soucis ont été : Comment aimer ? Pourquoi aimer ? D'où vient l'amour ? À qui l'amour doit-il s'adresser en priorité ?

L'année de mes treize ans, mon grand-père, veuf, m'emmenait avec lui dans toutes ses visites à des femmes merveilleuses, souvent veuves, qui avaient pour lui une très pure vénération. J'écoutais silencieux et émerveillé leurs conversations. L'une d'elles m'a offert un livre d'un pasteur. J'avais recopié des passages :

> Dans l'amour toutes les questions sont résolues. Aime ceux qui souffrent. Prends sur toi leur fardeau, entre dans le feu. Près de quelqu'un qui vous aime, on n'est pas loin de Dieu[71].

J'ai sous les yeux un livre de poèmes de celle que j'appelais « tante Jeanne ». De la préface de Francis Jammes, j'extrais ces quelques lignes : « Je ne sais si j'ai rencontré jamais de femme qui ne fût point poète. Mais comme la circulation de la sève est intense chez vous ! Comme elle vibre !... Votre royaume, Jeanne, c'est toujours l'antique domaine abandonné, les âmes qui ne trouvent pas ici-bas de demeure permanente, les déceptions de la terre et les désirs du Ciel. Votre main écrit comme votre cœur palpite... Aucune poétesse ne m'a donné davantage cette impression que l'on peut naître avec un laurier enfoncé dans le cœur. »

Jeanne me lisait ses poèmes à chaque visite. C'était un enchantement.

Un enfant n'invente pas les valeurs, mais parmi les propos qu'il entend, il fait un choix libre. Lorsqu'on parlait d'amour, je tendais l'oreille, je captais ce que j'entendais. On me disait distrait. J'étais distrait en effet de tout ce qui n'était pas l'élan d'un cœur vers un autre cœur.

La littérature, les chansons et la religion étaient en harmonie pour nous éblouir avec les variantes du verbe aimer. Qu'y avait-il de commun entre l'amour de Rodrigue, celui des « chagrins d'amour qui durent toute la vie », « l'amour sacré de la patrie » et celui de Jésus qui répète « *aimez-vous* » ? Rodrigue veut-il le bonheur de Chimène comme Jésus veut nous voir contribuer au bonheur de nos semblables ? Le prochain nous sera-t-il jamais aussi sacré que Chimène l'était pour Rodrigue ?

La Carte du Tendre était un pays déconcertant avec ses plaines, ses marécages, ses sommets.

Tout ce qui n'était pas l'amour n'était pas vraiment important à mes yeux. Je ne voyais pas trop comment l'amour pouvait animer les mathématiques sinon que j'avais demandé à suivre des leçons particulières en cette matière pour être une heure de plus avec une camarade de classe. En sciences naturelles, la fécondation, fût-elle chez les fougères, n'était-elle pas une question d'amour ? Et en physique les éléments qui composent les atomes n'exercent-ils pas une attraction ou un charme les uns sur les autres ? L'amour de la vie n'est-il pas la première motivation des recherches scientifiques ? Dans les langues étrangères, la plupart des textes ne parlaient que d'amour ; Werther et Charlotte, Roméo et Juliette, Dante et Béatrice…

L'amour était le sujet favori des professeurs de français. À treize ans je savais par cœur plus de trois cents vers du *Cid* de Corneille. Je rêvais de vivre la passion de Rodrigue pour Chimène.

> Ton malheureux amant aura bien moins de peine
> À mourir par ta main qu'à vivre avec ta haine.

L'année suivante je me laissai emporter par la passion étrange de la *Phèdre* de Racine

> Je le vis, je rougis, je pâlis à sa vue ;
> Un trouble s'éleva dans mon âme éperdue.
> Mes yeux ne voyaient plus, je ne pouvais parler.
> Je sentis tout mon corps et transir et brûler.

L'apprentissage du français semblait n'avoir qu'un seul but : nous permettre de pressentir les sortilèges de l'amour. Je raffolais de Musset et de ses aventures avec George Sand.

> Tous les hommes sont menteurs, inconstants, faux, bavards, hypocrites, orgueilleux et lâches, méprisables et sensuels ; toutes les femmes sont perfides, artificieuses, vaniteuses, curieuses et dépravées : le monde n'est qu'un égout sans fond où les phoques les plus informes rampent et se tordent sur des montagnes de fange : mais il y a au monde une chose sainte et sublime, c'est l'union de deux de ces êtres si imparfaits et si affreux. On est souvent trompé en amour, souvent blessé et souvent malheureux : mais on aime, et quand on est sur le bord de sa tombe, on se retourne pour regarder en arrière, et on se dit : J'ai souffert souvent, je me suis trompé quelquefois, mais j'ai aimé. C'est moi qui ai vécu, et non pas un être factice créé par mon orgueil et mon ennui[72] .

Une part de mes loisirs se passait à écrire des poèmes. Je les cachais dans les troncs des arbres comme des prières glissées entre les pierres du mur des lamentations.

Un de mes professeurs de français, en classe de troisième, était fasciné par le personnage d'Emma Bovary. Je me souviens du ton de sa voix lorsqu'il lisait cette phrase du roman de Flaubert : « Cet amour scintillait comme dans une steppe de Russie un feu que des voyageurs disparus ont laissé sur la neige. » L'amour était magnifique et menacé. Dans ce monde glacé il avait la beauté, la chaleur, l'éclat et la fragilité d'un feu abandonné dans la neige et la nuit !

L'amour n'existerait pas si on n'en parlait pas, a-t-on dit ! Qui sait ? J'ai vécu en lien avec des sociétés primitives. Ce qui m'a le plus intrigué, c'est le poids des coutumes. Les individus dans ces tribus semblaient reliés les uns aux autres comme les abeilles d'une même ruche.

Parmi les plus fortes empreintes reçues à l'âge de quinze ans, l'âge où l'on construit les piliers de son univers, comment ne pas évoquer trois films : *Les Hauts de Hurlevent*, *Les Visiteurs du soir* et *Sortilèges* ?

Dans *Les Hauts de Hurlevent*, Laurence Olivier joue superbement le rôle de Heathcliff, un jeune sauvageon. Les deux amants courant dans les bruyères semblaient pouvoir défier tous les obstacles dressés contre leur affection. Cathy finit par obéir aux lois de sa caste et en épouse un autre. Elle en meurt. Heathcliff devient fou et retrouve Cathy au-delà de la mort.

Les Visiteurs du soir me laissèrent une trace encore plus profonde. Je ne peux oublier le visage de Gilles (Alain Cuny) chantant, genou en terre :

> Le tendre et dangereux visage de l'amour
> m'est apparu un soir après un trop long jour.
> Peut-être était-ce un archer avec son arc
> ou bien un musicien, avec sa harpe.
> Je ne sais plus, je ne sais rien.
> Tout ce que je sais, c'est qu'il m'a blessé…
> qu'il m'a blessé, touché au cœur et pour toujours.
> Brûlante, trop brûlante blessure de l'amour.

Tandis qu'il chante, le visage d'Anne, fiancée malgré elle à un butor, se transfigure peu à peu. Quelle beauté dans ce visage !

Gilles, ange de Satan, envoyé sur terre pour détruire des couples, se trouve pris au piège de l'amour. Anne, par le charme qu'elle exerce sur lui, l'a métamorphosé. Satan (Jules Berry) viendra châtier Gilles. Il sera mis au cachot, enchaîné. Satan lui propose un marché : « Ton amour pour Anne devra être arraché totalement de ta mémoire. Alors tu seras libre. » Gilles, rendu amnésique, se dirige vers une fontaine où il retrouve Anne.

Sans la reconnaître, il revit la rencontre qu'il avait déjà vécue avec elle auparavant. Il redit les mêmes paroles : « Comme cette eau est fraîche, comme votre bouche est fraîche elle aussi. »

Du film *Sortilèges* je me souviens surtout d'un homme qui s'avance dans la neige avec une femme dans les bras. Leurs voix s'unissent en chantant *Aux marches du palais*...

Ces trois films magnifiaient l'amour humain le plus noble, le plus intense. Ils incrustaient en moi, pour toujours, un certain regard à la fois pathétique et sublime.

Mystère de l'adolescence

L'adolescent que je fus donnait à l'amitié la priorité. Ces amitiés n'étaient pas toujours simples. À l'âge de quinze ans un voyage avec un ami fut une épreuve : mille kilomètres à vélo à travers la France, durant un mois. Nous n'étions jamais d'accord, Gérard et moi, sur les lieux où nous pourrions planter notre tente pour la nuit. Je m'étais entiché des petites rivières et des lacs ; il fallait coûte que coûte s'arrêter là. Notre amitié a failli se briser sur ce détail. Je découvrais combien nos ego rétrécis font obstacle à la magie de nos liens.

Je me souviens d'une correspondance ardue avec celle que j'avais aimée comme on aime à douze ans. Je retrouve le double d'une lettre où l'agressivité se mêle à l'affection. Nous nous écrivions depuis toujours, mais nous avions alors seize ans.

> Votre lettre me cause un plaisir extrême, mais je veux vous aimer avec rigueur, sans complicité. Je serai blessant. Michel m'a montré la lettre que vous lui avez envoyée.

Comment avez-vous pu porter un jugement sur J. P. que vous ne connaissez pas ?

Ce n'est sans doute pas de votre faute si vous avez tant de mal à être vous-même... Jamais je n'ai autant ressenti qu'avec vous les difficultés de l'amitié...

Ne prenez pas mes paroles trop au sérieux. Je provoque pour appeler une réaction. J'ai tellement besoin de voir nos liens se resserrer !...

De ma douzième à ma vingtième année, les jeunes filles étaient parées, à mes yeux, de toutes les qualités. Mon unique sœur était presque ma jumelle. Une merveilleuse complicité nous unissait depuis notre plus tendre enfance. Entre trois et six ans nous étions ensemble avec nos grands-parents à Pau.

Un peu plus tard, j'ai passé avec elle quelques années dans des cours privés. Il y avait surtout des filles, des « jeunes filles », disait mon grand père qui trouvait vulgaire le mot « fille ». Reines ou déesses, elles étaient toutes si uniques et si précieuses. Jamais je n'ai vu en elles ni violence, ni vulgarité, ni mesquinerie. Leur joie de vivre, leur rire, la vibration de leur voix, la justesse de leur jugement, leur fantaisie, la douceur de leur regard m'enchantaient. Le monde féminin me semblait nettement plus doué pour promouvoir les valeurs essentielles : sensibilité, importance de l'être humain au singulier, affectivité, douceur, spiritualité. Il y avait toujours une préférée, mais cela ne retirait rien au charme des autres.

Je raccompagnais Janine chaque jour sur quatre kilomètres parce qu'elle me faisait l'honneur de me le demander. L'année suivante je rapportais, deux fois par semaine, un grand cabas rempli de foin pour les lapins de Jacqueline, une autre amie. Je recevais bien plus que ce que je pouvais donner. Rien ne me coûtait de ce que l'autre souhaitait ou réclamait. Nous avions alors treize et quatorze ans.

Chaque printemps voyait fleurir de nouveaux liens. Nos conversations pouvaient durer des journées entières. Ces échanges se déroulaient le plus souvent dans les paysages incomparables du Pays basque ou de l'Auvergne : une plage isolée, un rocher dominant l'océan, un bois de pins, une prairie envahie de jonquilles, le bord d'un lac en pleine montagne.

Ces amitiés ont greffé en moi un trésor inépuisable. Le grenier de ma mémoire est peuplé de visages. C'est le grand privilège, la plus grande fortune. Les amitiés véritables sont les racines du bonheur, la clef du mystère de l'existence.

★

Mais il y avait parfois des ombres à ce tableau.

À l'age de seize ans, je fus abordé dans le train par un inconnu de quarante ans. Après une conversation d'une heure il me laissa sa carte de visite et ajouta : « Viens chez moi. À n'importe quelle heure du jour ou de la nuit tu trouveras quelqu'un pour t'accueillir. »

Voyageant toujours en auto-stop, je ne choisissais pas mes heures d'arrivée. Je frappai à la porte de Jean-Paul à deux heures du matin. Nous partîmes camper. Nous avons été pêcher en mer sur un chalutier. Nous avons échangé nos visions du monde. Lorsque je relis les lettres de Jean-Paul j'ai le sentiment d'avoir été manipulé, malmené intellectuellement. Il ne comprenait rien à ce que je lui confiais de plus fragile et de plus précieux dans ma quête de sens. Il m'assénait des lieux communs péremptoires sur la médiocrité des croyants, tous « embourgeoisés jusqu'à l'os ». Cette relation m'a laissé des souvenirs contrastés. En tout lien rayonne un trésor : « l'autre » peut devenir très cher. En tout trésor se cache un danger. Ne fais pas confiance sans prudence. « *Soyez accueillants comme des colombes et perspicaces comme des serpents* », disait Jésus-Christ. (Matthieu 10, 16)

À vingt ans je fus subjugué par la tendresse et l'admiration qu'une jeune poètesse me portait. Lorsque nous nous sommes connus, elle avait seize ans et j'en avais dix-neuf. Déchirée par son génie, en proie à une sorte de vertige du néant, Agnès se débattait en vain. Ses nourritures spirituelles étaient Gide et Sartre. Elle avait été déçue (le mot est faible) par un christianisme dont elle ne voyait que les déviances. Elle cherchait le bonheur total, sans failles.

Chacune de ses lettres était accompagnée de deux ou trois poèmes. J'ai aujourd'hui retiré d'une boîte en carton une cinquantaine de ses lettres pour recopier quelques extraits de poèmes.

Un calme froid d'hiver
naît au cœur blanc du jour
Un monde couleur d'aile
se pose sur nos yeux.

Dans quel envers du monde
m'entraîne mon amour ?

Je voulais prendre ta raison
mais sortilèges et poisons
sont vains contre une autre clarté
C'est à toi de me capturer.

Un fantôme de toi né de mon seul désir
vide de sang ma vie
vide de vie le monde
Avec ton faux visage comme je t'ai trahi !

Je cherche en moi, au travers de ma chair
des yeux nouveaux où tu puisses voir clair
Redonne-moi de l'huile de ta lampe !

Elle avait entre seize et dix-huit ans lorsqu'elle a écrit ces lignes, échantillons de ses poèmes. Agnès s'est dégradée à petit feu. Elle a suivi un chemin de transgression, par provocation ou par curiosité, par ennui ou par désespoir. « Ne me lâchez pas, m'écrivait-elle un jour. Le sombre plaisir de tout gâcher... C'est le vide absolu qu'il me faut ! »

Pourquoi cette jeune fille m'a-t-elle si vivement impressionné ? Elle a aiguillé ma vie vers deux réalités : une mystique sauvage et la poésie. Elle était aimantée par le paradis perdu. La dédicace d'un livre qu'elle publia à vingt ans m'orientait vers le sauvetage de ceux qui lui ressemblaient. Toute ma vie je n'ai cessé de rencontrer des jeunes Rimbaud de notre siècle. « J'attends Dieu avec gourmandise », « La vraie vie est absente », écrivait-il.

Agnès était consciente des pièges qui peuvent se cacher dans les sentiments humains. « Je t'ai paré d'une aura poétique qui te transformait en celui que j'attendais. Tu as pris pour ma qualité véritable le masque que j'avais pris pour te plaire. » J'aurais tout donné pour la guérir de son tourment. Peut-être est-ce que je reconnaissais dans son chant amer et triste quelque chose de ma propre quête. Lorsqu'elle est devenue cynique, Agnès n'en était que plus émouvante. Sur une carte postale elle m'avait écrit une citation de Racine :

Et Phèdre, au labyrinthe avec vous descendue,
Se serait avec vous retrouvée ou perdue.

C'est cette descente au labyrinthe qui la rendait si pathétique ! Cette jeune fille de dix-sept ans avait le pressentiment que l'on pouvait se perdre. Du haut des falaises de la péninsule de Dakar, je montais la garde des nuits entières en lisant et relisant ses lettres. Je n'avais en tête qu'une seule question : comment la sauver ?

Je voulais prouver que l'amitié peut aller beaucoup plus loin que l'amour. L'amitié n'est pas sujette à la possession. En elle, contrairement à l'amour, il n'y a pas de chasse gardée. On se sent plus libre. Le désir ne vient pas troubler le lien. Je lui disais : « Ce que je t'offre avec mon amitié n'est-il pas bien plus beau que l'amour ? » Elle me répondait : « Proposer l'amitié à qui veut l'amour, c'est donner du pain à celui qui a soif. »

Ses poèmes étaient imprégnés d'une passion dévorante qui ne me laissait pas indifférent. Mais cet amour peut avoir de quoi faire trembler. Il n'est pas un petit ange joufflu avec son arc et ses flèches ! Ce serait plutôt un ouragan ! Il porte la mort avec lui. « Tu es responsable pour toujours de ce que tu as apprivoisé. » Tel était l'unique contenu de sa première lettre. Comme il est mystérieux, le pouvoir de cette petite phrase ! N'est-ce pas la marque de toute vérité essentielle, ce coup qu'elle nous porte au cœur ?

Le suicide d'Agnès m'apparut comme une injustice absurde. Pourquoi ? Pour quoi ? À cette question la conscience exigeait une réponse. Je n'avais pas choisi de rencontrer Agnès, mais cette rencontre a décidé de ma vie. J'écrivais dans mon journal de bord :

> Je veux voir clair dans ce mystère de l'amour. Être amoureux se rapporte à une nécessité, à un besoin : sans toi je ne peux pas vivre. L'amitié se rapporte à une "mission" : "Apprivoise-moi." Éros est captatif, Agapé se donne. Éros peut vous enchaîner, Agapè vous libère.

Coup sur coup des êtres qui m'étaient proches avaient rompu leurs fiançailles. La douleur de ceux et celles restés sur la rive était plus sombre que l'amour n'était lumineux !

Vivre !... pour quoi ?

Quel tri singulier la mémoire impose à nos souvenirs ! Des conversations avec les amis et les amies sont restées gravées. Je notais précieusement nos visions du monde. Il n'était pas rare que nous partions dormir dans la montagne, à une ou deux heures de marche, et nous parlions jusqu'au milieu de la nuit en regardant danser les flammes de notre feu. Un de ces amis souffrait de bégaiement. Nous raffolions du théâtre d'Anouilh. Alors, nous étions tour à tour Créon, Antigone, Hémon, Ismène. Quel feu nous brûlait les veines ! Michel n'avait plus besoin de bégayer en lisant :

> « Comprendre... Vous n'avez que ce mot-là dans la bouche, tous, depuis que je suis toute petite. Il fallait comprendre qu'on ne peut pas toucher à l'eau, à la belle eau fuyante et froide parce que cela mouille les dalles, à la terre parce que cela tache les robes. Il fallait comprendre qu'on ne doit pas manger tout à la fois, donner tout ce qu'on a dans ses poches au mendiant qu'on rencontre, courir, courir dans le vent jusqu'à ce qu'on tombe par terre et boire quand on a chaud et se baigner quand il est trop tôt ou trop tard, mais pas juste quand on en a envie ! Comprendre. Toujours comprendre. Moi, je ne veux pas comprendre. Je comprendrai quand je serai vieille[73].

C'est d'abord dans la magie des rencontres que j'ai découvert l'absolu de l'amour. J'ai connu des jeunes blessés de toutes les blessures de l'âme : drogue, délinquance, folie, suicide. Qui aurait pu oublier leurs visages entre deux gendarmes ou en prison, en maison psychiatrique ou à la morgue ? Devant ces douloureux naufrages, on recherche obstinément la « boîte noire » de l'accident. Neuf fois sur dix, nous retrouverons le manque d'amour : l'amour que l'on n'a pas su ou pas pu recevoir, celui que l'on n'a pas su ou pas pu donner, l'amour qui cache un piège, comme ces rubans sucrés que l'on mettait autrefois dans les fermes et sur lesquels venaient se coller les ailes des mouches et les pattes des papillons.

J'ai évoqué longuement dans un autre livre [74] les deux professions que j'aurais aimé pratiquer toute ma vie. Il me serait difficile de ne pas les mentionner brièvement ici.

Y avait-il autre chose que de l'amour dans les Centres de délinquants de Royat et d'Auxerre ? Ces jeunes avaient commis des délits qui exprimaient leur mal-être. Leur violence était un hiéroglyphe à déchiffrer. C'est leur blessure qui se manifestait. « Aimez-moi ou je mords. » Dans un livre fameux, *L'Amour ne suffit pas*, Bruno Bettelheim ne cesse de souligner l'urgence d'aimer. « Faire le geste correct au bon moment ne suffit pas : il faut également l'accomplir avec amour. »

Ces sauvageons n'avaient reçu depuis leur naissance ni accueil ni respect. Ils avaient eu souvent un père alcoolique. Ce père de qui l'enfant attend un regard de fierté ne savait dire que des phrases de rejet : « Pauv'type ! Abruti ! Crétin ! T'es nul ! Tu feras jamais rien de propre ! » Ils avaient été niés dans leur originalité, oubliés, dévalorisés, rejetés. Il faudrait lire le livre que vient de m'envoyer mon ami Yves Prigent, psychiatre. Dans *La Cruauté ordinaire* (DDB), cet humaniste montre mieux que personne combien l'absence de tendresse peut tuer un être ou « le rendre incapacitant comme ces gaz de la guerre moderne ». « D'un sujet on peut faire un objet et d'un vivant un pétrifié. »

Il y a tant de fleurs merveilleuses qui ne dépassent pas le stade de bourgeon. Il y a tant d'êtres dont nous ne saurons jamais ce qu'ils auraient pu devenir s'ils avaient été accueillis. Nous comprendrions mieux les réactions de violence si nous savions le degré d'humiliation vécu par le violent.

J'aimais ces jeunes. J'étais saisi par la passion de les sauver. Mais ils n'étaient ni attendrissants ni aimables. Ils étaient décourageants. Des pulsions violentes les traversaient, mettant en danger leur propre vie ou celle de leurs camarades. Ils me provoquaient à chercher hors de moi-même une source d'amour qui ne se laisserait pas vaincre par leur agressivité ou leur cynisme.

Y avait-il autre chose que de l'amour à l'hôpital en Afrique de l'Ouest ? Les malades n'étaient pas des « cas intéressants ». Ce n'était pas à un ventre ou à des poumons qu'il fallait demander : « Comment ça va ce matin ? » Les soins étaient importants bien sûr. Il fallait se perfectionner dans l'art des massages, des lavements, des pansements, des piqûres, des prises de sang. Mais les soins ne sont pas le tout de la profession de soignant. Ce que le blessé et le malade attendaient avant tout, c'était d'être rassurés, accompagnés avec douceur sur ce chemin inconnu, lourd de menaces.

J'habitais l'hôpital. En dehors de mes heures de service, je venais chaque soir au chevet de tel ou telle. Leur solitude était plus douloureuse du fait de leur fragilité. Ils étaient extraordinairement sensibles à la présence, à l'écoute, à l'attention, à la disponibilité. Et de mon côté rien ne me donnait plus de joie que de voir naître un sourire sur leurs visages fatigués.

Je découvrais les trésors des poésies africaines, antillaises et malgaches. Je lisais souvent ces poèmes au chevet des malades. Cela renflouait leur espérance. Je ne savais pas combien la douceur dans les soins, la présence au chevet des plus atteints et des mourants exprimaient d'amour. Comme Monsieur Jourdain faisait de la prose sans le savoir, le « corps soignant » aime les malades sans en avoir toujours conscience.

Quelle fierté j'ai éprouvée d'avoir obtenu, en gare d'Abidjan, de faire élargir à la hache la fenêtre du wagon en bois pour qu'un blessé n'eût pas à souffrir en passant par l'angle du couloir avec la portière. Cet homme de plus de cent kilos avait une triple fracture du fémur.

Les journées étaient tissées d'événements de ce genre. Comme il était magnifique, ce métier où chaque instant n'a sa signification que si nous aimons les patients qui sont venus se confier à nos soins !

N'est-il pas étrange que l'on ait supprimé le service militaire sans le remplacer par un service de la collectivité ? Des personnes âgées, n'existant pour personne, seraient si heureuses d'avoir la visite d'un jeune à leur écoute et leur rendant, au cœur des étés brûlants, les soins de leur survie ! Une formation adaptée précéderait un engagement concret dans des tâches variées. Mais je rêve sans doute ! On continuera à s'en prendre à Dieu d'avoir permis des souffrances qu'Il nous envoyait combattre !

★

De retour en France je repris du service au Centre de délinquants. À nouveau je retrouvais ces jeunes dont l'avenir était gravement compromis. Il y avait là un gâchis intolérable. Cela me conduisait à de nombreuses lectures sur les sources de ce malheur.

La générosité coûte peu aux jeunes. Un copain me demandait de l'amener à moto voir son amie à cinq cents kilomètres. L'aller-retour sous la pluie n'était pas une corvée mais un privilège !

Trouvant un Algérien qui dormait dans une voiture en hiver, je l'hébergeai dans une chambre louée, jusqu'à ce que ma logeuse découvre le pot aux roses ! Mais que de moments à mourir de rire ou émouvants en écoutant ce garçon raconter ses aventures et ses mésaventures.

J'allais laver des vieillards et des grabataires avec un bonheur que je n'aurais peut-être plus aujourd'hui. Je donnais des cours d'alphabétisation à des immigrés. On peut tout demander à un jeune si on ne lui a pas auparavant lavé le cerveau avec des idéologies ! Je sais que mère Teresa et sœur Emmanuelle ont obtenu de l'héroïsme de la part de centaines de volontaires. Ces jeunes revenaient tous avec la même gratitude : « J'ai reçu bien plus que je n'ai donné ! »

Peut-on être touché par l'urgence d'aimer si on n'a pas été blessé au préalable par les ravages de l'absence de l'amour ? Les auteurs qui ont marqué ma conscience, lorsque celle-ci s'éveillait, furent tous des révoltés par le mal et la souffrance. Camus avec *La Peste*, Malraux avec *La Condition humaine*, Anouilh avec *Les Pièces noires*, Bernanos avec chacun de ses romans…

Si cette littérature eut un tel impact sur ma génération, ce fut sans doute à cause de la guerre. Ce qu'elle avait révélé de notre humaine condition n'était pas beau. Des hommes semblables à nous avaient inventé et planifié le massacre des innocents à une échelle monstrueuse. Pour trouver une parade à l'horreur, il avait fallu organiser d'autres horreurs : les bombardements sur la Normandie, ceux de Dresde, les bombes atomiques d'Hiroshima et de Nagasaki. Un grand malheur était arrivé. L'homme avait chassé Dieu de son horizon. Il avait perdu ses défenses naturelles contre le mal. Du même coup le malheur progressait. Durant dix-huit mois, en Afrique de l'Ouest, j'avais été confronté au racisme ordinaire. Celui-ci me parut d'autant plus abject que je commençais, grâce à un missionnaire, à découvrir l'aspiration à la justice proposée par la Bible.

« On ne fait pas jaillir l'amour comme on ouvre un robinet », m'écrivait une amie. Alors je recherchais la source. Existait-elle ? Bientôt Dieu ne fut plus pour moi un Dieu juge auquel il faudrait rendre des comptes. Petit à petit, et de façon croissante, je constatais une affinité entre l'absolu de l'amour et la personne de Jésus. C'est pour cela qu'Il m'a séduit. « *Celui qui croit en moi, des torrents jailliront de son cœur.* » Ce sont ces torrents de tendresse qui m'intéressaient en lui et rien d'autre. C'est en cela à mes yeux qu'il était le Messie. Les prophètes le disaient bien : à la venue du Messie « *on fondrait les épées pour faire des charrues* (Michée 4, 3)*, des fauves deviendraient amis avec leurs proies, un enfant jouerait sur le trou d'un cobra* » (d'après Isaïe 11, 6-8).

Ce résultat ne serait pas obtenu par un coup de magie mais avec notre collaboration, bien sûr. Sinon, comment l'amour aurait-il pu grandir en nous ?

Lorsque je réclamais à Jésus de me faire aimer ceux que je ne désirais pas vraiment aimer, cela ne « marchait » pas toujours. Tout de même, cela maintenait à flot le désir d'être plus attentif, plus généreux… Je ne me résignais pas à l'indifférence. Toute relation d'où l'amour semblait absent devenait blessure. Mais quelle idée de vouloir aimer ceux qui vous agressent de leurs sarcasmes ? Freud n'avait pas tout à fait tort : c'était vraiment une étrange idée !

*

Je découvris peu à peu un visage de Dieu si beau, si débordant de joie, si enivrant, si enthousiasmant qu'il fallait, toute affaire cessante, propager cette découverte. Il était urgent de répandre la nouvelle. À cette époque le sacerdoce était le seul chemin pour réaliser un tel projet. Cela s'appelait LA vocation. Il n'y en avait qu'une. Le visage de Dieu, à la clarté des lampes dans cette « école de cadres » des futurs prêtres que l'on nomme « séminaire », s'est peu à peu terni. La recherche théologique me plaisait avec démesure. J'y délaissais mon cœur et mon âme. J'étais à l'égard de Dieu comme une fiancée trop passionnée par les divers ouvrages qu'on a pu écrire sur son bien-aimé. Elle manque ses rendez-vous avec lui. Elle ne le voit plus. Elle ne lui parle plus. Elle est seulement accaparée par la lecture de livres qui parlent de lui.

Mes conseillers spirituels m'invitaient à la modération, mais ils ne semblaient pas assez rayonnants eux-mêmes. Sans doute étaient-ils trop pudiques pour laisser s'extérioriser leur passion pour Dieu. Hypothèse plus probable : j'étais aveugle. Je me préparais davantage à une licence de théologie qu'au sacerdoce.

Durant trois années, un seul sujet a occupé mon esprit : l'amour et les conditions de l'amour. Tous les auteurs en vogue m'orientaient vers cet unique sujet : Graham Green, Steinbeck, Malraux, Camus, Sartre, Anouilh, Giraudoux, Mauriac, Giono… Je passai trois mois sur une thèse de Jeanne Russier, *Le Cœur chez Pascal*, trois autres sur *La Connaissance d'autrui chez saint Thomas d'Aquin*. Comme un chercheur d'or qui secoue le sable gris dans une assiette de fer, je cherchais des pépites. Je remplissais des cahiers avec des paroles qui m'aidaient à découvrir ce qu'aimer veut dire.

Je rêvais de mettre en relief ce qu'il y a de commun entre diverses formes de générosité : celle du médecin qui part au Sahel pour sauver des enfants atteints de rachitisme, celle de l'homme réveillé à deux heures du matin par un ami que son épouse vient de quitter, celle de l'amoureuse qui pardonne à son fiancé un manque de délicatesse, celle des parents qui se font du souci pour un enfant dépressif. Les rayons du soleil sont tous les mêmes, mais ils se transforment au contact de ce qu'ils éclairent et ils modifient ce qu'ils touchent.

Des dissertations de quarante à cinquante pages allaient se perdre dans les armoires des professeurs. J'en mettais parfois quelques extraits de côté dans mes cahiers.

Le projet de Dieu sur le monde m'apparaissait dans un éblouissement et une douleur. L'amour, comme les Himalayas, contenait les sommets les plus sublimes et les abîmes les plus vertigineux. Il était le seul absolu, la seule saveur qui puisse donner du goût à la vie, et en même temps ses blessures, ses pièges et ses contrefaçons pouvaient être mortels.

Dimension sociale et politique de l'amour

Au séminaire de la Mission de France, les jeunes de vingt-trois à trente ans que nous étions parlaient surtout de justice, de salaires, de chômage, de droit à l'indépendance pour l' Algérie... C'était vers cet amour-là que nous conduisait l'Évangile. Nous étions prêts à tout pour nous rendre proches des humiliés, des laissés-pour-compte. Certains professeurs nous concoctaient les premières théologies de la libération, bien avant celles d'Amérique latine. Le choix de Moïse par Dieu avait une explication : il avait tué un garde-chiourme égyptien qui frappait de façon sadique un esclave hébreu. Il était sensible aux injustices. Mon ami communiste Léo m'avait bien fait la leçon pendant un an, en Afrique.

> Amour, que fais-tu contre l'humiliation des Noirs ?... Si les enfants n'ont pas de lait ni de livres, l'amour ne comblera pas leur faim. Il leur faut l'amour plus le lait et les livres. Ou l'amour n'est plus que la béquille de la faim[75].

Nous prenions en charge les travaux de la maison (garage, entretien général, jardin, imprimerie, forge, cordonnerie...). En ce qui me concerne, j'ai découvert les joies et les servitudes de la menuiserie, puis le travail du salon de coiffure qui était un lieu d'écoute extraordinaire. J'aurais aimé me lancer dans la peinture d'art, comme j'en sentais l'irrésistible désir depuis toujours. Ce n'était pas « dans la ligne » ! J'ai enfoui ce talent pour le retrouver bien plus tard !

La grande aventure de la Mission de France était de devenir proche de ceux que nous considérions comme abandonnés spirituellement. Il nous fallait faire entendre leur voix dans l'Église. L'Église avait besoin de leur façon de vivre l'Évangile. En écoutant leurs griefs contre elle, nous pourrions peut-être comprendre pourquoi ils n'en attendaient rien. Saint Paul n'avait-il pas ouvert la route de cette priorité de toute mission apostolique : devenir « *Grec avec les Grecs, Juif avec les Juifs* » ?

Nous pensions que rien ne remplacerait le partage des soucis les plus quotidiens : « vivre avec ». Notre désir le plus grand était de « rejoindre les hommes là où ils sont ». Nos contemporains ne couraient pas vers l'Église pour la supplier en disant : « Rendez-nous Jésus-Christ ! » C'est à notre façon de partager leurs humiliations et leurs luttes qu'ils pourraient nous reconnaître comme étant des leurs. Cette convivialité nous permettrait de trouver le chemin de leur cœur. Alors, la Parole de Dieu actualisée dans leur propre culture les toucherait peut-être. N'est-ce pas cela que le Christ avait accompli en Son temps ?

La vie d'équipe était un des piliers de la formation du séminaire. Les relations humaines au sein de l'équipe dont je faisais partie étaient bâties sur la rudesse et l'exigence. La vraie fraternité se construit dans la discussion et l'affrontement ; le conflit est le signe même de la vie. En ce temps-là, nous ne mettions guère de nuances dans nos échanges. Les personnalités étaient tranchées et les angles rudes. Par crainte des fausses mystiques et des sentiments affadis, nous tenions à l'écart la mystique véritable et la tendresse humaine. « L'Église est une vaste bergerie avec du foin à la hauteur de tous les museaux », disait mon ami Gustave Thibon.

Lors d'un stage de deux mois dans le Limousin, je travaillais dix à onze heures par jour à des tâches diverses : installations électriques, travail de manœuvre dans un garage, travaux de ferme. Le soir, abruti de fatigue, je n'avais plus le temps de penser ni la force de prier. Les conversations ne portaient que sur « la bouffe, le boulot, les filles ». L'ouvrier agricole avec qui je passais les trois quarts de mon temps ne supportait aucune créativité dans le travail : « Salaud, tu fais gagner du fric au patron ».

*

Nous rêvions de bonifier ce monde. Nous dénoncions les *ismes* qui tuent : capitalisme, colonialisme, impérialisme. Comme la plupart des intellectuels de notre époque nous avions plus d'indulgence pour le communisme.

Mon père m'en voulait d'être dans ce qu'il nommait « un lieu de subversion ». Mais y a-t-il vraiment une parenté entre *Le Capital* de Karl Marx et les horreurs qui se commettaient dans les pays marxistes ?

> L'amour marxiste connaît le prix du temps, l'urgence du bien : le mal a trop d'avance. Ceux qui ont l'éternité devant eux, le temps leur manque peut-être moins. Dans une vie sans survie la lenteur devient inexcusable. Ce que l'on n'y aura pas vécu, on ne le vivra jamais.

Je songeais à ces paroles d'un communiste (M. Verret) en écoutant les récits de tortures dans les pays de l'Est ou au Cambodge. Comment la lutte pour un monde plus juste a-t-elle pu engendrer tant de monstruosités ? « La vengeance n'est pas une idée marxiste », disait Lénine. Alors, pourquoi tant de vengeances aveugles contre des innocents du Cambodge au nom de Lénine ?

Quoi d'autre, sinon l'amour de l'homme, aurait entraîné des multitudes dans le sillage du communisme ? J'ai entendu un évêque mexicain et plusieurs religieux à Managua louer le « programme évangélique de Marx ». On pourrait retourner contre le marxisme les propos de Marx qui dénoncent les méfaits de la religion :

> La lutte contre la religion est la lutte contre ce monde dont la religion est le parfum spirituel. La misère religieuse est à la fois l'expression de la misère réelle et la protestation contre la misère réelle. La religion est le soupir de la créature accablée, l'âme d'un monde sans cœur... La religion est l'opium du peuple[76].

N'est-ce pas l'amour de l'Humanité qu'a d'abord recherché Marx ? D'origine juive, il se voulait prophète. Comment sa doctrine, parodie de religion avec ses dogmes et ses théologiens, a-t-elle pu enfanter l'univers concentrationnaire le plus meurtrier ? Qui ne serait tenté de croire en l'existence d'un esprit démoniaque pervertissant tout ce qu'il touche et ne prenant jamais de congé ?

Karl Marx décrète :

> Depuis 1800 ans qu'il a été prêché, l'amour selon Jésus-Christ ne se trouve pas agissant. Il n'a pas été capable de transformer le monde. L'amour s'exprime en phrases sentimentales qui ne peuvent modifier les rapports sociaux[77].

Observant l'histoire, Karl Marx a estimé que les progrès de l'humanité n'ont été obtenus que par la violence.

Ce qui a fait le succès du marxisme, dans l'après-guerre en France, fut son ardeur à ne jamais se résigner à la misère et à ses causes. Bertolt Brecht traite souvent dans son théâtre de la difficulté d'aimer dans un monde de violence. Ses personnages sont écartelés entre la bonté, l'amour inaccessible et ce paradoxe de la violence nécessaire pour pouvoir acquérir la bonté et l'amour. Un de ses personnages les plus attachants s'exprime clairement à ce sujet dans *La bonne âme de Se-Tchouan.* Shen-Te, une prostituée, rêve d'être rayonnante de bonté, mais elle finira par conclure que ce n'est pas possible. Tout ce qu'elle fera pour sauver Soun, aviateur au chômage, se révélera inutile. Elle dira :

> Le malheur est tombé sur l'un de nous : il aime.
> Cela suffit, il est perdu. La moindre faiblesse et on est fini.
> Comment se libérer de toutes les faiblesses et d'abord
> de la plus pernicieuse, l'amour ?
> L'amour est absolument impossible !
> Il coûte trop cher ! Quel monde est-ce là ?
> Les caresses se font étrangleuses,
> Le soupir amoureux se change en cri d'angoisse ;
> Regarde là-bas tournoyer les vautours,
> Une fille va au rendez-vous d'amour[78] !

*

À la Mission de France, notre vie était spartiate. Posséder un magnétophone était un crime de lèse-pauvreté. Les injustices de la planète nous brûlaient l'estomac. Lorsque leur colère était trop forte, certains partaient vers un engagement syndical ou politique.

Mon meilleur ami était un ancien mineur, ex-militant communiste. Il y a quatre ans, je lui ai rendu visite à Buenos Aires pour écrire un livre sur cette réplique de l'abbé Pierre qu'il était devenu[79]. Il continue de « lutter pour la justice », mobilisant sans cesse les générosités qu'il peut croiser sur son chemin. Il est en même temps enraciné dans la prière, se levant tôt le matin pour mieux s'unir à Dieu.

Le voyant si heureux alors que les tuiles ne cessent de tomber sur lui, je crois que le seul bonheur se trouve dans le sillage d'une vie menée au plus juste de la fidélité au désir de Dieu.

« La seule chose qui permette au mal de triompher est l'inaction des hommes de bien. » (Edmund Burke)

Fascination et appréhension ?

Quelques notes de mon journal de bord semblent assez pessimistes au sujet du mariage.

> Je vois une douleur dans la vie de couple. On risque d'attendre de l'autre ce que Dieu seul peut donner : la paix et en même temps l'aventure.
>
> Le besoin le plus fort de l'amour est de pouvoir "comprendre" l'autre et que l'autre tente de vous "accueillir". Il est si difficile de se comprendre soi-même. L'étreinte serait un mensonge si elle n'était pas d'abord l'écho de cette compréhension.
>
> Le couple tient les individus en haleine dans leur soif d'Absolu. L'amour humain est une soif illimitée qui s'adresse à un objet limité. Si l'épouse revendique une place plus grande, si la mission pour laquelle on est requis n'est pas partagée, vécue à deux, que va devenir le couple ?
>
> Ils se disent "mon trésor", "ma chérie", et quelques instants plus tard se font des reproches pour des bricoles. Ils s'envoient des paroles acerbes, parfois même devant un tiers, pour que cela "saigne" davantage !

Dans ces mêmes pages de mon journal, je ne suis pas très optimiste non plus en ce qui concerne ce compagnon décidément bien trop mystérieux qui s'appelle « moi » :

Dans le passé, j'ai manqué de confiance en moi et dans les autres. Cela fut une grande aliénation. Souffrance oblige plus encore que noblesse. Si tu t'en sors, n'oublie jamais tes compagnons d'infortune : ils sont légion.

J'ai retrouvé dans une vieille malle des lettres à mes parents qui me rappellent mes préoccupations d'alors, durant l'époque où je ne cessais de me demander : « Quelle est ma place ? Où pourrais-je servir mes frères humains ? »

Voici quelques extraits d'une de ces lettres dont j'abreuvais mon père et ma mère (en mars 1955). Elles avaient souvent de dix à quinze pages.

J'avais alors vingt-quatre ans, l'âge où souvent les grandes décisions se prennent. Je venais de quitter le séminaire, ne sachant quel chemin prendre. Ma pensée la plus obsédante était : « Il y a trop peu d'amour en ce monde. Les hommes meurent de froid. »

Je voudrais pouvoir parler de toutes les misères dont je suis le témoin impuissant. Cela soulève tant de questions économiques, politiques, sociales, psychologiques. Il faudrait mener de front ces études. J'ai accueilli un Nord-Africain pendant quinze jours. Mais cela ne résout pas son problème. Que de démarches pour l'aider à trouver un logement ! Ensuite cela s'est su et il en vient une dizaine qui ont des engelures et des rhumes en cet hiver glacial. Le cardinal Suhard a écrit que si la charité ne permet pas de lutter pour la justice elle devient un mal.

Il faudrait travailler pour connaître les causes de cette misère. Il faut aller à la source du malheur. Pourquoi y a-t-il plus de vingt mille chômeurs en Algérie ? Pourquoi utilise-t-on la torture contre des hommes qui ont le même idéal que les résistants en France il y a dix ans ? Pourquoi le fait de voir leur dignité bafouée provoque-t-il chez ces Nord-Africains des actions de violence aveugle ?

On peut avoir honte d'être français. J'ai même honte souvent de n'être qu'un homme. Ma solidarité envers un seul Nord-Africain multiplie mon amour pour chaque être humain et me rend plus sensible à ses souffrances.

L'amour est au cœur de mes notes, de mes écrits. Je veux étudier, dans le concret et le quotidien, la façon dont il faudrait présenter la religion pour qu'elle s'ouvre sur un amour qui ne se paye pas de mots.

Ne répétais-tu pas, mon cher papa : "Moi, ma religion, c'est l'entraide" ? Tu avais raison. L'amour doit imbiber toute la vie. Il ne peut pas être un secteur d'étude à part comme les sciences naturelles ou l'histoire. Il est l'âme de tout le reste…

Quel est ce monde étrange où l'on ne peut plus parler de justice sans passer pour un anarchiste ou un communiste, où on ne peut plus parler d'amour sans être taxé d'hérésie ?

Quelqu'un à qui je suis très attaché m'a dit : "Tu es trop subversif. Tu es dangereux." Cette parole m'a causé de fortes migraines comme pour chaque incompréhension. Je passe mon temps auprès de gens malades ou de vieillards dans un asile de Nanterre ou auprès de mal-logés.

L'indifférence à mon égard des adultes avec lesquels je prends mes repas est une immense douleur. Ils sont d'origine modeste et moi, je porte sur ma figure les tares du monde bourgeois. Cette souffrance est certainement un apprentissage. L'humiliation de la part de celui qui a été humilié se comprend. Il m'arrive à moi aussi d'être injuste et de ne pas me mettre à la place des autres. Le mal s'infiltre partout. C'est partout qu'il faut le traquer…

9
Sarah

Te voilà contraint par l'amour d'un visage.
A. de SAINT-EXUPÉRY

Un tremblement de terre !

Si je veux faire comprendre d'où je parle et quelles sont les racines de ma vision du monde, il me faut évoquer une relation qui m'a marqué au fer rouge. Ce n'est pas sans appréhension que j'aborde ce chapitre de ma vie. C'était surtout cette histoire que m'a demandé de raconter l'éditeur qui fut à l'origine de ce livre, mon ami Yvan Amar rencontré en 1972 en Inde.

J'ai cru pendant un temps que j'allais unir mon cœur à un autre cœur, ma vie à une autre vie. Une barrière infranchissable était dressée contre ce lien. L'appel vers l'annonce de l'Évangile excluait en ce temps-là le sacrement du mariage.

L'amour humain est entré dans ma vie avec un visage bien précis. Ouragan ? Cyclone ? Raz-de-marée ? Les images sont dérisoires ! À travers Sarah, le Seigneur des mondes était cent millions de fois plus beau que le Dieu des dissertations. Ce fut le big-bang ! Sarah avait intégré avec son âme les pages les plus fortes de la Bible. Elle n'en faisait pas, comme moi, des sujets de thèses. Elle en imprégnait la vie. Cette vie devenait lumière. Il y eut d'abord un échange de lettres. Elle ne parlait que d'amour avec des mots qui me donnaient le vertige et m'assoiffaient d'Éternité ! Elle me faisait découvrir le message essentiel des prophètes : l'amour conjugal de Dieu pour son peuple. Je lisais ses lettres à la chapelle. Sous la contagion du rayonnement de cette jeune fille, je devenais moi-même apte à comprendre ce que l'on nomme la vie intérieure ou la vie de l'esprit. Elle fut impatiente de m'entendre déclarer la nature de mes sentiments. Cette hâte m'a forcé la main. Je n'étais plus libre. J'étais envoûté.

Je tombai malade et je quittai le séminaire. Je n'allai pas pour autant la rejoindre. Je fis la tournée des conseillers : médecins, psychiatres, écrivains, maîtres spirituels, militants… Durant cette époque, une idée dominante résumait ce que j'entendais ici ou là : « Le mariage et l'apostolat ne peuvent aller ensemble. On ne verra jamais M. et Mme François d'Assise, ni M. et Mme Jean de la Croix. » « L'homme dans les bras de la femme oublie Dieu. » Toujours ce même axiome qui remontait à Grégoire de Nysse ! Ce que je vivais ne me prouvait-il pas le contraire ? L'amour me semblait relié à Dieu comme un fleuve à sa source. Mais peut-on dissoudre en quelques mois une notion culturelle incrustée pendant des siècles ?

Cette communion d'âmes était une justification de l'existence. « Les blindages fondent, les masques tombent, les faux problèmes disparaissent », écrivais-je. Je découvrais, extasié, le secret du monde, l'alpha et l'oméga de l'univers. L'Absolu se révélait dans un visage humain. Mais par sa force même, par son origine, par sa beauté, cet amour m'orientait plus loin, plus haut.

Il n'y avait pas à cette époque d'autre issue que le sacerdoce pour partager la Source de l'amour. Il fallait donc renoncer à ce qui n'était pas partageable. J'interrompais mes nuits pour noter des pensées qui m'assaillaient et que je ne maîtrisais pas : « Renonce à ce bonheur pour connaître dans ta chair la souffrance des esseulés. Ceux qui n'ont pas une épaule pour poser leur tête, pas un cœur pour poser leur cœur. Ne peux-tu leur faire ce cadeau ? Tes frères humains sont pauvres d'amour à en mourir. Pour survivre, toi, tu auras la surabondance de Mon amour. Si tu puises à cette source éternelle, tu pourras y conduire des multitudes. »

Était-ce Dieu ou une conviction fabriquée par les hommes qui me parlait ainsi ? Ces pensées qui me réveillaient, je les comparais à un embryon dans le ventre d'une femme. Elle en est responsable.

J'étais traversé par une sorte d'éblouissement. Ni ma volonté ni mon imagination n'étaient de la partie. J'étais comme habité, happé par une inspiration venant de plus loin. Accueillir un être différent qui vous accepte aussi, c'est tellement fort, tellement vaste. Peut-on vivre sans ce miracle ? Comment le crier ? Comment être entendu ? Je n'étais ni poète ni romancier.

Seule une caution divine, comme un sceau royal, une investiture, pouvait assurer la diffusion de ce message. Le monde catholique à l'époque voyait dans le seul sacerdoce la possibilité de cette transmission. J'insiste, car quarante ans après le concile Vatican II cela peut paraître incompréhensible. Si ces mots vous semblent obscurs je n'en serais pas étonné. Le monde a tellement changé depuis un demi-siècle ! Aujourd'hui le baptême et la confirmation sont des « mandats » suffisants pour accréditer le soin de porter l'Évangile. Ce changement s'est effectué en douceur. Presque personne ne s'en est aperçu !

Parmi les centaines de pages de mon journal de bord de l'époque, je recueille ceci :

> Du haut de ce sommet qu'est l'amour, comme le monde est beau ! Tous les repères prennent place. Les pires contrariétés deviennent acceptables. Les injures passent comme les rides sur l'eau d'un étang. Pourquoi la Source divine de l'amour a-t-elle si peu d'emprise sur nous alors que son écho humain est si parlant ? La lumière blanche ne nous émeut guère. Ayant traversé un prisme de cristal, elle devient magique, avec son bleu indigo, son soleil rouge, tout son arc-en-ciel de couleurs.
>
> Notre misère, c'est la place de Dieu encore inoccupée. Notre faiblesse devient notre force. L'amour humain nous permet d'être riche de nos limites. Jusque-là nous avions mal de notre inachèvement. Et voilà qu'un autre être, si semblable et si différent, épouse nos manques, comme un tissu épouse la forme d'un corps.
>
> L'amour s'impose à moi comme l'unique réalité qui permette de vivre, la perle de grand prix qui mérite qu'on abandonne toutes les autres. Parmi les perles que je laisse volontiers se trouve l'inquiétude. Je m'étais fait un devoir d'être inquiet, pour fuir le simplisme des satisfaits.
>
> Ah ! Cela vaudrait la peine d'errer pendant des siècles, de séjourner cinquante ans au bagne, si ces épreuves permettaient de conduire à cet enchantement ! Je sais désormais que la joie existe, image de l'Être absolu, reflet de la Tendresse divine, écho terrestre des relations éternelles. Comment renoncer à cela sans que ce renoncement soit un suicide ? Rien ne peut mieux révéler aux hommes le visage de Dieu. Rien ne peut mieux transmettre son secret, le pourquoi de l'existence, le sens de la vie ! L'Amour humain permet d'en finir avec l'angoisse.

Saurai-je dire un jour, saurai-je écrire les intuitions qui faisaient battre mon cœur avec une force redoublée ? J'avais été visité par une Révélation qui ne m'appartenait pas. Comme Michel Strogoff ne pouvait ensevelir le message dont il était porteur, il était impensable de renoncer à crier la beauté de l'Évangile. Il est dit des apôtres : « Ils ne pouvaient pas ne pas parler. » Je n'avais plus qu'un mot sur les lèvres : « *Tu m'as séduit, Yahvé, et je me suis laissé séduire.* » (Jérémie 20, 7). Une grande sérénité et le sentiment que Dieu était le maître de l'impossible accompagnaient ces instants décisifs.

Mon conseiller spirituel avait tendance à me diriger vers une tâche d'apôtre laïc. « Tu es comme Bernanos. Il a voulu être prêtre. Il a rendu plus de services à Dieu et à l'Église par son métier de romancier. » Il évoquait Léon Bloy, Joseph Folliet, Emmanuel Mounier, Paul Claudel. Je flairais un piège. La profession d'écrivain était si particulière que cette idée même annihilait à mes yeux son hypothèse. Rien ne me prouvait que j'avais le moindre talent pour l'écriture. J'avais bien rempli plus de cinquante cahiers, mais c'était pour moi seul. Comme le Petit Poucet qui jette des cailloux sur le bord du chemin pour retrouver sa trace, je jetais mes pensées sur le papier.

Je me sentais appelé à un service de catéchèse incluant le sacrement du mariage et la paternité. Je songeais à partir au Liban où des prêtres maronites et melchites liés à l'Église romaine sont mariés, à devenir anglican (l'Église la plus proche des catholiques). On me dissuadait vite de ces projets.

Cinq années plus tard, le Concile Vatican II a ré-instauré le diaconat pour des hommes mariés. À l'heure de mon combat intérieur, aucun prêtre, aucun évêque, aucun penseur catholique n'aurait pu prévoir cette audace de l'Esprit Saint. Celui qui aurait évoqué une telle hypothèse aurait été accueilli par un fou rire, un haussement d'épaule ou une indignation.

En ce temps-là, entre la séduction d'un amour dont la beauté spirituelle n'était pas vraiment reconnue et l'urgence d'une mission dont l'enjeu était incalculable, comment choisir ?

Le sacrifice fut vertigineux de part et d'autre. Je me suis souvent retrouvé dans ces confidences de Paul Claudel au sujet de sa rupture avec Rosalie Vetch :

> La renonciation pour Dieu à cette appétence essentielle et réciproque est quelque chose de terrible, une déchirure inguérissable… Tant pis ! Dieu est le plus grand et Il est Celui à qui à jamais j'ai donné la préférence[80]…

Ce que ne dit pas Claudel, c'est que toute son œuvre, ou presque, est née de cette blessure.

Le combat que Sarah a mené pour me garder fut un combat de titan. Après une retraite de deux semaines au noviciat jésuite de Saint-Martin-d'Ablois, le Père Maître me suppliait de rejoindre cette jeune fille et d'abandonner tout projet de vie sacerdotale. Nous connûmes alors, elle et moi, un temps qu'elle baptisa « fiançailles ».

J'emprunte à un grand acteur de théâtre les mots pour dire l'indicible de ce que nous avons vécu ensemble :

> La fête, la foule, le monde, tout disparaît, sauf un Être. C'est par lui, avec lui, à travers lui, qu'on peut tout refaire. Je dirai plus. Grâce à lui, on peut découvrir un tas de choses que, sans lui, on n'aurait jamais vues. C'est lui qui va nous le révéler. Lentement, obstinément, passionnément, on s'y donne avec un sentiment d'obéissance hallucinée à une injonction supérieure. Cet être, il semble tout à coup que c'est lui que l'on cherchait, comme il semble que, lui aussi, nous attendait. Sur cet être, le monde peut se reconstruire et prendre un sens ; sur lui, il est possible de retrouver la trace de nos pas…

> Le désir se dilate et naît à la joie. L'angoisse a disparu, la solitude aussi. À ce qui donne tant, il faut soi-même tout donner… Nous avons assisté à la rencontre de deux amants…, homme-femme, nous venons de goûter à la merveilleuse communion du couple. Avons-nous atteint l'amour ?… Les regards sont de plus en plus irrésistiblement accrochés. La prunelle s'élargit, une fenêtre s'ouvre et la terre perd ses limites. C'est le moment de la seconde Rencontre. Le moment où le phénomène de l'Amour se précipite ou non, le moment du miracle. Puis-je dire : le moment religieux[81] ?

Dès que je l'eus quittée, des angoisses m'ont encore poursuivi. Étais-je effrayé par l'intensité de son attente ? N'étais-je pas un déserteur ? Des multitudes de couples ne seraient-ils pas privés de la nouvelle la plus inouïe : « *Dieu est Amour* » ?

Un film, *Senso*, joua un rôle décisif. L'histoire se passe en Italie pendant une guerre contre Napoléon. Un jeune officier se laisse captiver par les prières de la femme qu'il aime. Elle le supplie de demeurer près d'elle. Songeant de plus en plus à ses compagnons sous la mitraille, il finira par la haïr de l'avoir arraché à son devoir.

Celui qui est marié a souci des affaires du monde, des moyens de faire plaisir à son épouse et le voilà divisé. (Saint Paul, 1 Corinthiens 7, 56)

J'étais écartelé en effet. Si je laissais Sarah dans le désespoir, l'amour se trahissait lui-même. Cet amour ne m'était-il pas apparu comme la tendresse de Dieu envers Son peuple ? N'était-ce pas là le sens même de l'amour humain ? Que devenait la parabole si je la quittais ? Dieu pouvait-il abandonner son peuple ?

Mais si j'abandonnais le projet du sacerdoce, quels sont ceux auxquels j'aurais pu donner le pardon de

Dieu et qui ne le recevraient pas ? Je ne pouvais pas dire : « Un prêtre en vaut un autre », car je pressentais combien le nombre de prêtres risquait de se réduire ! En effet en quarante ans il allait diminuer de moitié.

La grâce du sacrement du pardon, ce n'est pas rien tout de même ! « Je cherche la région cruciale de l'âme où le mal absolu s'oppose à la fraternité. » (Malraux) C'est bien dans le cœur de l'homme que l'indifférence prend racine ! C'est bien là qu'il fallait la déloger ! Il n'existait dans mon esprit qu'une seule force : Jésus-Christ.

Donner à Dieu des enfants, des existences uniques, inestimables pour peupler son Royaume, ce n'était pas rien non plus !

Sur divers cahiers, j'avais recopié des centaines et des centaines de pages de livres évoquant l'amour humain et sa place dans la vie des hommes. Je les lisais souvent.

Je fus fortement influencé par le théâtre de Paul Claudel. L'amour humain y est présenté exclusivement comme une révélation de Dieu. Le plus souvent, cet amour est sacrifié pour aller directement vers sa source. Pour Claudel, la femme est un instrument de l'Éternel. Il l'utilise comme le pêcheur met une mouche ou un ver au bout de sa ligne (*Le Soulier de satin*). L'amour est là pour conduire l'homme à Dieu. Cette vision des choses me donne aujourd'hui un sentiment de honte par la misogynie qu'elle recèle. On ne s'en rendait pas compte, car jamais peut-être la femme ne fut autant idéalisée que par ce grand poète ! Sarah avait une vue beaucoup plus simple des choses. : « Je ne suis pas une héroïne de Claudel. »

Le rêve d'un amour à la fois passionné et sanctifié était-il un rêve impossible ? Les textes de la théologie en ces années cinquante n'avaient pas grand-chose à voir avec ceux d'aujourd'hui. Le sacrement de mariage se définissait par trois axes : aide mutuelle (le terme évoquait une sorte de béquille), procréation (on s'en doutait un peu), remède à la concupiscence (cette expression rabaissait le mariage à une sorte de pis-aller pour éviter les débordements de la chair). Les textes de référence étaient dénués de toute poésie.

*

L'amour foudre

Après un mois de cauchemars et d'angoisses, j'entrai dans un noviciat dominicain. Aucun courrier avec Sarah n'était autorisé. Jamais je n'ai pensé à elle aussi fort que durant cette année. Tout ce que j'avais emporté d'elle m'entraînait vers Dieu ; plus de trente lettres et nos conversations dont le souvenir restait gravé, intact, au plus profond de moi. Elle me conduisait vers Dieu. Dieu me portait vers elle.

Les contacts avec les autres étaient réduits à l'extrême. Lorsque j'écrivais à mes parents (une lettre par trimestre !), je ne mettais plus de barrières à mes confidences. Jamais pourtant je n'ai osé leur parler de Sarah ! J'avais le sentiment que leur point de vue me priverait de ma liberté. Voici un échantillon de ce courrier :

> Vous êtes les êtres qui me sont les plus chers et pourtant je n'ai pas souvent réussi à me situer avec vous. Croyez bien que j'en souffre plus que vous. Que Dieu vous donne au centuple ce dont j'ai pu vous priver malgré moi. Vous Lui avez fait un fils de plus en me mettant au monde. Il peut bien vous en être reconnaissant.

Aujourd'hui, ce fils vous cause plus d'inquiétudes que de joies. J'en ai conscience. J'ai honte de savoir si peu vous dire ma reconnaissance. Nous manquons ainsi, tous, de gratitude envers Dieu. Ses exigences nous culpabilisent.

Toi, papa, tu faisais la guerre à ma paresse. Ta seule présence me rappelait ma misère. Et toi, maman, as-tu réalisé que tu contrais parfois mes aspirations les plus fragiles vers plus de justice sociale ?

Si j'avais su vous admirer avec enthousiasme, j'aurais acquis vos qualités innombrables. Elles sont tellement plus importantes que vos limites. Lorsqu'on aime avec intensité, notre cœur est comme un torrent. Les limites humaines sont alors comme les pierres qui font chanter ce torrent. Elles n'arrêtent pas son cours. Elles l'enchantent... Vous saurez un jour, dans la bienheureuse éternité, combien j'ai prié pour que vous soyez heureux...

Lorsque je parle de l'inquiétude que je leur donnais, il s'agissait de ma difficulté à trouver une réponse ajustée à cet appel intérieur si mystérieux que l'on nommait vocation. Je n'étais pas du tout sûr de continuer ma route vers le sacerdoce. Mais que réaliser avec ce désir incoercible de « faire connaître et aimer Jésus-Christ » ?

*

Durant les douze mois de noviciat, ma raison et mon cœur oscillèrent encore d'un côté et de l'autre. Le Père Maître voulait me garder lorsque je voulais partir. Un second Père Maître arriva qui me conseilla de quitter le couvent. Il invoquait de mauvais motifs. Sarah avait demandé de mes nouvelles. J'avais eu l'audace de lui écrire. L'attitude fut jugée inadmissible. Cette injustice m'apparut comme une ultime ruse de l'Adversaire et me poussa à redoubler d'efforts pour continuer sur le chemin du sacerdoce.

Je tentai ma chance une quatrième fois dans une autre maison de formation. Normalement on ne court pas le risque de reprendre un candidat après trois essais infructueux. Pourquoi m'a-t-on repris ? J'interprétais cela à l'éclairage d'une parole de l'Évangile : « *Ce n'est pas vous, c'est Moi qui vous ai choisi !* » (Jean 16, 16)

Je relisais souvent les lettres sublimes de Sarah, tellement rayonnantes de la beauté du message biblique, soulignant de façon mystique la signification du sacrement de mariage. Je me permets de citer ici quelques lignes d'un livre de Christiane Singer qui ressemblent, mot pour mot, à ce que Sarah m'avait écrit :

> Jamais, Abélard, et je te le jure devant le ciel et la terre, je n'ai été plus près de Dieu que dans nos embrassements. L'éternité m'a été donnée à voir, l'éternité qui nous traverse depuis le début des temps et nous fondra dans la lumière…
>
> Rien n'est plus contraire à l'expérience mystique que la routine et la sécurité. Seules les âmes ébranlées jusque dans leurs fondements par la passion ont la chance de voir s'écrouler l'édifice de leur moi, de devenir les chantiers du divin.
>
> Oui, la beauté des êtres et des choses m'était soudain révélée et me bouleversait. Partout le voile fané des apparences se soulevait, et je découvrais le monde dans sa clarté originelle[82].

Je recevais aussi des lettres exprimant son désespoir, lourdes de culpabilisation. Elle n'accusait que « l'institution Église », mais comment ne pas me sentir responsable ?

> Que m'importent le ciel, le soleil, la terre ! Que m'importent les chemins de l'été si je dois y marcher seule ! Le soleil n'est plus doux sur ma peau, les jours

n'ont plus d'aurore, les fleurs n'ont plus de parfum, les humains n'ont plus de visage. Il n'y a plus rien pour moi que le gouffre de ton absence et la désolation de ma solitude. Je continuerai de tourner hagarde comme une bête à qui on a volé ses petits…

Une religieuse à laquelle se confiait Sarah écrivit une lettre au supérieur du séminairepour l'informer : « L'intensité des liens d'une jeune fille avec un de vos séminaristes me semble inquiétante… » Le supérieur me signala que j'aurais sans doute à retrouver la vie civile. Je vécus cette éventualité dans la confiance et la paix.

Alors pourquoi un tel acharnement de ma part ? Quelle force ou quel visage m'a donc arraché à la violence d'un tel amour ? J'ai tenté de m'en expliquer dans le livre *Dieu écrit droit avec des lignes courbes*. Mais le mystère demeure entier !

Aucun métier ne semblait répondre tout à fait à mon besoin de trouver des parades à la souffrance du monde. Il m'aurait fallu rencontrer divers témoins s'efforçant de parer aux malheurs de l'humanité. J'avais eu l'expérience du travail en hôpital. Mais c'était surtout par l'écoute que je me sentais apte à porter secours aux patients. Les soins sous leur aspect technique, à l'hôpital de Bobo (Haute Volta, aujourd'hui Burkina Faso), n'étaient qu'une phase de l'aide. Je donnais souvent à des malades l'envie de lutter en leur lisant des poèmes. Cette dimension de la solidarité me portait vers ce que l'on appelle « la culture » : donner à lire ce qui pourrait réveiller l'âme. Mais les Maisons de la culture n'existaient pas encore.

*

Ce destin particulier a conditionné mon existence et mes jugements de valeur. Plus tard, lorsque je recevais des couples, lors de retraites de fiancés, ou invité à clarifier des conflits, j'étais particulièrement attentif. Je me disais : Sarah ne pourra me pardonner que si des milliers de couples reçoivent une force mystérieuse par le talisman du sacerdoce !

Tout ce que j'entends sur l'art de vivre à deux s'imprime fortement en moi. Il s'agit d'une urgence pour aider les fiancés à ne pas partir à l'aveuglette. Tant de gâchis n'est pas soutenable. L'amour humain est trop beau pour être livré aux charançons et aux termites.

Alexandre Jardin, mon ami depuis son adolescence, disait un jour : « Stan, il a de la chance : son métier, c'est l'amour. » Peut-on mieux résumer la vocation du prêtre ?

Par expérience, je sais qu'il n'y a rien de plus beau sur terre que l'amour d'un homme et d'une femme. Par confidence, je crois que la vie en couple est un art qui réclame humilité, douceur, compassion, confiance, générosité, humour, intelligence, patience, respect. La relation très particulière de deux êtres partageant tout réclame un soin d'une vigilance extrême. Certaines plantes meurent si elles n'ont pas une quantité précise d'eau et de lumière. L'amour et l'amitié réclament encore plus de soins.

Je relis parfois des lettres reçues pendant les quarante années écoulées. J'en ai gardé des milliers. De quoi est-il question sinon de relations tour à tour magnifiées et blessées ?

En regardant le film dans lequel Marie Trintignant incarne magnifiquement le rôle de l'écrivain Colette, je me disais : « Les lettres que tu reçois racontent à n'en jamais finir les gloires et les tourments de l'amour. Y a-t-il autre chose dans la vie ? »

Comme c'était impressionnant de voir, dans ce film, Colette en petit soldat de 14-18, franchir les lignes sous les bombes pour rejoindre son mari et endurer à l'hôpital militaire l'angoisse de le perdre. Malgré cette apothéose de l'amour : ce sommet vertigineux qui semblait avoir fait de leur amour une citadelle imprenable, peu de temps plus tard, le grand blessé sauvé par Colette la laisse pour une autre femme.

Le drame réel de l'actrice à Vilnius vient sur ces images nous crier : « Dites-moi s'il n'y a contre l'amour aucun sabotage, aucun complot, aucune stratégie destructrice ? »

Ce n'est pas dans la Bible que m'a été enseignée l'existence d'une force contraire à l'amour, mais elle me l'a confirmée. Semblable au jeune Siddhârta qui découvre la face cachée de la réalité : souffrance, maladie, vieillesse, mort, j'ai été saisi par les conflits, les violences, les reproches injustifiés, les ruptures d'amitié, les brouilles des couples.

Qui ouvre la boîte de Pandore ? Si la Bible ne me parlait pas d'un sabotage permanent mené par une entité très supérieure à nous, je n'y comprendrais rien. Celui qui s'est juré de plonger chaque être humain dans le plus extrême désespoir n'en finit pas de concocter des divisions, des ressentiments, des dissensions, des schismes, des incompatibilités, des incompréhensions, des divorces, des vengeances. Son plus grand plaisir est de nous « pourrir la vie ». Seul le courage d'aimer envers et contre tout peut freiner cette escalade. Seul un défi têtu, toujours recommencé !

Les douleurs de ce monde sont aussi vastes que les océans. Mais ce sont les souffrances des êtres désunis qui m'ont toujours le plus touché.

Si le couple se casse, c'est le toit de la maison qui s'effondre. Comment les enfants peuvent-ils assumer cela sans blessure ? D'où viennent les agressions dans les couples ? Pourquoi les reproches ? Pourquoi se croire frustré parce qu'on avait rêvé autre chose ? Pourquoi les scènes ? Pourquoi les humiliations ?

J'écoutais à chaque visite, avec une extrême attention, des récits dont chacun aurait fait le sujet d'un roman déchirant. Je me souviens de cette jeune femme qui a pleuré pendant deux heures dans mon bureau. Son compagnon s'était suicidé à cause de quelques phrases particulièrement cruelles. Elle voulait le rejoindre dans la mort pour lui demander pardon. « Je ne suis pas croyante, mais dites-moi qu'il existe un moyen de le retrouver. Dites-moi que si je meurs je pourrai le rejoindre. » Je n'ai pas su la dissuader. Le lendemain elle sautait du quatrième étage, devenant infirme pour toujours.

Sur trois mariages, en France, il y en a un qui s'achève par un divorce. Le nombre des divorces serait passé en cinquante ans de trente mille à cent vingt mille par an. Est-ce une fatalité ?

Il m'est arrivé de contribuer à renflouer des couples qui avaient fait naufrage. Dans ces moments-là, qui oserait me dire : « Le sacrifice qui vous fut imposé n'a aucun sens » ? Peut-être est-ce là le « centuple » promis dans l'Évangile à ceux qui ont quitté un grand amour pour mettre leurs pas dans les pas du Sauveur ! N'a-t-il pas quitté lui-même, pour nous, le foyer infini de douceur où il demeurait avant de prendre la condition humaine ?

Le chemin vers le sacerdoce fut encore particulièrement mouvementé[83]. À chaque hésitation une pensée me traversait : tout plutôt que de limiter d'un iota la croissance de l'amour sur cette planète. Cela devenait une obsession. Lorsque je vivais côte à côte avec des délinquants, je me disais : il est urgent d'être porte-parole des humiliés. Lorsque je fus attiré vers cet amour privilégié qui pouvait se concrétiser dans les liens du mariage, j'ai redouté que l'excès de bonheur me sépare des malheureux. J'ai voulu être prêtre pour pouvoir mieux livrer ce que je crois être le message principal de Jésus-Christ : l'amour fait vivre, son absence fait mourir.

Le Christ promet le centuple à ceux qui renonceront, pour l'annonce du Royaume, à un champ ou une maison, ou à des parents, des frères et des sœurs. Dans un autre texte assez différent, il ne demande pas non plus de quitter son épouse, mais de préférer Dieu. « *Si quelqu'un vient à moi sans me préférer à son père, sa mère, sa femme, ses enfants, ses frères et ses sœurs, et même à sa propre vie, il ne peut être mon disciple.* » (Luc 14, 25-27). On peut traduire : « Aimer son épouse en conformité avec l'esprit des Béatitudes. »

Puisque l'amour humain était si grand, si prodigieux, si fort, si lumineux, est-ce que cela ne valait pas la peine de le centupler ? J'entendais cette expression dans le sens de permettre à cent personnes de le vivre. Ce ne sont pas nos pauvres mots humains qui peuvent toucher le sacrement de l'ordination qui fait d'un homme un prêtre porte en lui une force divine pour atteindre les cœurs. Il m'est arrivé si souvent d'être rejoint par la parole d'un homme pour qui l'Évangile n'était pas un livre scolaire, mais une expression personnelle et profonde, la marque du Dieu vivant.

À vingt ans je me disais : « Mieux vaut un amour sans religion qu'une religion sans amour. » Si je suis allé du côté de Jésus-Christ, c'était bien parce qu'il me semblait être le plus grand pourvoyeur d'amour de la planète. Des personnes meurent de ne pas être aimées. Jésus-Christ était à mes yeux le seul maître spirituel qui ait su me dire que la moindre absence d'amour peut détruire des multitudes, qu'une seule parcelle d'amour peut les sauver.

> À la tête de ma cité j'installerai des prêtres et des poètes, ils feront s'épanouir le cœur des hommes[84].

Cette phrase de Saint-Exupéry avait été un déclencheur. Elle me faisait rêver. Je ne désirais rien autant que cela : « Faire s'épanouir le cœur des hommes. »

★

Le séminaire et le noviciat furent des univers exclusivement masculins. Les possibilités de rencontres avec les « condisciples » étaient quelque peu bridées par une atmosphère inévitablement artificielle. Certains de ces camarades de séminaire sont restés des amis. Plusieurs sont devenus évêques. Quelques-uns m'ont invité pour prêcher des retraites dans leur diocèse. Mais un assez grand nombre de mes confrères ont quitté le sacerdoce après l'ordination. L'un d'entre eux s'est donné la mort. L'aurait-il fait si nous l'avions aimé davantage ?

J'ai apprécié les qualités exceptionnelles de nos professeurs, tenus bien à tort à distance respectueuse. Pourquoi l'âge, à nos yeux, était-il signe de « périmé, plus dans l'coup, *has been* » ? Quel âge avait le pape Jean XXIII lorsqu'il a rajeuni l'Église ? « Il en faut du temps pour devenir jeune ! », disait Picasso alors qu'il était octogénaire !

L'affection pour nos professeurs n'était pas de mise. Pudeur ? Timidité ? Coutume d'une époque ? Je n'en portais pas moins une immense admiration à ces hommes remarquables. J'ai leur photo sous les yeux en cet instant Quel privilège et quelle responsabilité d'avoir bénéficié de leurs enseignements !

Durant l'année qui précéda l'ordination, je participais à une colonie de vacances d'enfants européens, au Maroc. Ils étaient environ cinq cents. Un jour, en promenade, nous passons près d'un camp de scouts israélites. Un jeune de mon groupe lance « sales juifs ». Une émotion me parcourt des doigts de pieds à la racine des cheveux. J'obligeai ce jeune à se mettre à genoux devant ces enfants juifs et à leur demander pardon. L'extrême émotion que je ressentais était un curieux mélange d'amour et de colère.

Après l'ordination vint l'époque des charges et des responsabilités. Les quatre jours qui ont suivi ce sacrement, j'ai donné le Pardon de Dieu à plus de cent personnes dans une paroisse de Paris. Je peux mourir, me disais-je, mon passé est justifié.

Mon bonheur fut grand, plus tard, en paroisse ou en aumônerie. Je pressentais l'importance de chacun, de chacune. La relation était différente selon ce que l'on attendait. Je me souviens surtout de conversations en marchant sur une route ou un chemin, parfois pendant des heures avec l'un ou l'autre de ces innombrables jeunes des diverses aumôneries dont j'avais la charge. Je n'ai pas de joies plus grandes que de les retrouver dix ou trente ans plus tard !

⋆

Pourquoi les contestations dont je fus l'objet durant ma vie m'ont-elles surpris ? J'étais dépositaire de valeurs qui ne m'appartenaient pas. Peut-être étais-je comme une « sono fêlée » ? N'est-il pas légitime d'en vouloir à des haut-parleurs aux membranes déchirées ? Ils vous gâchent tellement la beauté d'un morceau de musique.

Aujourd'hui, après quarante-quatre ans de sacerdoce (c'est aujourd'hui l'anniversaire de mon ordination), les relations avec des jeunes que je pouvais écouter individuellement lors de week-ends et de camps se sont espacées. J'anime des rencontres et des sessions où ils sont cent, cinq cents ou davantage. Il est impossible d'offrir à chacun l'importance qu'il mérite, l'attention qu'il réclame. J'ai la nostalgie des camps avec trente ou quarante jeunes.

À l'époque durant laquelle je ne cessais de me questionner : « Être ou ne pas être prêtre ? », je fis un rêve : « Si tu es laïc, marié, tu auras une maison chaleureuse avec une belle cheminée. Quelques personnes, peu nombreuses, pourront venir s'y réchauffer. Si tu es prêtre, tu auras un hangar immense sous lequel des foules pourront trouver un abri temporaire pour se protéger de la pluie et du froid. Mais cet abri sera traversé de courants d'air. Tu auras froid ! » Aujourd'hui, cette image semble avoir été prémonitoire. Le hangar ouvert à tous les vents s'agrandit. Les rencontres ont gagné en étendue. Elles ont peut-être perdu en qualité. Je reçois chaque semaine vingt à trente lettres de personnes que je n'ai jamais vues : un livre, une chronique, une cassette, une émission de télévision ou de radio les ont touchées. J'ai l'impression de communiquer avec des « ombres ». Des inconnus viennent, de très loin parfois, me rendre visite. Les « ombres » alors entrent dans un univers plus réel. Les récits qu'ils me font sont souvent poignants. J'aimerais tant pouvoir les aider à trouver la parade à leurs deuils, à comprendre la signification de leurs tourments, à sacraliser leur quotidien, à découvrir où pourraient le mieux s'exprimer leurs talents.

*

Pour avoir animé de nombreuses retraites de prêtres depuis vingt ans, je peux témoigner que la grande majorité d'entre eux ont bâti leur vie d'apôtre sur l'amour. Ils n'ont pas ménagé leur peine. Ils ont souffert d'être incompris.

> Tout se perd et rien ne vous touche,
> ni mes paroles ni mes mains,
> et vous passez votre chemin
> sans savoir ce que dit ma bouche[85].

Ils ont accepté leur solitude dans la mesure où des paroissiens les accueillaient avec joie dans leur maison. Ils ont vécu cette solitude le plus souvent par désir d'identification au Christ : « *Les renards ont des tanières. Le Fils de l'Homme, lui, n'a pas une pierre sur laquelle poser Sa tête.* » (Luc 9, 58)

Je fus, dans les années cinquante, chauffeur du responsable de la Mission de France. Je l'ai entendu dire : « Comment les gens pourront-ils aimer Jésus-Christ s'ils ne peuvent nous aimer ? » Il citait souvent ce mot d'un Père de l'Église : « Montre-moi ton homme, je verrai qui est ton Dieu. »

Je n'ai raconté ici qu'une infime parcelle des rencontres qui m'ont fait entrer dans l'aimantation de l'amour. Avec le même enseignement, d'autres auraient fait des merveilles. Ce n'est pas parce que l'on parle beaucoup de l'amour que l'on aime beaucoup. Mais ce n'est pas parce que l'on aime peu et mal que l'on est dispensé de parler. « *Je ne fais pas le bien que j'aime, je fais le mal que je n'aime pas ! Qui me délivrera de ce corps de mort ?* » (Saint Paul Romains 7, 24)

Il y a vingt ans, l'abbé Pierre m'a téléphoné pour m'inviter à le rencontrer. Quelle journée magnifique j'ai passée en tête à tête avec un tel homme. Il me confiait son itinéraire. Je voyais l'unité de toute sa vie. Là encore, il n'y avait rien que de l'amour. Hier, on lui demandait : « Que voulez-vous qu'on écrive sur votre tombe ? » Il répondit : « Il a essayé d'aimer. »

Conclusion

À quoi reconnaît-on l'amour ?

> Amour,
> nous n'avions que Toi sur la terre
> ne nous laisse pas devenir froids
> tends-nous la main et sauve-nous.
>
> Jacques PRÉVERT

L'homme devant son chien, dont le regard exprime l'affection, la confiance et la gratitude, se dit : « Il ne lui manque que la parole. » Dieu, devant l'homme, se dit peut-être : « Il ne lui manque que la tendresse. »

> Il ne faut pas demander l'amour à la nature humaine ; on ne demande pas à une rose de fleurir sur un marais salant[86].

Dieu a jeté ce défi : coûte que coûte le marais deviendra un jardin.

Parmi les exigences de Dieu à l'égard de Son peuple, il en est une qui occupe la première place : « *Tu aimeras le Seigneur Ton Dieu.* » Cet amour se traduira de plusieurs façons ; la confiance, l'écoute de Sa parole, la générosité à l'égard des malmenés de la vie : étrangers, veuves, orphelins, malades, infirmes, prisonniers…

Dans les recommandations de Dieu à Moïse, les injonctions ne sont pas toutes du même ordre. Les unes sont d'ordre éthique : interdit de l'inceste, interdit de certaines nourritures. Les autres sont orientées vers le bien-être du prochain dont il faut impérativement prendre le souci.

Ne volez pas. Ne mentez pas.
Ne vous trompez pas les uns les autres... Je suis Dieu.
N'exploite pas ton prochain.
Ne sois pas injuste envers lui... Je suis Dieu.
Ne répands pas de calomnies contre les tiens.
Ne risque pas le sang d'un proche par ton témoignage.
Renonce à la vengeance, sois sans rancune,
Aime ton prochain comme toi-même. Je suis Dieu [87].

Toutes les cinq phrases le texte proclame : « *Je suis Dieu.* » « *Dieu est Amour* », voilà qui est dit, en filigrane, douze siècles avant saint Jean.

L'exigence la plus forte pour évoquer le devoir d'aimer se trouve au chapitre 58, 6-9 d'Isaïe. Lorsqu'un texte commence par « *Crie à pleine voix* », on peut s'attendre à un message décisif.

Crie à pleine voix...
Quel est le jeûne que Je veux ?
Briser les chaînes du crime,
délier le harnais et le joug,
renvoyer libre l'opprimé et déposer le joug,
partager ton pain avec l'affamé,
ramener chez toi le pauvre des rues,
couvrir celui que tu vois nu,
ne pas te dérober à celui qui est ton propre toi-même.
Alors jaillira ta lumière...
Tes blessures seront cicatrisées...

Le précepte d'aimer n'est pas nouveau. Au temps de Jésus, voilà treize siècles que Moïse a transmis l'ordre de Dieu à Son peuple : « *Tu aimeras ton prochain comme toi-même.* » Le contexte du Lévitique dont j'ai cité un court extrait est précieux. En effet il donne à l'amour le contenu le plus concret : *Ne fais aucun mal à autrui.* Les prophètes ont repris cette exigence. Ils en ont fait un leitmotiv du grand projet de Dieu. « *Je saurai que tu M'aimes, à l'amour que tu auras pour le pauvre, l'humilié, le sans-appui, le sans-abri, l'orphelin, la veuve, l'étranger* », répétera Dieu sur tous les tons.

« *Soyez pour vos semblables ce que le soleil et l'eau sont pour les plantes.* » (D'après Matthieu 5, 45.) Le soleil et l'eau ne changent pas le cèdre en pommier ni le cactus en fraisier. Ils permettent seulement à l'arbre ou à la plante d'exister selon sa nature différente, unique et originale. Cette parole de Matthieu est à mes yeux la plus belle définition de l'amour.

★

Nous nous interrogeons parfois sur le sens de notre destinée. Que faisons-nous sur cette terre ? Avons-nous été inventés dans un but précis ? Si oui, lequel ? Tout à l'heure, je regardais les graffiti des pupitres d'une salle de classe, des messages précieux et clairs : « L'amour, pas la guerre », « Blandine est superbe, je l'adore », « Quel ennui d'être si seul ! »... Les aspirations les plus fortes des jeunes les conduisent vers la tendresse et l'amitié, vers le « réseau de liens qui fait devenir » dont parle Saint-Exupéry. Mais tout leur dit que la société fonctionne autrement, à partir de lois économiques, de rapports de force et d'intérêts. Les médias leur répètent où sont les normes pour aujourd'hui. Ce n'est pas l'amour-don de soi qui est « tendance », c'est l'amour kleenex. Ce n'est pas l'amour de générosité dont il est question, c'est l'amour – « cinq à sept ». Les émissions de télévision ne sont pas basées sur un souci culturel pour « grand dire », mais sur un souci financier. Si le sexe fait grimper l'audimat, mettons-en partout. Les relations affectives des jeunes sont souvent faussées par une sexualité purement biologique. D'emblée, l'amour se trouve écarté, discrédité, dévitalisé.

La Bible (particulièrement l'Évangile) affirme que l'Être même de Dieu est Amour et que cet Amour est la vocation de l'homme. Nous sommes créés et mis au monde pour apprendre à aimer. La vie est l'espace de cet apprentissage.

Saint Paul dit de la manière la plus claire : l'Amour seul a valeur d'Éternité. Les plus grandes conquêtes, les plus grandes victoires n'ont de prestige que si elles ont permis un plus grand accomplissement de l'amour. J'aurais beau tout connaître, tout partager de mes biens, tout endurer : s'il me manque l'amour, ce n'est que du vent. C'est du vide, c'est nul. « *S'il me manque l'amour, je ne suis plus que du bruit sans signification, je n'existe plus.* » (1 Corinthiens 13, 1 à 4)

Nos communautés auront beau bénéficier d'une organisation digne des sociétés les plus prospères, si l'amour que nous nous portons les uns aux autres est froid, elles sont aussi creuses qu'une coquille vide.

Une lumière s'impose, aussi rayonnante que les propos de saint Jean : « *Nous sommes passés de la mort à la vie lorsque nous aimons nos frères. Celui qui aime est né de Dieu et connaît Dieu. Celui qui n'aime pas n'a pas connu Dieu. Dieu est Amour.* » (1 Jean, 4, 7-8)

★

Pourquoi tant de maîtres à penser ont-ils été si sévères contre l'amour ? Lorsqu'on parle de la nullité de l'amour, il faut avoir l'honnêteté de reconnaître qu'il ne s'agit pas en réalité de l'amour véritable, mais de ses équivoques, de ses parasites. « *Si le sel s'affadit, avec quoi pourra-t-on saler ? Il n'est plus bon qu'à être jeté dehors* » disait Jésus. (Matthieu 5, 13) Satan pervertit tout ce qu'il touche. Ce n'est pas étonnant qu'il s'attaque de préférence à l'amour. Il s'agit de son ennemi mortel. Satan pervertit l'amour de l'intérieur, il le dénature. Il lui injecte un virus. Il paralyse ses défenses immunitaires.

Saül de Tarse, le bourreau converti à la cause de ses victimes, a su vraiment ce qu'aimer veut dire. Il souligne à quel point ni dogmes, ni sciences théologiques, ni grâces mystiques, ni foi à renverser les montagnes, ni martyre, s'ils sont réduits à eux-mêmes, ne valent un atome d'amour. Il dit l'ampleur de ce projet de Dieu. « *Toutes les choses passeront, même la foi et l'espérance, l'amour ne passera jamais.* » (1 Corinthiens 13)

Dans un texte fameux, saint Paul désigne l'amour comme la réalité la plus urgente et la plus vivifiante, celle qui donne son sens et son prix à la vie. Il désigne l'amour comme la seule saveur du monde à venir. Mais il est conscient de l'écart prodigieux entre l'amour véritable et ses approches balbutiantes, parfois caricaturales. Il nous montre les conditions du véritable amour.

Il ne s'agit pas de vouloir accéder à la pureté de l'amour en trois ou six mois, mais d'avoir en mains une carte sûre et une boussole fiable.

S'il me manque l'amour

À quoi peut-on reconnaître l'amour authentique ? Voici donc la « pierre de touche », le test d'authenticité, les attitudes qui font reconnaître l'amour véritable :

Aspirez aux dons les meilleurs.
Et, de plus, je vais vous indiquer une voie infiniment supérieure.
Quand je parlerais en langues,
celle des hommes et celle des anges,
s'il me manque l'amour,
je suis un métal qui résonne, une cymbale retentissante.
Quand j'aurais le don de prophétie,
la connaissance de tous les mystères et de toute la science,
quand j'aurais la foi la plus totale,
celle qui transporte les montagnes,
s'il me manque l'amour, je ne suis rien.
Quand je distribuerais tous mes biens aux affamés,
quand je livrerais mon corps aux flammes,
s'il me manque l'amour, je n'y gagne rien.

L'amour prend patience, l'amour rend service,
l'amour ne jalouse pas, il ne plastronne pas,
il ne s'enfle pas d'orgueil,
l'amour ne fait rien de laid, il ne cherche pas son intérêt,
l'amour ne s'irrite pas, il n'entretient pas de rancune,
l'amour s'attriste de l'injustice,
mais il trouve sa joie dans la vérité.
Il excuse tout, il croit tout, il espère tout, il endure tout.
L'amour ne disparaîtra jamais...

La foi, l'espérance et l'amour demeurent,
mais l'amour est le plus grand.[88]

Dans cette lettre, saint Paul montre que rien n'a de sens qui ne soit vivifié par l'amour. Aucune sagesse, aucun savoir, aucun abandon de ses biens, aucun martyre n'ont de sens s'ils ne sont pas inspirés par l' amour.

L'amour prend patience. Vous reconnaîtrez l'amour à sa patience. Il fait confiance, il ne désespère jamais de l'être aimé. Il n'exige pas de l'autre qu'il s'améliore instantanément. Comme le père de l'enfant prodigue, il sait attendre. Saint Paul a compris cela mieux que personne. Dieu a-t-Il désespéré de lui, lui l'intégriste forcené, lui le fanatique ?

Lorsque tu aimes, tu es pénétré d'un esprit de patience. Les limites et les défauts de l'être aimé t'attendrissent, même si tu en es meurtri. Tu acceptes que l'autre n'ait pas à chaque instant le mot juste. Ses limites sont un vaste chantier ouvert à ta créativité. Les défauts de l'autre, que le non-amour songerait à souligner, sont perçus comme un simple inachèvement, un motif de plus d'aimer. Les êtres parfaits n'ont plus rien à faire en ce monde. Leur « parcours initiatique » est achevé.

Rien ne découragera Dieu de vous aimer. Il ne regarde pas votre trahison. Il voit votre chagrin d'avoir trahi. Si votre amour désespère d'un être, il ne mérite plus d'être nommé « amour ».

L'amour se met au service de l'autre. Vous reconnaîtrez l'amour véritable à sa capacité de drainer les énergies disponibles au secours de l'être aimé. Lorsque la dignité, la sécurité, la réputation, les droits ou la vie de l'être aimé sont en jeu, l'amour rassemble ses forces. De cela, Jésus est l'exemple vivant. Cette qualité d'amour dérange nos amours tranquilles, elle nous déconcerte. Cette qualité d'amour nous aveugle. Nous sommes devant elle, comme une chouette en plein jour !

Il n'y a pas de plus grand amour que de donner sa vie pour ceux qu'on aime. Comment Jésus ose-t-il transgresser les tabous et les qu'en-dira-t-on pour des personnes qualifiées d'indésirables, des gens pas intéressants ? Jésus se démarque de ses contemporains pour qui les déviances du sexe sont signes d'infamie. Pour lui, ce sont des symptômes, des signaux de détresse. La trace d'une telle compassion se retrouve aujourd'hui dans la vie de tous les kamikazes de l'amour comme le père Ceyrac, l'abbé Pierre, Jean Vanier, Guy Gilbert. Je recevais hier une lettre de ce vieil ami. Il me disait : « Crois absolument que le plus grand, le plus puissant sur le cœur de Dieu, c'est celui dont tu n'auras pas su regarder le visage ou écouter les mots maladroits. » (Je n'en finirais pas de méditer cette parole car il y a des êtres dont je ne parviens toujours pas à ressentir l'existence comme une merveille. L'étroitesse de leurs rejets, de leurs jugements, de leur racisme me consterne et me paralyse.)

Jésus fut condamné à la mort la plus infamante pour avoir osé aimer. Les supplices des lanières plombées qui font voler sa chair en éclats, les clous enfoncés dans ses poignets ne donneront jamais la mesure de ce qu'il a pu endurer dans son cœur et dans son âme ? Y a-t-il douleur plus grande que d'être haï et rejeté de ceux qu'on aime ?

Nous voudrions une méthode Assimil de l'amour : l'amour sans peine. Cette méthode n'existe pas.

Créez, nous dit Jésus, le climat qui permettra à vos semblables d'exister. Ne leur imposez pas votre conception du bonheur. L'amour se nourrit de vérité et de respect.

Vous reconnaîtrez l'amour, à ce qu'il renonce à tout moyen de puissance, de séduction ou de chantage. Il ne peut vivre que dans l'humilité et la douceur. Il ne tient à rien autant qu'à la liberté de l'être aimé. Si notre amour épanouit si peu ceux que nous prétendons aimer, c'est qu'il emprunte rarement ce chemin.

L'amour ne s'enfle pas d'orgueil. L'amour ne fleurit que sur l'humilité. Celui qui aime reconnaît qu'il aime au sentiment d'humilité qui s'empare de lui. Il n'a plus envie de jouer un rôle. Il craint de faire de l'ombre à l'être aimé. Il s'efface pour lui donner la meilleure place. Il accepte joyeusement d'avoir tort ; le reconnaître ne l'offense pas, demander pardon ne lui coûte pas. Devant l'attitude injuste de l'être aimé répétant un reproche déplacé, il imite la branche enneigée qui s'incline au lieu de se raidir. Il ne tient pas l'autre pour responsable de ce qui est à mettre sur le compte de l'orage, de la fatigue, du manque de sommeil ou de la lune.

L'orgueil est à l'amour ce que le ver est au fruit. Il agit comme les termites dans les solives d'un plafond. Tu n'apporteras rien à l'orgueilleux, tu deviendras son faire-valoir. Il te prendra pour redorer son blason et lorsque tu ne lui seras plus nécessaire, il te laissera sur le bord du chemin. Même l'orgueil d'aimer tue l'amour puisque alors on ne voit plus que l'amour prend sa source en Dieu.

Celui qui aime vraiment efface chaque nuit les blessures du jour. Il est comme le bois de santal qui couvre de parfum la hache qui le blesse. Il laisse de côté les mesquineries. Il tourne la page. Il est plus prompt à regarder la poutre qui assombrit son propre regard qu'à compter les poussières dans l'œil de l'être aimé.

L'amour ne jalouse pas. Que de parents et d'amoureux refusent de s'associer à la joie de l'être aimé si cette joie fut l'œuvre d'un autre qu'eux ! On s'acharne à détruire ce qui a donné tant de bonheur à un être que l'on prétend aimer. Que de médecins, que d'avocats, que de prêtres sont malades devant le succès d'un confrère ! Alors tous les coups bas sont permis.

L'amour ne cherche pas son intérêt. L'amour n'est pas là pour mettre en valeur notre renommée. Ni Thérèse de Lisieux, ni Charles de Foucauld n'ont su qu'ils aimaient. Ils aimaient « gratuitement ». Ils ne faisaient pas de l'autre le piédestal de leur accès au paradis. Pour souligner cette gratuité, les Chrétiens des premiers siècles avaient inventé un nom : *caritas.*

L'amour ne fait rien de laid. L'esprit dominateur, les contraintes, les façons de traiter l'autre comme un enfant, tout cela n'est pas digne d'un véritable amour. Se dire des mots humiliants sous le coup de la colère est grotesque. Les reproches publics pour des babioles sont laids. Ce qui manque ici se nomme le respect.

Lorsque tu aimes, tu laisses sur le seuil tout calcul, toute revendication. Tu ne t'entends jamais dire : « Après tout ce que j'ai fait pour lui (pour elle) ! » C'est toi qui es en dette envers celui ou celle qui t'a permis de l'aimer. Car tout amour grandit celui qui aime.

Le chantage amoureux : « Si tu me laisses, j'en mourrai » est une faiblesse. Tant d'hommes et tant de femmes sont morts de s'être laissé prendre à ce piège. Comme on peut en vouloir à celui ou celle qui nous a privé de notre liberté !

Lorsque tu aimes, tu apprends à gérer les tensions et les conflits sans les nier. Se laisser transformer en victime, c'est installer l'autre dans un statut de tyran. « Si ton frère a mal agi, va vers lui… parle-lui. S'il t'écoute, tu auras sauvé ton frère. »

L'amour ne s'irrite pas. Cela nous semble si naturel de nous emporter lorsque l'autre a été injuste, lorsqu'une parole humiliante lui a échappé. Mais à quoi bon ressasser ?

L'amour ne garde pas de rancune. Le pardon est à l'amour ce que l'air est aux poumons. On peut s'attrister de l'injustice. Mais que faire de la rancune ? Une lettre retrouvée dans le vêtement d'une victime des nazis di-sait en substance : « Nous Te prions, Adonaï, pour nos bourreaux et nous Te rendons grâce pour ce qu'ils ont obtenu de nous en patience et en pardon. »

L'amour ne se réjouit pas de l'injustice, il met sa joie dans la vérité. Un peu plus loin, saint Paul dira : « *L'amour excuse tout* », mais il ne faut pas qu'une phrase en efface une autre. L'injustice et l'erreur ne peuvent pas être acceptées sans un effort pour rétablir la vérité. J'ai la conviction qu'un esprit perverti fomente habilement, entre ceux qui ont vocation de s'aimer, toutes sortes de malentendus et de mensonges. Faut-il se résoudre à cela et se laisser piétiner ? La calomnie, étalée sur la place publique, peut se changer en une persistante rumeur. C'est un crime.

Aucun homme, fût-il parmi les plus grands, n'est à l'abri d'une erreur d'appréciation au sujet des intentions de son prochain. Mais quelle souffrance lorsqu'on se trouve publiquement désavoué par un ami dont l'estime vous est vitale ! Je ne vois pas de meilleure illustration à ce propos que le malentendu qu'il y eut entre deux de nos plus grands écrivains : Jacques Maritain et Saint-Exupéry.

Saint-Exupéry avait publié une *Lettre aux Français d'Amérique* le 29 novembre 1942. Il s'adressait aux non-gaullistes pour leur dire d'abandonner tout esprit de parti et les inviter à s'unir aux forces américaines pour la libération de la France.

Jacques Maritain, qui résidait lui aussi aux États-Unis, publia, sans accepter de rencontrer d'abord

Saint-Exupéry, une sorte de réponse qui était un procès d'intention. Maritain présentait Saint-Exupéry comme quelqu'un qui aurait approuvé l'armistice et le gouvernement de Vichy. Saint-Exupéry lui écrivit ces lignes :

> Mon cher ami… Je suis désespéré par votre intervention.
>
> J'éprouve à votre égard une estime absolue. Vous représentez à mes yeux la droiture, la justice, le désintéressement et la probité… Vous me prenez à partie auprès de lecteurs qui ont ignoré ce que j'ai exactement dit. (La traduction anglaise n'était pas correcte.) Malgré la divergence des routes, je pense absolument comme vous et peine vers le même but. Que vous le vouliez ou non, c'est sur mon but que vous attirerez la suspicion… Et ceci m'est intolérablement cruel… J'engage ma parole d'homme, ma conscience de chrétien et l'honneur de mon nom sur ce que jamais je n'ai eu de lien avec Vichy… Je vous refuse le droit de vous former à l'intérieur de vous-même une fausse image de mes intentions profondes. J'ai droit à votre justice, absolument… L'existence d'un homme tel que vous m'est indispensable dans mon dégoût du monde d'aujourd'hui. En qui croirais-je si je suis blessé par vous dans ma foi ? Croyez à une estime que rien jamais n'entamera, mais qui me vaut, ce soir, de souffrir…

Saint-Exupéry au cours de cette lettre dit à Maritain combien il aurait souhaité le rencontrer pour que les choses se clarifient avant qu'il ne publie son attaque dans la presse. « Je pensais que vous me feriez l'honneur de me traiter en homme au-dessus des passions particulières… »

Tout excuser, tout croire, tout espérer. Nous pouvons deviner à travers ces paroles combien le projet envisagé dépasse les forces humaines. Que la grandeur de l'idéal proposé ne nous décourage pas. « *Si notre cœur venait à nous condamner, souvenons-nous que Dieu est plus grand que notre cœur.* » (1 Jean 3, 20) Dieu seul peut nous aider à réaliser en nous cette métamorphose d'un « cœur de pierre en cœur de chair ».

Il nous faut retourner souvent à ce texte de saint Paul comme à une source. Il nous dit, en bref : « Il n'y a que l'amour qui sauve », mais nous pouvons ajouter : Méfiez-vous de ce qui prend l'apparence de l'amour et qui n'est que sa contrefaçon.

L'amour ne disparaîtra jamais. Nous ne sommes nés que pour vivre éternellement d'une certaine qualité de relation dont les enfants, les amoureux et les mystiques ont connu les avant-goûts.

« Comme Je vous ai aimés »

Jésus nous demande-t-il de tenir pour négligeables nos relations humaines ? Exige-t-il que l'on tourne le dos au bonheur et à la joie terrestre ? Certains l'ont cru. Ils ont inventé une spiritualité de massacre. J'ai connu plusieurs personnes qui se sont laissé détruire, croyant ainsi faire plaisir à Dieu. Ces athéismes sont nés de ces caricatures d'Évangile. Penser Dieu contre l'homme, c'est tuer Dieu au cœur de l'homme.

Jésus ne serait pas fils d'Israël s'il n'aimait pas la vie. Le cœur du message de la première Alliance est un hymne à la joie.

Jésus ne nous reproche pas d'aimer trop, mais d'aimer mal et d'abîmer ainsi ceux que nous croyons aimer.

Préférer le Christ à tout, c'est porter nos liens humains dans le cœur de Dieu pour qu'Il les purifie. Tout lien affectif n'est pas forcément de l'amour. Nous n'avons pas rêvé assez grand ! « *Aimez-vous comme Je vous ai aimés.* » Cet amour-là dont Jésus s'est fait le témoin va bien plus loin que d'aimer « *comme soi-même* ».

Jésus a souligné comme personne à quel point il y avait une extrême différence entre le lien égoïste qui fait de l'autre un satellite et l'amour véritable qui nous met auprès de l'autre pour alléger les lourdeurs de sa vie. L'amour qui ne se paye pas de mots et se reconnaît à ce signe : il donne vie à l'être aimé.

Jésus-Christ n'attend pas que l'autre soit aimable pour l'aimer. C'est l'amour qui rendra à l'homme le plus méprisé son véritable visage. Jésus ne regarde pas les zones d'ombre d'un être. Il regarde son versant lumineux. Il ne l'identifie pas à son passé. Il croit en son avenir.

Avons-nous réellement envie de connaître la vérité de l'amour ?

Jésus est le maître incomparable de l'amour.

Quelques pages des Évangiles nous aideront à comprendre ce que peut vouloir dire : « *Aimez-vous... comme Je vous ai aimés.* »

Comment comprendre l'attrait de Jésus pour les pécheurs publics, les déviants, les marginaux ? Ceux qui n'ont aucun poids dans la société pèsent lourd dans son cœur. Ceux qui ne comptent pour personne comptent immensément pour lui. Il se laisse modifier par eux. Je pense à cette païenne de Syrophénicie. Elle réussit à le faire changer d'avis par l'intensité de sa confiance. Chaque rencontre de Jésus devrait nous rassurer. Si le Dieu qui a pris visage humain a aimé à ce point les êtres si peu recommandables de l'Évangile, pourquoi n'aurais-je pas mes chances moi-aussi ?

Pour Jésus, le péché n'est pas une attitude qui pourrait humilier, faire honte. C'est une maladie. On ne traite pas un cancéreux de « pauvre crétin » ou « d'abruti »…On apaise sa douleur.

Après avoir très vivement grondé une adolescente (dont j'étais responsable) parce que je l'avais retrouvée dans les bras d'un inconnu, elle m'a demandé avec un visage triste : « Tu crois que Jésus aurait parlé ainsi à la femme adultère ? »

Et cette fille de joie qui compromet Jésus ! Elle sort de l'égout, comment a-t-il osé la défendre, lui faire honneur ? Il se réjouit de montrer à tous le diamant de son cœur que personne ne savait voir. Ce collecteur d'impôts malhonnête, était-ce vraiment la seule visite envisageable lors de la traversée de Jéricho ? Était-ce bien convenable d'accepter de dialoguer avec cet officier de l'armée d'occupation au vu et au su de tous ? La rencontre avec le centurion nous permet au moins de nous émerveiller de son émerveillement.

Dans ses paraboles du Rabbi de Galilée, qui sont les personnages principaux, ceux à travers lesquels Jésus veut nous toucher, nous éclairer ? Un garçon égoïste qui plonge ses parents dans le désarroi (l'enfant prodigue), un moissonneur qui ne veut pas que l'on touche au chiendent (l'ivraie et le bon grain), une brebis assez sotte pour quitter le troupeau et gâcher une nuit de sommeil de son berger (la brebis perdue), un clochard qui fouille dans les poubelles (Lazare et le riche), des ouvriers qui semblent venir exprès en fin de journée pour moins de fatigue (les ouvriers de la dernière heure)… Jésus-Christ va jusqu'à proposer comme modèle un intendant malhonnête ! Ce maître spirituel semble manquer de spiritualité. C'est un provocateur. Dès l'âge de douze ans, Jésus se révèle un maître dans la reconnaissance de la vérité de l'amour.

Cette année-là, il est en pèlerinage avec sa mère et son père adoptif. Il a interrogé des « docteurs de la Loi » et il a répondu à leurs questions. Mais ses parents, ignorant où il se trouve, sont dans l'angoisse. Peut-être pensent-ils à un accident ou à un enlèvement. Il est leur trésor le plus précieux. Sa réponse étonne : « *Pourquoi m'avez-vous cherché ? Vous ne saviez donc pas que je me dois aux choses de Dieu mon Père ?* » (Luc 2, 49) Peut-on aimer sans accepter une juste distance avec l'être le plus proche ?

Pour Jésus, aimer, c'est un certain regard. « *Jésus le regarda et il l'aima.* » Jésus voit un diamant caché dans sa gangue. Il voit lové dans sa petite graine vulnérable un arbre unique. Il est prêt à mourir pour que l'autre se réalise.

Aimer, c'est ne pas désespérer d'un être qui vous a déçu.

Aimer, c'est avoir mal à ceux qui souffrent, être prêt à tout laisser pour un aveugle, un boiteux, un paralysé, un sourd, un possédé. Ce n'est pas ici de la pitié mais de la compassion.

Aimer, c'est souffrir en silence sur les mauvais choix de ceux qu'on aime plutôt que de les convertir par force, par chantage ou par séduction (avec le jeune homme riche, ou ses apôtres).

Aimer, c'est se faire l'avocat d'une courtisane et courir ainsi le risque d'y laisser sa réputation et sa vie (chez Simon le Pharisien).

Aimer, c'est accepter que l'autre marche à son rythme, se réjouir de sa différence, respecter sa liberté (avec les apôtres).

Aimer, c'est se lier avec un inspecteur des impôts malhonnête (Zachée).

Aimer, c'est livrer son secret le plus personnel à une coquette qui en est à son sixième compagnon (la Samaritaine).

Aimer, c'est s'abstenir de juger l'être aimé sur son passé. On ne le confond pas avec son casier judiciaire. Son avenir est vierge. Ainsi de la femme adultère ou de la prostituée chez Simon. Ainsi de Zachée ou du truand sur le Golgotha.

Aimer, c'est rendre toutes ses chances à un ami qui a trahi. On ne lui parle même pas de ce qu'il a fait. On l'invite à brûler d'un feu plus fort. « *Pierre, m'aimes-tu davantage ?* »

Aimer, c'est être « *ému jusqu'aux entrailles* » devant un adversaire blessé sur la route, se mettre hors la loi pour lui et signer un chèque en blanc pour les frais d'hospitalisation (parabole du Bon Samaritain).

Aimer, c'est rechercher à travers ronces et ravins celui ou celle qui s'est trompé de chemin (parabole de la brebis égarée). Peut-être faudra-t-il alors subir les plaintes du troupeau que l'on a dû délaisser. Peut-être faudra-t-il entendre les sarcasmes des mécontents : « Comment ? Tu fréquentes ces gens-là ?

Aimer, c'est accueillir le fils parti en cavale et qui a déshonoré la famille par sa conduite. On fera même la fiesta pour son retour. Et on ne criera pas : « Quand je pense que tu as fait pleurer ta mère ! » (Parabole de l'enfant prodigue.)

Aimer, c'est faire demi-tour sur le chemin du temple, abandonnant son paquet d'offrandes et de prières parce que soudain on s'est souvenu que l'être aimé se sent peut-être mal aimé et qu'il faudrait vite, toute affaire cessante, aller se réconcilier.

Aimer, c'est être comme notre Père du Ciel, Lui qui offre autant de soleil et de pluie au jardin des athées qu'à celui des carmélites. Ce que le soleil et la pluie sont aux plantes, soyez-le pour votre prochain, qu'il soit une rose ou un cactus.

Notre Père du Ciel ne tirera aucune vengeance des supplices inhumains imposés à Celui qui Lui est plus cher que Lui-même, son Fils éternel. Rien, pas même l'ignominie la plus cruelle, ne Le découragera de nous aimer.

Aimer, c'est parfois dire non devant un caprice ou un dérapage, comme on cogne sur l'ami s'il se débat à l'instant où on l'empêchait de se noyer. C'est ainsi que Simon-Pierre s'est vu un jour traiter de *shatan* (adversaire) !

L'amour n'hésite pas à affronter le pouvoir lorsque celui-ci n'est plus au service de la dignité humaine. Il prend de gros risques pour tenir tête aux porteurs d'anathèmes et autres dénicheurs de coupables. Leur qualité de grands prêtres ne l'impressionne pas.

Aimer, c'est n'avoir, au moment de mourir sous la torture, que des paroles de pardon à l'égard de ses bourreaux. (Je pense à ce prêtre d'un pays de l'Est qui me disait : « Lorsque j'étais soumis à la torture, j'entendais intérieurement mon tortionnaire me lancer une sorte de SOS : Regarde l'état pitoyable dans lequel je suis tombé ! »)

Aimer, c'est *pardonner soixante-dix fois sept fois*, ce qui, en hébreu, signifie toujours. Ainsi ont pardonné à l'avance les sept moines de l'Atlas. Non pas qu'ils aient souhaité être égorgés, mais ils se sentaient solidaires de leurs frères algériens.

Il faudrait plusieurs bibliothèques pour dire ce que Jésus dévoile par ses propos et par ses actes sur cette attitude que nous nommons l'amour. C'est la seule réalité qui compte à ses yeux. Qu'il soit dérisoire comme les cinq sous de la veuve ou immense comme la confiance de la Phénicienne, peu importe ! Le reste de la Création, galaxies et planètes, morale et religion, nations et communautés, tout converge vers ce miracle. Un atome d'amour justifie le monde.

L'amour fait exister

Devant la pénurie d'amour, Jésus-Christ lance un appel. S'adressant aux disciples candidats, il sera réaliste. Si vous êtes assez fous pour marcher à ma suite, surtout, restez près de moi. On vous causera certainement beaucoup d'ennuis, mais jamais vous ne vous ennuierez.

La Bible, dans ses livres de sagesse, est d'un réalisme impressionnant. Certains se diront vos amis, mais ils cherchent votre sécurité plus que votre chemin d'Éternité. Un être humain est un messager merveilleux lorsqu'il laisse Dieu se refléter en lui. Mais la lumière connaît des éclipses. L'amour à taille humaine est si déconcertant ! Un jour vous êtes adoré, demain vous êtes ignoré, oublié (lire Ben Sira, Proverbes, Sagesse) Ce n'est pas un aigri ombrageux qui parle dans ces li-vres de la Bible, c'est le plus grand amoureux de la vie. Il l'aime tellement, la vie, qu'Il l'a inventée. Mais Il l'aime dans sa vraie grandeur. Et Il la veut pour tous, Serbes et Bosniaques, Irlandais protestants et Irlandais catholiques, Hutus et Tutsis, Juifs et Arabes, Irakiens et Américains, Français de gauche et Français de droite…

Jésus ne supporte pas que l'on abîme un homme. « *Je vous dit tout cela pour que vous ayez en vous la pléni-*

tude de Ma Joie. » (Jean 17, 13) Si demain je trouve un Dieu plus joyeux que Jésus-Christ, je change aussitôt de religion.

Le don de soi n'est pas triste. Mermoz n'était pas triste de risquer sa vie pour que passe le courrier des Andes ! Paul n'était pas triste de donner sa vie pour Jésus et pour l'Évangile. Après avoir parlé des mille et un dangers traversés : « *prison, coups, blessures, lynchage, naufrages* », et le pire gardé pour la fin : « *les faux frères* », Paul exulte, il jubile : « *La légère épreuve de cette vie nous prépare bien au-delà de toute mesure une masse éternelle de bonheur et de gloire* » (2 Corinthiens 4, 17). C'est le même qui disait : « *Si je me fais brûler jusqu'à y laisser ma peau sans être motivé par l'amour, c'est du vent !* » (1 Corinthiens 13, 4)

« Le blé s'abîme quand on le garde. Il fructifie quand on le sème. » (Saint Dominique)

Le cierge qui brûle nous dit qu'il lui est préférable d'échanger sa cire contre une flamme plutôt que de se garder intact roulé dans un papier doré au fond d'un tiroir.

Ces deux images peuvent résumer ce que Jésus a cherché à nous dire dans son Évangile : le don de soi n'est pas l'éclipse de la joie, il en est la lumière.

★

Nous sommes créés et mis au monde pour découvrir le prix de l'amour, son enjeu, sa beauté. Tout événement peut servir ce stage. Toute rencontre contribue à notre évolution. C'est aujourd'hui, c'est ici, c'est à l'instant que se joue ton éternité. « *Choisis la vie.* » (Deutéronome 30, 19)

FIN

Florilège

Si on disait : "Yahvé m'a abandonnée,
le Seigneur m'a oubliée."
Une femme oublie-t-elle l'enfant qu'elle nourrit,
cesse-t-elle de chérir le fils de ses entrailles ?
Même s'il s'en trouvait une pour l'oublier,
Moi, Je ne t'oublierai jamais.
Vois donc, Je t'ai gravé sur les paumes de Mes mains…

Isaïe 49, 14-16

Si quelqu'un m'aime,
il gardera ma parole,
et mon Père l'aimera,
et nous viendrons à Lui,
et nous ferons chez Lui notre demeure.

Jean 14, 23

Comme le Père m'a aimé,
moi aussi je vous ai aimés :
demeurez dans mon amour, le mien.
Personne n'a de plus grand amour
que celui qui livre sa vie pour ses amis. »

Jean 15, 9-13

Nous savons, nous, que nous sommes passés
de la mort à la vie,
parce que nous aimons nos frères.
Celui qui n'aime pas demeure dans la mort.
Quiconque a de la haine pour son frère
est un homicide.

1 Jean 3, 14

Vous avez appris qu'il a été dit : Tu aimeras ton prochain et tu haïras ton ennemi. Eh bien ! moi, je vous dis : Aimez vos ennemis et priez pour ceux qui vous persécutent, afin de vous montrer les fils de votre Père des cieux, qui fait lever son soleil sur les méchants et sur les bons et tomber la pluie sur les justes et sur les injustes ».

Matthieu 5, 44-45

Je suis venu allumer un feu sur la terre et mon désir est immense qu'il puisse se propager. »

Qu'ils soient un en Nous, eux aussi, pour que le monde croie que Tu m'as envoyé. Qu'ils soient un

Comme Nous sommes un, moi en eux et Toi en moi. Que leur unité soit parfaite : ainsi le monde

saura que Tu m'as envoyé et que Tu les as aimés comme Tu m'as aimé.

Jean 17, 22-23

Ne faisons pas passer l'amour de la vérité avant la vérité de l'amour.

Saint Augustin

Ce mot amour, qui n'est évidemment pas le seul à avoir été souillé, usé, appauvri, vidé, mais qui l'a été d'autant plus que c'est le plus grand mot de tous, il faut quand même le prononcer... Nulle périphrase, nul substitut ne saurait remplacer le mot amour.

Il est difficile de dire si l'homme a besoin de plus de sécurité ou de plus d'aventure, à quel point il y a antinomie entre la prose et la poésie qui tissent nécessairement sa vie ; on sait en tout cas que l'homme a besoin non seulement de plus d'intelligence, mais de plus d'amitié, de plus d'amour...

L'amour porte en lui une fantastique vertu qui demande à sortir de ses entraves, à déborder la sphère de la vie privée dans laquelle il est actuellement limité et intensifié, à s'étendre à l'espèce du monde.

Edgar Morin

Une seule misère suffit à condamner une société. Il suffit qu'un seul homme soit tenu, ou sciemment laissé dans la misère pour que le pacte civique tout entier soit nul. Aussi longtemps qu'il y a un homme dehors, la porte qui lui est fermée au nez forme une cité d'injustice et de haine.

Charles Péguy

En tout homme se trouve une part de solitude qu'aucune intimité humaine ne peut combler, pas même l'amour le plus fort entre deux êtres.

Qui ne consent pas à ce lieu de solitude connaît la révolte contre les hommes, contre Dieu même. Pourtant, tu n'es jamais seul.

Frere Roger (Taizé)

S'il n'y a rien, je serai bien attrapé, mais je ne regretterai pas d'avoir cru à l'Amour.

Curé d'Ars

Cette âme qu'il y avait en moi, cette âme à l'intérieur de mon âme, c'est Lui qui a su la trouver ! Cette âme plantée dans les ténèbres, dans la peur et dans la boue ! C'est Lui qui est venu jusqu'à moi et qui m'a tendu la main ! C'est Lui que je n'ai eu qu'à regarder pour Le reconnaître ! C'est Lui qui était mon devoir ! C'est Lui qui était ma vocation ! Comment dire ? C'est Lui qui était mon origine ! Celui par qui et pour qui je suis venu au monde.

Paul Claudel

Marche dans ton amour, mais n'espère pas que la joie t'y suivra pas à pas. Le bonheur n'est pas l'ombre de l'amour. Quand l'amour avance, le bonheur semble parfois dormir – ou reculer. Mais quand ton amour aura atteint son but qui est Dieu, la joie t'y rejoindra d'un coup d'aile et ne te quittera plus jamais.

Gustave Thibon

L'amour intégral exclut l'amour exclusif : je t'aime trop pour n'aimer que toi.

Gustave Thibon

L'amour ne peut pas me manquer, mais je peux manquer à l'amour. Mon âme est à l'amour ce que mes poumons sont à l'air.

Gustave Thibon

Tu dis que tu aimes les oiseaux, tu les mets en cage
Tu dis que tu aimes les poissons, tu les manges
Tu dis que tu aimes les fleurs, tu les coupes
Lorsque tu me dis "Je t'aime", j'ai peur.

Jacques Prévert

Que serais-je sans toi qui vins à ma rencontre
Que serais-je sans toi qu'un cœur au bois dormant…
Tu m'as pris par la main dans cet enfer moderne
où l'homme ne sait plus ce que c'est qu'être deux.

Louis Aragon

Qu'importe si à l'heure de la plus grande haine
j'ai un instant montré à ce pays déchiré le visage
resplendissant de l'amour.

Louis Aragon

Dès que l'on se demande pourquoi on aime, on a cessé d'aimer.

Roger Garaudy

L'amour commence lorsqu'on accepte la différence de l'autre et son imprescriptible liberté. Accepter que l'autre soit habité par d'autres présences que la nôtre... Vouloir comme la plus haute preuve d'amour que l'autre soit d'abord fidèle à lui-même.

Roger Garaudy

C'était cela, le sens de l'univers : en arriver à l'amour...

C'était à moi-même de justifier le monde en l'aimant et en lui pardonnant, à moi de lui donner son sens par l'amour, et de le purifier par le pardon.

Petru Dimitriu

Toutes les astuces de l'érotisme demeurent inopérantes à satisfaire notre vraie soif qui est spirituelle. Et la plus belle, la plus désirée des femmes peut mourir faute d'un peu de cet amour dont notre monde fait fi.

Suzanne Lilar

Ma mère est en son définitif berceau, la bienfaitrice, la douce dispensatrice. Jamais plus elle ne sera là pour me gronder si je me fais des idées, pour me donner vie chaque jour, pour me mettre au monde chaque jour.

Albert Cohen

Seul on aime du fond du cœur son enfant et son œuvre.

F. Nietzsche

D'où suis-je venu Seigneur? Tu étais caché dans mon cœur.

Rabindranâth Tagore, *Poème à Dieu*

Tout ce qui est, je l'embrasse dans un baiser et le sable et le temps et l'arbre de la pluie. Tout ce qui est vivant vit pour que je vive. À quoi bon m'éloigner puisque je peux tout voir ? Tout ce qui est vivant, je le vois dans ta vie.

Pablo Neruda, *La Centaine d'amour*

Et dès lors moi je suis parce que toi tu es.
Et dès lors toi tu es, moi je suis et nous sommes
Par amour je serai, tu seras, nous serons.

Pablo Neruda, *Ibid.*

Mon ami, ne sens-tu pas que seul importe sur terre ce qu'un cœur dit à un cœur dans un message silencieux ?

Vladimir Soloviev

Ambiguïté de l'amour : que de générosité, d'héroïsmes n'a-t-il pas inspirés, mais aussi de malheurs et de tragédies ! Quelle compétition de sacrifices, de dévouements ! Mais aussi de férocité, d'égoïsme et de haine ! Quelle intensité dans l'Espérance mais aussi que de mortels déboires !

Jean Onimus

L'amour amène avec lui son cortège de souffrances qui font que notre vie de parents, de conjoints, d'amis est semée de blessures. Ne pas aimer est plus simple. À aimer on risque toujours : risque d'emprise ou d'envahissement, risque de proximité trop fusionnelle. Mais en cheminant au-delà de l'horizon de ces risques, quelque chose de l'amour nu peut être effleuré, dans une paix qui n'attend plus rien, si ce n'est une pure présence à l'autre.

Jacques Arènes

Qui à notre époque se rappelle qu'"amour" se rapporte à "don de soi" et à "abandon", à la joie profonde du "don de soi", à la tendresse et la mansuétude, à l'amabilité et la clémence, au rejet de la violence, à la paix ? Qui sait encore qu'"amour" a un rapport avec la disponibilité ?

Philippe Bosman

Dieu se sert de l'amour de deux êtres pour leur dire Son propre amour.

Père Carré

Sur le cœur de l'homme, rien n'exerce une attraction comparable à celle de l'amour ! Comment en serait-il autrement ? C'est par amour que Dieu l'a créé, par amour que son Père et sa Mère lui ont donné de leur propre substance, lui aussi est fait pour aimer.

Sainte Catherine de Sienne

Il n'y a pas d'amour totalement heureux parce qu'il n'en est pas qui ne tremble d'être.

Charles Chabanis

Le triomphe de l'amour, c'est de ne pas s'habituer l'un à l'autre.

J.-A. Coulanghon

Les autres nous doivent ce que nous imaginions qu'ils nous donneront. Leur remettre cette dette. Accepter qu'ils soient autres que les créatures de notre imagination, c'est imiter le renoncement de Dieu. Moi aussi je suis autre que ce que j'imagine être, le savoir, c'est le pardon.

Simone Weil

L'amour est plus fort que la mort. Les sceptiques peuvent sourire… mais en fin de compte personne n'ignore que le seul antidote au désespoir est d'exister dans le cœur d'un autre, ou dans le cœur d'un Dieu crucifié.

Henri Fesquet

Quand vous aimez, vous ne devez pas dire "Dieu est dans mon cœur", mais plutôt "Je suis dans le cœur de Dieu".

Khalil Gibran

Celui qui par quelque alchimie sait extraire de son cœur pour les refondre ensemble compassion, respect, désir, patience, regret, surprise et pardon, crée cet atome que l'on nomme l'amour.

Khalil Gibran

Dieu n'a pas créé l'homme et la femme l'un après l'autre... Il a créé deux corps jumeaux unis par les liens de la chair qu'il a tranchés dans un accès de confiance, le jour où il a créé la tendresse.

Jean Giraudoux

En amour on attend de nous des choses aussi impossibles que celles qu'on attend des autres.

Mme de Lafayette

Il y a assez d'amour qui s'écoule dans le monde pour penser qu'il y a quelque part une source d'amour.

Louis Lochet

Il n'y a pas d'amour, il n'y a que des preuves d'amour.

Pierre Reverdy

Un cœur amoureux reste toujours jeune.

Proverbe grec

Que peut-il être préféré à l'amour ? Voyez-le à l'œuvre chez un seul être : il lui met des lueurs dans les yeux, de la douceur dans les mains. Le plus abattu, par lui s'entend exister. Et cette convergence d'énergies, cette imagination reine, de quoi n'est-elle pas capable, portée par des épaules plus nombreuses ? L'amour rend tout possible... Le seul miracle auquel je puisse croire est le miracle de l'amour.

France Quéré, *Brassée de confession de foi*

L'univers est une manifestation de l'amour. C'est l'amour qui fait tourbillonner les mondes et se joindre les atomes. C'est l'amour qui est la loi d'attraction entre l'homme et la femme, entre les peuples... Des molécules les plus infimes jusqu'à l'Être le plus haut, celui qui remplit tout c'est l'omniprésent : l'amour. Par cet amour, Christ a donné sa vie à l'humanité, Bouddha pour un simple animal, la mère pour son enfant, l'homme pour son épouse... L'amour meut l'univers. Sans lui, l'univers se désagrège. Et cet Amour, c'est Dieu.

Vivekânanda

Aimons Dieu, mais que ce soit aux dépens de nos bras, que ce soit à la sueur de nos visages.

Saint Vincent de Paul

Que sera le nouveau siècle ? Je perçois trois défis à relever ; la vie, l'amour, la famille

Cardinal Marty
(peu avant sa mort)

Pourtant nous aurions pu ne jamais nous connaître
Mon amour, imaginez-vous
Tout ce que le sort (le Ciel ?) dut permettre pour qu'on soit là, qu'on s'aime et pour que ce soit nous ?

Paul Géraldy

Notes

1 S. FREUD, *Malaise dans la civilisation*, Puf, 1992.
2 A. COMTE-SPONVILLE, *Nouvel Observateur* n° 2802.
3 C. CHARDONNE, *La Vie a tout dicté*, Belguise.
4 Thème développé dans *Au commencement était l'amour*, Presses de la Renaissance, 2002.
5 A. SCHOPENHAUER, *Aphorismes sur la sagesse dans la vie*, Puf, 2004.
6 F. NIETZSCHE, *L'Antéchrist*, paragraphes 16-17, Flammarion, 1994.
7 A. de SAINT-EXUPÉRY, *Citadelle*, « NRF Pléiade », Gallimard, p. 971.
8 *Ibid*, p. 653.
9 *Ibid.*, p 654.
10 Il a démissionné de l'armée pour marquer sa désapprobation de la torture.
11 R. LEWIS, *Pourquoi j'ai mangé mon père*, Magnard, 2002.
12 P. TEILHARD DE CHARDIN, *Sur l'amour*, Le Seuil, 1967.
13 J. RIVIÈRE, *L'Amour et la Haine*, Payot,
14 G. FLAUBERT, *Correspondance*, Flammarion, 2000.
15 *Les Accords toltèques*, p. 61.
16 A. de SAINT-EXUPÉRY, *Terre des hommes*, Gallimard, 1972.
17 J.-F. KAHN, *Marianne*, 11 août 2003.
18 Revue *Autrement*, avril 1991.
19 THICH NHAT HANH, revue *Ici et Maintenant*, septembre 2001.
20 *Le Pardon*, Collectif, p. 203, Autrement, 1991.
21 F. MAURIAC, *Ce que je crois*, Grasset, 1962.
22 J. PRÉVERT, *Paroles*, Livre de Poche.
23 Y. AMAR, *Les Béatitudes*, Le Relié, 1996.
24 C. GRUBER-MAGITOT, *Jésus et les Pharisiens*, R. Laffont.
25 B.-H. LÉVY, *Le Testament de Dieu*, Grasset, p. 254, 1979.

26 *L'Évangile de la miséricorde*, ouvrage collectif, Le Cerf.
27 A. COHEN, *Ô vous, frères humains*, Gallimard.
28 G. B. WINTEMANN.
29 A. de SAINT-EXUPÉRY, *Citadelle*, *op. cit.*, p. 645.
30 Consuelo de SAINT-EXUPÉRY, *Mémoires de la rose*, Plon, 2000. p.146 & 140-141 .
31 A. de SAINT-EXUPÉRY, *Citadelle*, *op. cit.*, p. 949.
32 A. GIDE, *Nourritures terrestres*, Livre IV, Gallimard, 1989.
33 P. ÉLUARD, *Le temps déborde*, Poésies complètes, Gallimard.
34 JEAN-PAUL II, *Lettre aux familles*, Le Cerf, 1994.
35 F. NIETZSCHE, *Ainsi parlait Zarathoustra*, chap. 3, Rivages, 2002.
36 M. GRAY, J'ai lu.
37 A. BRETON, *Arcane 17*, Pauvert, 1989.
38 F. NIETZSCHE, *op. cit.*
39 Mille : mesure romaine de distance équivalant à un kilomètre et demi.
40 Mgr KRATZ, *Chrétiens divorcés*, 7, avenue de Choisy, 75013 Paris, oct. 2003.
41 *Chrétiens divorcés, op. cit.*
42 Tous les prénoms sont modifiés, bien sûr !
43 E. HILLESUM, *Une vie bouleversée*, « Points-Seuil », 1995.
44 ST JEAN DE LA CROIX, Oeuvres complètes aux éditions du Seuil.
45 J. GIONO, *Le Chant du monde*, Gallimard, 1976.
46 Dans la Bible, l'acte sexuel est exprimé : *ve hou yada isha* (il connut la femme), Adam connut Ève, Booz connut Ruth, etc.
47 C. d'ALEXANDRIE, *Testament des douze patriarches*, Œuvres, Le Cerf.
48 G. DURKHEIM, *L'Homme et sa double origine*, Le Cerf, 1980, p. 33.
49 G. de NYSSE, *Traité de la virginité*, Le Cerf, 1996.
50 St AUGUSTIN, *Des noces et de la concupiscence*, *Œuvres*, vol. 3, Le Cerf.
51 E. FUCHS, *Le Désir et la Tendresse*, Albin Michel, 1999, p. 174.
52 ST JEAN CHRYSOSTOME, Le Cerf.

53 A. Kastler, *Le Monde*, 9 novembre 1977.

54 *Orientations éducatives sur l'amour humain. Traité d'éducation sexuelle*, Le Centurion, Rome 1983.

55 G. Bataille, *L'Érotisme*, Les Éditions de Minuit, 1957.

56 Père Rey-Mermet, *Ce que Dieu a uni*, Le Centurion, 1974.

57 Hyperthyroïdie, stigmates, visages dégageant de la lumière, etc.

58 L. Vincent, *Comment devient-on amoureux ?*, Odile Jacob, 2004.

59 R. M. Rilke, *Lettre à un jeune poète*, Grasset, 1937, p. 74.

60 W. Pasini, *Les Nouveaux Comportements sexuels*, Odile Jacob, 2003.

61 A. de Saint-Exupéry, *Citadelle*, *op. cit.*, p. 318.

62 *Ibid.*, p. 188

63 *Chefs-d'œuvre de l'amour sensuel*, préface de Jean-Louis Barrault, éd. Planète, 1966.

64 *Vital*, oct. 1983, p. 92.

65 J. Onimus, *Inséparables*, Le Centurion,

66 K. Gibran, *Le Prophète*, éd. Casterman, 1974.

67 J. Onimus, *L'Asphyxie et le Cri*, Desclée de Brouwer, 1971, p. 122.

68 P. Éluard, *Le Grand Voyage*, op.cité.

69 P. Éluard, *Langage des couleurs*, op.cité.

70 Nacht, *Présence du psychanalyste*, p. 78.

71 P. Wagner, *L'Ami*,

72 A. de Musset, *On ne badine pas avec l'amour*, acte II, Classique Hachette.

73 J. Anouilh, *Antigone*, Gallimard.

74 *Dieu était là et je ne le savais pas*, Presses de la Renaissance, 1998.

75 *L'Évangile de la miséricorde*, *op. cit.*

76 K. Marx,

77 Nikoloïevsky, *Vie de K. Marx*, Gallimard,

78 B. Brecht, *Théâtre complet*, vol. V, p. 62, Gallimard.

79 *Paco Huidobro, Prophète à Buenos Aires*, Éditions Salvator.

80 P. Claudel, *Lettre à Mme Romain Rolland*, Gallimard.

81 *Chefs-d'œuvre de l'amour sensuel*, préface de Jean-Louis Barrault, *op. cit.*

82 C. SINGER, *Une passion*, Albin Michel, 2000.

83 J'ai raconté ce long périple dans *Dieu écrit droit avec des lignes courbes*, *op. cit.*

84 A. de SAINT-EXUPÉRY, *Citadelle*, *op. cit.*

85 L. ARAGON, Œuvres aux Éditions Gallimard.

86 Proverbe persan.

87 Lévitique 19, 11-19, traduction Bayard.

88 Corinthiens 12, 31-13, 13.

Sommaire

Impression réalisée sur CAMERON par

BUSSIÈRE CAMEDAN IMPRIMERIES

GROUPE CPI

à Saint-Amand-Montrond (Cher)
en septembre 2004

N° d'impression : 043440/1.
Dépôt légal : septembre 2004.

Imprimé en France